跋山涉川，归来缓缓；
风月好看，人间浪漫。

毕里.

明月遥寄
相思意

华里 编著

天津出版传媒集团

天津人民出版社

图书在版编目（CIP）数据

明月遥寄相思意 / 华里编著. -- 天津：天津人民
出版社, 2023.5
ISBN 978-7-201-19271-0

Ⅰ.①明… Ⅱ.①华… Ⅲ.①古典诗歌－诗歌欣赏－
中国 Ⅳ.①I207.2

中国国家版本馆CIP数据核字(2023)第068983号

明月遥寄相思意
MINGYUE YAOJI XIANGSI YI

出　　　版	天津人民出版社
出 版 人	刘　庆
地　　　址	天津市和平区西康路 35 号康岳大厦
邮政编码	300051
邮购电话	（022）23332469
电子信箱	reader@tjrmcbs.com

责任编辑	谢仁林
特约编辑	王琳琳
装帧设计	嫁衣工舍

制版印刷	三河市兴博印务有限公司
经　　　销	新华书店
开　　　本	880毫米×1230毫米　1/32
印　　　张	7.5
字　　　数	200千字
版次印次	2023 年 5 月第 1 版　2023 年 5 月第 1 次印刷
定　　　价	49.80元

目录

CONTENTS

李夫人：不如不遇倾城色

汉武帝，初丧李夫人。

夫人病时不肯别，死后留得生前恩。

君恩不尽念未已，甘泉殿里令写真。

丹青画出竟何益，不言不笑愁杀人。

又令方士合灵药，玉釜煎炼金炉焚。

九华帐深夜悄悄，反魂香降夫人魂。

夫人之魂在何许，香烟引到焚香处。

既来何苦不须臾，缥缈悠扬还灭去。

去何速兮来何迟，是耶非耶两不知。

翠蛾仿佛平生貌，不似昭阳寝疾时。

魂之不来君心苦，魂之来兮君亦悲。

背灯隔帐不得语，安用暂来还见违。

伤心不独汉武帝，自古及今皆若斯。

君不见穆王三日哭，重璧台前伤盛姬。

又不见泰陵一掬泪，马嵬坡下念杨妃。

纵令妍姿艳质化为土，此恨长在无销期。

生亦惑，死亦惑，尤物惑人忘不得。

人非木石皆有情，不如不遇倾城色。

——白居易《李夫人》

她知道的——最是无情帝王家。

人人都说，历代帝王中，他的寡恩、薄情尤为出名，凡是被他宠幸过的女子，基本没一个好下场。

与他青梅竹马，许诺金屋的陈阿娇，被弃置长门宫，郁郁而终；他一手给予过无限风光，满门荣宠的卫子夫，终是被逼自尽，连她生下的儿女亦成刀下亡魂；即便是充满传奇色彩的钩弋夫人，也因帝少母壮，有外戚干政之嫌，终成江山社稷的牺牲品。

这后宫里的女子，能善始善终，已属大幸，而活成帝王心中"白月光"的，少之又少。

好在，她算一个。

哪怕其实，她和他的相遇，也不过是一场蓄谋已久的策划。

【一】

当兄长带着那个一身月白色锦袍的男子出现时，她正在台上轻快地旋转，精心演绎着一支早已准备好的舞。

大红的衣袖在高音处重重地抛出，再撤回，折出一道凌厉又魅惑的线。

覆面轻纱之下，她樱唇轻启，眼波含情，目光穿过嘈杂叫好的人群，将男子微怔的神情敛于眼底。

她想，这步棋，她走对了。

她是宫廷乐师李延年的妹妹，亦是一名舞姬。

李家世代精通乐舞，明面上，他们被赞能歌善舞，容貌喜人，可实际上，世人大都看不起舞姬，舞姬没有地位，没有尊严，只有笙歌曼舞时灿若桃花的笑脸。

甚至于，哪怕后来她临高位、眺四海，登上仅次于皇后——这世间最尊贵的女子的位置，青史之上，亦不曾确凿书写下她的本名，只在不详野史之中，唤她李妍。

可那又如何呢？

没有人可以决定自己的出身，但可以选择自己的将来，一如她现在。

【二】

她知，那人叫刘彻。

他是杰出的帝王，是这整个大汉王朝的主宰。

他雄才大略，通丝路，创年号，兴太学；他文治武功，击溃匈奴，东并朝鲜，南诛百越，西逾葱岭，征服大宛，奠定这广阔疆域之版图……功绩不胜枚举。

只是，却也最是风流多情。

一如此际，雅阁里，他的目光深邃却也不失温柔，问她可愿随他入宫，赞她果真如那歌中所唱，倾城倾国。

闻言，她并未做过多矜持扭捏，爽然应允。

言辞铿锵，应声琅琅。

这一天，是她翘首以盼许久才终于到来的，不是吗？

她不是安于命运的女子，决计不要终此一生仰人鼻息。以她的容貌、才情，本就足以侍君，而不是屈居这歌舞坊间，遭人冷眼。

其实，或许，她也并未如预计中表现得那般沉稳自持，手心里早已沁出了细密的汗珠，听着眼前人赞许，她想起的，是不久之前的那次宴会。

哪怕不在场，她也不难想象，是在怎样的通明烛火、不绝乐声里，他高坐殿堂，听着兄长起弦，唱着那首刻意写就的《佳人曲》：

> 北方有佳人，
>
> 绝世而独立。
>
> 一顾倾人城，
>
> 再顾倾人国。
>
> 宁不知倾城与倾国？
>
> 佳人难再得。

　　据说，他听完后，高兴之余又怅然若失般问，世间若真有如此倾城倾国的美人儿，又该何处寻觅？

　　倾城，倾国吗？

　　只是，他这般男子，若真有一人足以倾覆他的城，颠覆他的国，他又是否真能以这万里山河换一人？

　　而其实，过往陪伴他身侧的，哪一位，不是难得的佳人？

　　昔日，他的姑母馆陶公主，许他以陈阿娇，侯门贵女只因着金屋藏娇的空口之诺，便为他陪嫁了一整个江山；他的姐姐平阳公主，荐他以卫子夫，侍君数十载，贤良淑德，德才兼备，天下尊之。

　　试问哪一位，不是一等一的女子？

　　只是，人无千日好，花开哪有百日娇。

　　彼时，居皇后之位十一年的陈阿娇被废黜，于长门幽怨而死。他的宠妃王夫人不幸仙逝，皇后卫子夫已是朱颜辞镜，徐娘半老。

　　其实，偌大的后宫，从来不缺美人，缺的，只是永远年轻、永远貌美而对他皇权无害的新人罢了。

　　所以，他们相遇相识，是恰逢其时，更是机关算尽，起于那场盛筵之上。他的姐姐平阳公主，如先前荐卫子夫一般笑意盈盈道，歌里这佳人，不是别人，正是她。

　　而后，兄长领着他来到这里。

　　便是如此，惊鸿一面，她走进了他的世界。

　　也许，后来的时光里，她总会忍不住回想初见这一天，他脸上的神情。

　　浓烈的日光洒在他肩头隐隐的龙纹上，锦绣辉煌，昭示着，他是万万人之上，最尊贵的帝王，可对她，竟也有些极力隐藏的期望。

　　她知他的期望来自哪里，如同她知，彼时该以怎样的姿态回答。

【三】

君无戏言，他当真携她入宫，封作夫人。

而后，一个山鸡变作凤凰的故事在长安街巷口耳相传。

一个是长于高门里的天子之尊，一个是于人前调笑中赖以存活的歌姬舞女。

的确，论出身，他们本是不配的，毕竟，她比出身寒微的卫子夫还要不如。

可是，当她和他站在一起时，又似乎是极配的。

作为女子，她知书达理，胸中丘壑亦是常人所不及。

哪怕从一开始，她便知道，他看上她，不过因着，她生得那般貌美。

她不介意。

因为，他们的相遇，本就是她带着目的接近的结果，而日后再深厚的恩爱浓情，也不过是他人手里谋取利益的一步棋。

过久了贱如蝼蚁的生活，她此生最大的期望，便是以高人一等的姿态，骄傲地活着，不再是如履薄冰，不再被针锋相对，要到万人之上，把从前的欺辱和伏低做小都抛在脑后。

所以，从始至终，她想的，本就应是求生，取宠，不谋爱。

那他有多宠她呢？

入宫月余，夜夜留幸，宫廷之中，盛宠无人能出她右。

至于流言，风都不用吹，便散了。

说到底，那些官里官外的飞短流长，背后也不过是求而不得的怨愤不平和浅浅嫉妒吧？

嫉她得蒙恩宠，妒她由歌舞坊的贫贱舞姬，一朝变为天下最令人艳羡的女子。

她所居之处，富丽不下椒房，引了南山温泉水的浴池暖玉为壁、冰璃作底，殿堂中央是半人高的紫金莲花台，晴日里太阳透过窗纱，折出七彩的光，美得仿若梦境。

这里住过高祖时的戚夫人、文帝时的慎夫人，而现在——

是她，李夫人。

他待她真是极好，几乎天天待在她宫中，相看两不厌。

当她一时兴起，唤他夫君，并未遭反对。而他在闲暇时，也会提笔为她描一对远山黛眉，似乎有种异样的情愫在胸腔内发酵、膨胀。

而她，很欢喜。

想来，每一个女子，都曾会在年幼无知、情窦初开的懵懂年纪，笑靥如花，幻想着自己日后会有一位怎样的良人。

她也不例外。

只是，曾经的她，尚不知，自己会嫁与这世间如此神武傲岸的男子。更不知，这个在外面不可一世的九五至尊，到了她这儿，却变成了凡夫俗子，会为她执手画眉，为她挽发梳头。不用在意宫规，无须讲求礼仪，真就宛若寻常夫妻一般，深情款款的模样。

那日，他又来了她宫里。

一如往常，她正想着为他倒茶，或是吩咐下人端些备好的糕点来。

忽而，听得他道头上有些痒，不及她反应，便抬手顺势摘下她头上的玉簪，搔起头来，一副无比自然的模样。

她转头看他，无奈笑了。

此刻，叱咤天下的君王，卸去金盔铁甲装点得宜的凛凛气势，凡俗得令人诧异，不像一位君王，倒像平常百姓，会倦会疲，会痛会痒……

所以，哪怕那天实在是一个太过寻常的日子，哪怕那实在是他不经意的一个举动，甚至让她发丝零散垂落了些许，因而显得不那么美好，可就是那一瞬间，教人恍惚觉得，什么锦绣风光、大美河山，兴许，都不及这方寸屋里的一句笑言、一缕茶香，不及她就在他的身旁。

是不是，这个帝王纵使最是多情，又最是无情，至少对她，有过些许真心？

或许，偶尔她亦会想，如果，他真就是寻常男子，她也不是什么夫人，那后来，他们的结局，会不会有什么不一样。

可惜没如果。

其实，也没什么可惜的。

因为，那样的他们，根本没机会开始。

只是人呢，总是贪心奢望，不知餍足的，总觉不曾拥有的，才是最好的。一旦得到，便又会觉得，也不过如此。

多少人做了帝王嫔妃，享尽富贵荣华，却又希冀着做寻常夫妻，恩爱亲昵无嫌隙，可真正寻常的油盐柴米，是消磨一切的鸡毛蒜皮。

各人有各人的悲喜，都是一阵一阵的。

一如此际，再平淡不过，但待到日久年深，也许又会时不时地追忆起这些寻常旧事。

后来，也不知怎的，此等小事竟也在宫中传扬开来，引得后宫嫔妃们都羡慕不已。

据说，甚至因此成了文人骚客笔下的逸事，生了个"玉搔头"的典故，致使整个长安城内玉价飞涨，翻了好几倍。

宫中也有诸多女子纷纷效仿她，在发间添上一根玉簪，以期有朝一日能博得帝王青睐。

女为悦己者容，其情可悯，只是想来有些可笑，颇有东施效颦之感。

连她在内，都须时时警醒，日日做好他终究会情浓转淡，而后离开的准备。此一时，彼一时，她清楚，自己所倚仗的，不能只是这如花美貌，更不能只是这世间最脆弱的帝王之爱。

其实，帝王哪有多少爱？

宠便只是宠，他们留下一个个美人在身边摆着，权当摆了玩偶。

还好，她其实也不过是想要一个依靠。爱或是宠，没什么分别的。

因为没有太高的期望，也就不会失望。

只是，她亦会有忧虑吧？

容颜会老去，皮囊会腐朽，爱情会消亡，长门宫里那位，不就是摆在她面前的沉甸甸的先例吗？至于卫子夫，则是活生生、血淋淋的后来了。

【四】

长门宫。

那座见证过金屋藏娇、千金买赋的传奇宫殿，哪怕已经沦为冷宫，不复旧日辉煌，在夕阳的余影里，也依旧透露着一种寂寥的瑰丽。

青砖黛瓦，琉璃宫墙，木兰木雕刻的椽，文杏木装潢的梁，豪华浮雕，密丛丛而堂皇，拱木华丽，参差不齐而负势竞上，宝石砖瓦，依稀辨得出形似玳瑁背面的纹章。曲台紧傍着未央宫，不知独自过了多少个无人的长夜。

生死爱恨，都付与空堂。

路过之人，也许多少都会有些唏嘘，因为那个曾居于此的女子。

那个他名正言顺，最尊贵的妻子，曾经的皇后——陈阿娇。

那个汉景帝的外甥女，长公主刘嫖的女儿，堂邑侯府的翁主，大汉朝出身最高贵的皇后，然而，这都是以前，在被他废黜以前。

这世上痴心人许多，陈阿娇称得上个中翘楚。

宫中坊间无人不知，那个很多年前的故事。

彼时的刘彻不过四五岁的年纪，还是天真率直的孩子，言笑晏晏，信誓旦旦，对着自己的姑母馆陶公主，郑重地许下承诺："若得阿娇作妇，当以金屋贮之。"

是了，那时，他还唤她阿娇，还满是亲昵与欢喜的语气，那么，在心底，她可曾也无数次唤过他阿彻？

哪怕那时，朝中风云开阖，边疆兵戈抢攘、祸乱交兴，可于她陈阿娇而言，公主府里仍是围着四方的天，安稳得好似没有忧愁。

她不曾识得人世愁苦，便也不知"情爱"二字，最怕一厢情愿，最忌真心实意。

后来，他称帝临极，她母仪天下。

他给过她富贵荣华，予以她凤冠霞帔，但他许诺过的金屋，到她死，也不曾兑现。

白衣苍狗，时过境迁，"诺言"——不过是他年少懵懂时的无知妄言。

当曾经的胶东王褪去了幼年的童真，变成权倾天下的君王，美丽的诺言，同时附带了太多的政治考量。

只是，她太过骄傲，不到最后，不愿承认。

废后的旨意，终究是拟了出来，多年夫妻的情分荡然无存："皇后失序，祸于巫祝，不足以承天命，其上玺绶，罢退居长门宫。"

巫蛊是汉王朝的大忌，平常的一只布偶，写上怨怼之人的生辰，将木针刺入肚腹，满腔恨意将会变成强烈的诅咒，极毒极邪，害人性命。

那时，他冷眼看着她，斥她善妒成性、争风吃醋、胡搅蛮缠，终是以巫蛊之祸为由，将她打入冷宫。那一刻，她是否明白，其实，纵是贵为皇后，其实除了一方他赐予的凤印，一无所有？

同为女子，不难想象，后来她独自幽居长门的日子，曾经的骄矜自信、目中无人，在经年漫长的等待中，如何一日一日，被烧成一把死寂的灰。

当昔日的金枝玉叶，终成自怜自伤的残花，千金纵买相如赋，脉脉此情无人诉。

无论是指责他，为新欢而忘故人，还是祈求他，来长门看看她，抑或是哭诉着，曾经为博他欢心之所为是何等愚蠢，都再也唤不回说过要为她铸就金屋的那个人。

也许，最初，她也是想过与他好好相处的，就像她相信，最初的阿彻，是真的想过要和她白头偕老的。

只是，他们之间隔了太多的东西——江山、权力、背叛，以及一条条的性命，所以此生注定彼此折磨，至死方休。

那个未央宫里执着她的双手，甘泉宫里与她共赏如画江山的少年，早已随风消散在记忆里，再也找不到了。

【五】

或许，如果不是嫁与帝王，那个女子，大可骄横跋扈，以高人一等的姿态不可一世地活着，而不是如此，落得孑然一身、黯然死去的下场。

也不知到最后，阿娇有没有后悔。

悔自己天真顽傻，试图用天下换一人之心，却忘了，龙袍之下疲累的帝王，已经给不起任何人完整的爱。

大抵，也包括她在内，她想。

但无论如何，那都是陈阿娇的故事了。

虽然，不管有没有资格，都无法全然不在意，可这份在意，她不能告诉他，她只能以最温暖的笑意望着他，用最柔和的姿势拥抱他。

毕竟，阿娇和他的故事早已落幕，而她和他的故事，才刚刚开始。

不久，她被太医诊出有了身孕。

命里有时终须有，命里无时莫强求。当初的阿娇费尽心思，用尽各种法子，想得一个子嗣，到死未曾如愿。而她，入宫陪侍他身侧不过几年，便已达多少后宫女子无法企及的尊荣。

她是幸运的。

榻前的君王定然也笑得开怀，他们终于有了自己的孩子。

是啊，他可以毫无芥蒂、无所顾忌地与她生儿育女，因为，除了他之外，她再无枝可依。

她是出身卑微、永远不会对他构成威胁的李夫人，而不是那个家世背景权倾朝野的陈阿娇，也不是凭借外戚权倾朝野的卫子夫。

初入宫时，她日日迈入卫子夫宫中请安。

那座皇后寝宫，当年的陈皇后都未曾住过的椒房殿里，以椒泥涂壁，有多子之意。

卫子夫一身大红色长袍曳地，金丝勾勒的凤凰栩栩如生，一尾攒丝缫珠八宝玲珑金凤钗，端正地插在发顶。

一派雍容华贵，全然不见初入宫时的卑微低敛。

平心而论，和她一样，卫子夫生得很美，眉目贞静柔和，仿若江南春水，面容雅致，好似一幅山水画。

只是，不论曾经怎样温婉可人，后来也不过是一朵开败的花。

纵然秀发依旧顺滑靓丽，纵然华贵的凤袍，衬出母仪天下的气势，眼里的沧桑却是怎样都藏不住的。

想当年，谁人眼中不曾暗自钦羡，卫氏整个家族如破竹般的崛起之势。

其弟卫青，从一介马夫，跃升大司马大将军。其外甥霍去病，小小年纪，便亲任大司马骠骑将军。汉家军队，一半掌握在卫氏手里。这大汉天子第一长子长女，皆由卫氏所出。

一门五侯，荣宠之至，可其实，卫子夫的出身，也同她一般，皆作为平阳公主举荐的歌姬舞女入宫。

只是，她却没卫青那样争气的兄弟，李氏家族，全由她一人撑起。

没有又怎么样呢？

端看卫子夫眸中日渐黯淡的神采，便知，再怎样的荣宠，也不过是看那龙座上的九五至尊的一时心情。

而她，自诩聪敏，早就深知帝王之爱，最是无情，也颇有自知之明，时时刻刻都做好了他终会离开的准备，那便不至于沦落到那种悲怆落寞的结局里，是吗？

【六】

她看得出来，他是那样欣喜地期待着这个小生命的降临。

有孕之后，他对她更加上心起来，除了上朝，大都陪在她身边，每日衣物膳食皆有太医们重重检查，各种奇物珍宝一箱一箱，仿佛要堆满整个屋子。

随着她的受宠，很快，李氏一门也飞黄腾达。

大哥李广利被封为贰师将军，多次带兵讨伐匈奴；二哥李延年，官拜协律都尉；弟弟李季也给予加封。

封爵赏赐已然无以复加，一时，李家风头无两。

想来，自她兄长李延年那时因触犯法令受到腐刑，被召入宫中负责宫中饲狗之职，到因擅长音律，颇受宠爱，而她近水楼台，由此得幸，也不过几年。

入宫数年，纵是各种夫人、婕妤，莺莺燕燕不断，可她一直是宫里最受宠爱的女子。

她是宫里最受宠爱的夫人，却能让他将宠爱和溺爱之间的度，把握得游刃有余，让人捉不着半点儿把柄，免去她红颜祸水、妖妃祸国诸如此类的名号。

毕竟，在这深不可测的宫廷之中，看似红墙绿瓦、琉璃生彩，实则云谲波诡、尔虞我诈、阴森无情。手段不及人，总少不得变成俎上鱼肉，由人刀宰也怨不得旁人。

今日哪个宫里夫人被废，明日哪个婕妤被打入冷宫，她没少听闻，也不是没有担忧过，自己是否有朝一日，也会有如她们一般的下场。

甚至可能他从背后伸手环住她的腰，头搁在她的肩上之时，她也曾半真半假，微微侧首看着他的眼眸，轻声问过。

即便，他轻轻抚着她的脸，口口声声说着断然不会。

即便，这样亲昵的姿势，不知有多少女子因着这梦境般的温柔，心甘情愿葬送自己的一生。

即便，她面上笑着，嘴上与他说着她相信。

但其实，她比任何人都更清楚，登高必跌重，但凡有丁点儿闪失，就足以被千夫所指，如若行差踏错一步，便是满盘皆输。

她费尽心机，走到今天这一步，绝不能输。

所以，盛宠之下，她也从未恃宠而骄、嚣张跋扈。

宫中之人，上至朝臣，下至宫女，皆知她为人沉稳、行事低调、待人随和，对皇后卫子夫亦是礼敬有加，同宫中众多妃嫔偶尔撞见，两相见礼，亦相安无事，相处和睦。

那是她的生存之道。

不争风吃醋，不想入非非，不野心勃勃，不妄想着他对她永远痴情专一。看得分明，拎得清，进退有度，自有分寸，是谓高明。

很长的一段时间里，他一直宠着她。

她要什么，他便给什么，日日陪着、护着，怕她磕了、碰了，或是病了。

可世事月满则亏，她还是病了。

古时女子生产，便像亲至鬼门关中走一趟。她生下孩子之后，愈加气血不足，身子一落千丈。经多日调养，也不见好，他遍寻天下名医，轮流给她诊脉，却是医治无果，只能眼睁睁看着她一天比一天孱弱。

没过多久，她便只能一直委顿在病榻之上，终日不起。

恨不复饮当时水，果然造化常弄人。他应该从未想过，她其实生来体弱，按太医的说法，是注定要短折而死的。

他时常亲自探望她，她喝过他亲递的茶水，他看过她昏睡的模样，双手乖巧地交叠在小腹之上。

那里，刚孕育完他的孩子，他们的孩子，取名刘髆，唤作髆儿。

【七】

世人只知，天子对她宠溺有加，贵重药材、价值连城的珠宝，一箱一箱尽数送到她那宫中，只有她知，其实，他不会明白的。

他不明白，她的不甘心。

自古红颜多薄命，曾经一窥而知惊艳的绝美，如今尽数成了濒临死亡时的挣扎、痛苦。

后来，即便没有听到太医摇头叹惋，也自知大限将至，时日无多。

很多事情，即使伤人还是要义无反顾去完成的，就像很多事情不是逃避就可以不发生的。

自此，她不再见他。

层层纱幛逶迤地垂下，遮住了她病中的容颜。他每次前来看她，也只是静静伫立在床榻外间，听到她用充满悲怆的语调说着拒绝。曾经，他拉着她的手，掌中细纹摩挲着她的肌肤，她一动不动，生怕稍一用力，便脱开了他的碰触。而今，即便他几次三番说想看看她，她皆不愿。

他执意进来的时候，她忙用被子蒙住脸。

那是她平生第一次那样惶恐慌乱，只能紧紧攥着被角，不去想外面那双眼睛，紧盯着她的失态。

他薄唇紧抿，冷峻的五官是帝王与生俱来的霸气凌厉，一对剑眉深深蹙起，似乎有些不快："为何如此？"

她大半张脸蒙在被子中，声音有些闷闷的："臣妾久病不起，终日卧床，如今蓬头垢面，神色枯槁，岂能亵渎圣上，触犯龙颜？"

不过是客套的冠冕之语，可闻言，他似乎有些愣住。半晌，他并未说话，只是轻轻淡淡地笑了一笑，犹如从前每日一样。

只是，她却瞧不清，这样的笑是欢喜，还是对她的悲悯。

见她仍旧蒙在被中，他便诱哄一般，允诺赏赐她千金，授予她的兄弟尊贵的官职，只求她让他见一见，让他看她一眼。

他从来行事简单，喜欢，便赐予无限荣宠；讨厌，便诛灭全族；受了恩会倾力回报；被伤害了，便十倍百倍地讨回来。他当是知道她最在意的，是家族，是荣光，所以，他才如此说。

可也正因如此，她再次拒绝。

她说，授不授官，全在于他，不在于见她。

被推诿多次，他仍是再三要求，看她一眼。后来，她索性转过脸去，流泪叹息，不再说话，朦胧中看到他伸出的手臂又无力地垂下。

在外面，他是不可一世的九五至尊，杀伐果断，可此刻，叱咤天下的君王，卸去金盔铁甲装点得宜的凛凛气势，语调温柔得令人诧异，会感叹自己对生死无能为力。他生平，是第一次这样，无计可施吧。

别的夫人处心积虑邀宠，只为让他多看一眼，她却宁肯触怒龙颜，也要避之不见。

人皆以为，她用这般执拗的方式，将她和他之前的亲密彻底击得粉碎，只会将他越推越远。

后来，她身边的人皆责备她，为何不见他一面，将兄弟和幼子当面托付，不是比当众拂了他的面、惹他愠怒更好吗？

不，只有她知晓，她出身寒微，他喜欢她，是因她貌美。

他之所以还能不厌其烦来看她，也不过因为惦念着她的美好倩影。

只是，大凡以色事人者，色衰则爱弛，爱弛则恩绝。如今她病入膏肓，容貌衰败，若现在让他见到她的病态，他只会心生嫌恶、避之不及，又怎会在她走后善待她的亲人？

也许，那一刻，他眼底流露的怜惜，不是一晌贪欢，并非镜花水月，无关权势争斗。其实，只要她探一探手，便可被紧揽入怀。可是，他等她那么久，伸着双臂空等，她始终未让他如愿。

因为，她要的不是濒死之际他的怜悯，她希望留住的，是她在他心中的完美形象，化作日后求而不得的补偿。

她要做的，是他心底永远的"白月光"。

【八】

最后，他没有再强迫她，只似是讨了个没趣，阴沉着脸，拂袖离开。

她透过床幔的缝隙，看着睥睨天下的君王，身形落寞，消失在残阳的余晖里。

他走得太利落、太果决，便没有看到她眼底闪过的那一抹抓不到的哀伤，也不会知道，她从被子里出来，慢慢将身体缩弓成一团时，怎样泣不成声，以及她那无从出口的贪恋、不舍和算计。

也或许，睿智的帝王早已洞悉一切，他都知道，只是默许。

只是，无论如何，即使不舍，有些快乐，也是时候结束了。

终于，有一日，清风入窗，桂花瓣凋落。

她似闻香而醒，睁开眼睛，神色安宁，随后又随着凋落的花瓣，一同睡去。

这一睡，便是一生。

后来，如她所料，她走之后，他对她朝思暮想，念念不能忘。

他给她的弟兄加官晋爵、赏赐金银，如她希望的那样；他甚至揣上东方朔献的"梦草"，只为梦中看她一眼；更让画工依照她生前模样，作了幅画像，挂在甘泉宫最为醒目的地方，日夜观望。

恍若她还在一样。

也许，如果你见过天边云霞最灿烂的时候，那么等到它褪色，你依然还想为它泼染上颜色，哪怕，那样非天然雕琢的颜色，只有他喜欢。

只是，画像虽惟妙惟肖，可当看着那空荡荡的殿堂，再没了她窈窕的身影，再听不到她婉转的歌声，终究难解思念之情。

据说，又一日，他到上林苑游玩。彼时，秋风萧瑟，落叶翻飞，他在延凉室休息，睡意蒙眬中，似乎看到她走进来，赠他一瓣蘅芜香。他醒来后，枕畔席间确实飘着一缕幽香，于是，再度想起她，想起从前，便改延凉室名为"遗芳梦室"，情至深处，写下一首《落叶哀蝉曲》寄托哀思：

> 罗袂兮无声，
> 玉墀兮尘生。
> 虚房冷而寂寞，
> 落叶依于重扃。
> 望彼美之女兮，
> 安得感余心之未宁？

后来，他依旧为她黯然伤神，甚至找来方士设坛为她招魂，为她专门写就一篇悼文："美连娟以修嫭兮，命樔绝而不长。饰新宫以延贮兮，泯不归乎故乡。惨郁郁其芜秽兮，隐处幽而怀伤……方时隆盛，年天伤兮……既往不来，申以信兮。去彼昭昭，就冥冥兮。既不新宫，不复故庭兮。呜呼哀哉，想魂灵兮！"

叱咤风云的帝王，落笔如此情意婉转，字字情深，句句意浓，缠绵情丝皆发肺腑。

世人皆感动于他用情至深，唏嘘于他花费数十年时间，寻觅传说中的东海青石，令全国最好的工匠，没日没夜埋首苦干，只为刻一尊她的雕像。

如此种种，念她至此，深情款款到荒唐昏聩的模样。

若她泉下有知，不知做何感想。

是受再多的苦都值得，还是说，其实，与其说是他一往情深，不如说是她清醒、自知？

清醒到不会有人比她更清楚，要怎样节约用情，才能细水长流；自知到早在初见，她便明白，要怎样欲擒故纵，才会教他念念不忘；到最后，她把自己最美的模样，永远烙在他心上，无论她走了多少年，无论谁在他身旁，她都是无可替代的曾经沧海、云水汤汤。

【九】

若说还有什么尚未可知的遗憾，大概是，她走得还是太早，但谁知，看到后事的人们，不会感叹一句幸好。

也不知若时光流转，倒回当初，看到她病中憔悴、丑陋难堪的模样，或是如人所愿，和他携手至白发苍苍，他还会不会这般寸断肝肠，他们又会以何种结局收场。

会不会，一如她不曾看到的，多年之后的，卫子夫的悲怆？

当那场陈阿娇的悲剧重演，汉宫内再度席卷而来一场巫蛊之祸，让她的儿子——太子刘据被陷害而死，她本人亦自尽而亡，让整个卫氏家族就此坍塌。

其间具体的细节，只闻坊间传言——

"卫子夫施行巫蛊为害皇嗣，现被废除后位，禁足甘泉宫。她的儿子，当时的太子刘据，闻之起兵造反，被御林军镇压，收拘掖廷。

"巫蛊是汉王朝的大忌，平常的一只布偶，写上怨怼之人的生辰，将木针刺入肚腹，满腔恨意将会变成强烈的诅咒，极毒极邪，害人性命。本来，巫蛊一案太子并未牵涉其中，只不过见李夫人之子——髆儿殿下颇得陛下喜爱，卫家担心储君之位易主，这才铤而走险。"

她不知刘据之死在朝堂上引起了多大的波澜，只是某一日，卫子夫以三尺白绫自绝于甘泉宫。卫氏一门几乎被诛杀殆尽，只有刚出生五个月的曾皇孙刘病已，因年纪太小幸免于难，被关押在长安狱中。

自此，卫氏一族的光辉彻底湮灭。

多少深爱，在一个君王面前，怎及江山沉重。

一代贤后，侍奉他四十九年，母仪天下三十八年，史书没有记载过她任何一次过失，是历朝历代皇后的典范。

然而，卫子夫死后最后的容身之所，只有一具小小的薄棺，既没有皇后规制，也没有送葬队伍，两个宦官随便在宫中找了辆车子，将尸首草草埋在离长安数里的城南桐柏亭。

后来，听闻他幡然悔悟，知晓太子实被冤枉之后，诛杀了一众当年涉事之人，建了思子宫，筑了望思台，以表悔恨之情。

然而对于卫子夫之死，他没有任何表示，也无将其重新改葬之意。

不知为何。

原来，他竟恨她至此。

从此红颜化作白骨，变作腐土，他再也不会回头，唤她一声——子夫。

帝王之心，如何揣测？这深宫之中，多少女子，在感情里付出所有真心，最后被无情辜负，伤得体无完肤，至于她这一生，幸或不幸，没有人知道。

那么她们李氏家族呢？

故事的最后，李家兄弟终是因触犯法令被诛族，并未因为她而网开一面，在他死后，她却又被追赠孝武皇后之尊号，以皇后之礼，与他同葬茂陵。

生则同枕，死则同穴。

　　她也不曾想到，他竟将这最郑重的礼，留给了她。

　　或许，人非木石皆有情，他们之间，也是有过深情和真爱的，只是谁人又能够确定，那爱是否太过单薄，是否经得起岁月磋磨，未走至终章，便已然残破。

　　若是如此，不如不遇倾城色。

刘兰芝：遥望知是故人来

府吏闻此变，因求假暂归。未至二三里，摧藏马悲哀。新妇识马声，蹑履相逢迎。怅然遥相望，知是故人来。举手拍马鞍，嗟叹使心伤："自君别我后，人事不可量。果不如先愿，又非君所详。我有亲父母，逼迫兼弟兄，以我应他人，君还何所望！"

府吏谓新妇："贺卿得高迁！磐石方且厚，可以卒千年；蒲苇一时纫，便作旦夕间。卿当日胜贵，吾独向黄泉！"

新妇谓府吏："何意出此言！同是被逼迫，君尔妾亦然。黄泉下相见，勿违今日言！"执手分道去，各各还家门。生人作死别，恨恨那可论？念与世间辞，千万不复全！

——《孔雀东南飞》节选

东汉末年，建安年间，庐江府小吏焦仲卿妻子刘兰芝，为焦母不容，被遣回娘家。

她发誓不再改嫁，奈何家人一直催逼。

最后，为表忠贞，新婚之夜，她投水自尽，他自缢殉情。

时人哀悼，作此一诗。

诗中有云："孔雀东南飞，五里一徘徊。"

《孔雀东南飞》里，传唱最多的莫过于这句，或是那"君当作磐石，妾当作蒲苇"，而独"怅然遥相望，知是故人来"一句最合她意。

朴素的生动里，洋溢着蓬勃的情意，不是至艳的情语亮丽浮靡，却足堪咀嚼。

一个"知"字，蕴了多少痴心情深：所念皆为故人，所恋皆为故人，是以即便山长水远，沧海难度，一眼望见的，依旧是故人。

诗书辞章里，"故人"这个词，又凉又暖，似清晨微凉的露珠，收在薄如纸的柴窑瓷里；又似冬夜依偎在足边的缱绻炉火温就的酒，未入喉，已教人想念。

或许，正如有些事、有些地方一般，有些人一旦经过，便不相忘，成为故去记忆中的人，远远的，依旧会在人群中首先望见。

你要等。

【一】

她名唤兰芝，刘兰芝。

兰，是兰心蕙质的兰；芝，是芝兰玉树的芝。

人如其名，她多才多艺，又知书达理。

在母亲的谆谆教导下，她十三岁便能织出白色丝绢，十四岁学会量体裁衣，十五岁能弹箜篌雅音，十六岁能诵读诗书。

她想，她符合好女孩的一切标准，哪怕只是世俗眼光认定的。

多少也是有些小骄傲的。

她原以为，自己这般骄傲自尊的人，是很难主动去喜欢一个人的，就算满心欢喜，也一定会小心翼翼地把那份喜欢藏在心里，别在兜里，自己一个人心慌意乱，然后孤独踟蹰。

直到十七岁那年，她嫁与了庐江府小吏焦仲卿。

其实，他不算是郎艳独绝、世无其二。可骨子里独有一份温和儒雅，给人感觉像是新衣裳被洗净晾干后的太阳余温。

她一见竟怦然心动。

也许，这便是喜欢了吧。

焦仲卿，是否如名所取，仲卿，重情？

所以，哪怕在她兄长眼里，他虽身在官家，官职却不算高，她仍是满心满眼将他视作良人。在心中暗暗下了决心，从此以后，甜蜜是他，苦难也是他。

望不离不弃，要等同的赤诚和真心。

明月遥寄
相思意

☆ | 壹 | 叁零柒
★ | 零 | 肆零玖柒
柒壹贰柒 肆壹柒壹

她也曾以为，他的青丝会由她，用上一生来量度；她额间双眉，将会由他，用上一世来描画。

后来，她才明白，他们的爱情，原来仿佛是一盘下至半酣的棋，被人骤然推翻，于是那些棋子有的落了一地，有的却封缄在玲珑局。

【二】

最初的岁月，还是眼波流动的欢乐时光。

记得那年，冬末时节，她辞别娘家，锣鼓喧天中，下了轿，由他牵着，走进他的家门。

母亲和哥哥约莫生怕她被小瞧了去，光是嫁妆，就让她带了大大小小六七十箱。金银首饰，水粉胭脂，妆奁器皿，满目琳琅，一并收藏其中。

她家中虽算不上簪缨名门，家底倒也殷实。上好的大红色樟木箱，雕了各色喜庆花样，用碧绿的丝线捆扎紧了，体面又气派。

她记得，其中那件绣花的齐腰短袄，光彩美丽的刺绣纹样，像是那日镶着金边的太阳。还有一床红色罗纱做的双层斗形小帐，四角都垂挂着香囊。挂在房内的时候，整个房间都会被熏染得香香的。

她很喜欢。

想来，他该亦是中意她的，按照俗礼给予她的彩礼，亦极为厚重。

虽然，她心甘情愿嫁与他，从来都不是因为这些凡尘俗物。

她想要的，从来不过是一个执手偕老的一心人罢了。

彼时初嫁，她发初覆眉，红绳结两端，也曾想着和他赌书泼茶，闲话桑麻。她的明眸刹那，犹可堪让他温纸入画。

只是，他因初升府衙，经常公务缠身，得空之时并不多。新婚燕尔，便留她孤身一人待在空房，往后连见面亦日渐疏稀。

更多的寻常日子里，她都是同婆婆和小姑待在家中，等着他回来。

她刚过门之时，小姑年纪尚小，刚会扶着床沿蹒跚学步，天真可爱的模样。

那时想来，他父亲亡故，靠他一人糊口养家，须得赡养母亲，还得帮衬妹妹，亦是不易。她既嫁与他，自当尽力为他排忧解难。

毕竟，所谓夫妻，便不只有热烈的火花，还得有甘愿为柴米油盐付出的担当。

那个时代里，每一个女子都望有山可靠，有树可栖。嫁人之后，丈夫便是她们倚靠的山，是她们栖身的树。

她，却不尽然。

她不是完全依附于他的藤蔓花草，她真心实意地与他携手，愿与他共同承担生活的喜乐与悲戚。

也许，那时的她不知道，他的家庭、他的时代，需要的不是聪明、能干的女子，绝对听话、完全顺从才是美德。所以，她显出和别人不一样的对于自我的期待与坚持，一点儿也不曾意识到这是一件危险的事。

他不在家的时日，她尽心尽力地侍奉婆婆。

每日鸡鸣时分，便早起织绸，直至夜深亦不曾歇息。

她时常透过窗棂，看那轮伶仃伏在云层后的明月，想想在府衙之中的他何时归家，手中愈加快了起来。

织布是她打从当女儿时便最为擅长之事，三天便能织成五匹绸子，她对自己这织布功夫，向来是引以为傲的。

她纺线总是又快又好，用手摸着搓捻子纺线，纺好的一个个线穗子，整整齐齐地被摆放在蒲篮里。上了织布机，吱吱呀呀，脚踏上下互换，梭子来回飞穿，穿经越纬，想着给他置办衣裳或是换一套被面，或是拿去集市上的布料庄，卖个好价钱，贴补家用。

一针一线，都是她的赤忱爱意，即便有时挑丝、裂帛，但裂缝中留存温柔。

【三】

十年修得同船渡，百年修得共枕眠。

可是，两个人若要天长地久地在一起，就不能凌空蹈虚。所有献给对方的狂喜、绞痛和眼泪，都诞生和深埋在缕缕烟火、粒粒糟糠、种种欲罢不能，又或是画地为牢之处。

她自认，为了这个家，已然付出了全部心力。

本以为，为他，所有的付出都是值得的，她的辛劳，也当是被人看在眼里的。

但她始终不明白，一直以来，众人皆道她贤惠非常，为何他的母亲，她的婆婆，对她总是冷言冷语，不甚满意。

渐渐地，光阴也无力将他们磨合成亲密无间的一家人。日久年深，却成相看两怨的厌烦和憎恶。

婆婆对她的嫌弃，总是不加掩饰地流露在脸色上、言辞中。

怨她织布缓慢，可她分明比很多妇人都织得快许多，饶是如此，亦几乎每日都织至深夜。责她不讲礼节，不尊长辈，做事全凭自己性子。可明明她凡事顺着婆婆心意，凡事都不敢擅作主张。

那些话，有意，或是无意，连接在一起，是劈头盖脸的雨，是戳进心窝的刀，是撒向伤口的盐，让人周身凛凛却一时失语。

他在家的日子里，片时欢笑且相亲，明日阴晴未定。

她常觉自己是孤身一人，周身缠绕着苦辛。唯有惊慌的暗潮，像马不停蹄的梦魇，不断在她嫁与他以来的每一个清晨重复上演。

本以为，不须计较苦劳心，万事原来有命。

其实，她不怕吃苦受累，却怕被无端误会；不怕辛劳疲惫，却怕心念成灰。

在外人看来，他们夫妻相敬如宾，让人心生钦羡。其实，幸福如人饮水，冷暖唯有自知。

而今，她才明白，婚姻里，从来不是一厢情愿，甚至不只是两情相悦便足。

原来，有情人终成眷属，竟不是所有爱情故事的结局，而是又一考验的开端，前路依然荆棘丛生，河川难渡。

相遇时，自有明月彩云，有金风玉露，可总有一天，当所有春花秋月的心事都淡了，露出生活真实而朴素的脸孔，你与他是否还能笃定倾盖如故，白首如新？

【四】

命运的风波和无端的变故往往是不请自来的。

却也不算无端无由，不过是当对彼此的忍无可忍，积攒至不愿再忍，便爆发鸡犬不宁的硝烟与纷争。

她知道，他是心疼她的，他是将她的贤惠温柔、她的倾心付出看在眼里，铭记于心的。

不然，他不会在那日听了她的诉说之后，对着历来强势的母亲说出那样的话。

他说，他们少年夫妻，这二三年中，相爱相亲，相敬相惜。

他说，既与她结发同枕席，便相誓黄泉共携手，死生与共。

他说，娶到她已是三生有幸，不奢求高官厚禄，得妻如此，夫复何求。

字字铿然，落地有声。

句句情深，一如她心中所想。

只是，却让他母亲勃然大怒，严厉斥责他没有见识，骂她身为儿媳不讲礼节，独断专行。

甚至她人都还没走，却已经想好替他另觅佳人，说什么东家有贤女，自名秦罗敷，长相可爱无人能及，要去替他求亲，就此赶快休掉她，切勿挽留云云。

罗敷，她曾听闻过的——秦氏有好女，自名为罗敷。

传说中，邯郸那位尽人皆知的陌上采桑女，见到她的人都会为她的容貌倾倒。

可是，罗敷为世所知，并不仅因她美貌惊为天人啊。十八岁嫁与一小吏，生活和美幸福。直至那日采桑路遇使君，面对轻薄言语不卑不亢。后被强娶，最终投潭自尽，选择了以最壮烈的方式宣告生命的结束，宣告对于爱情的忠贞。

如此，她才得以为世人所铭记，不是吗？

所以，她不理解，论才论貌论性情，她何处不及那自比罗敷的女子，到底缘何狠心至此务必要将她休弃？

唯一的宽慰，或许是他的坚决。

他凛身直腰，跪着说，如若母亲一定要他休弃她，他此生定不会再娶。

她是相信他所说的，都是真心实意，他对她的温柔呵护、悉心守候，亦都被她看在眼里。

或许，便正是她和他这份过浓的爱，才引起他母亲心中不满吧。因为，婆婆需要的，只是一个听她话的儿媳，而非一个能左右儿子的女子。

所以，她才会用拳头敲着床大发脾气，骂道："你这小子是没什么害怕的了，怎敢帮你媳妇说话！"

烛火演漾在母亲苍老的脸上，与她颤动的唇混为一体，容不得他再多说一句。

【五】

他再不敢作声，表情没有任何波动，可她知道，他不可能无动于衷。

却也无所作为。

他如往常一般，对母亲的老调重弹，最后只能报以沉默。

是要把对家长制的一腔不平，和对这不合理的婚姻制度的抗争，全部融进这种严肃、坚定的沉默中去吗？

可是沉默是不能解决问题的，沉默换来的只是更强硬的逼迫。

最后，他对母亲拜了两拜，回到房里，张嘴想和她说什么。

半晌，他道："本来不愿赶你走，但有母亲逼迫着。你先暂且回娘家去。我现在需要回太守府里办事，不久一定回来，回来后，必定去迎接你回来。为此，你就受点儿委屈吧，千万不要违背母亲说的。"他面上悲痛，语气也带着哽咽。

听他那样说，她心尖上的一簇肉到底动了一下。

她无法猜想此刻，他心中的万水千山，是什么样的面貌，但她听懂了。

"本来"，是他的真心；"必定"，是他的承诺。

只是，到底是暂时的妥协还是骨子里的懦弱，她不愿亦不敢去深想了。

不敢去想，她到底得到过多少承诺，那些最虚无缥缈的东西，在生活一地鸡毛的磋磨中，会不会只剩一张灰黄疲倦的脸。

她真的没有信心了。

突然的揭盅和结局，让她无语，也哭不出声，心里发堵得让人想大叫出声，有酸意哽咽在残破的喉咙里，又生生被抑制住，正如她往常无数次眼泛泪意，却从不哭泣。

灯盏的蜡油一滴一滴黏在桌上，叠了起来。

她看着它们从银色渐渐变红，又从红色缓缓变黑。

不知什么时候，待她晃过神来，发觉自己面上已是一片湿热，耳边传来他的哽咽："兰芝……"

"无须再这般反复叮咛了。"

她终是倦了。

欢喜和磨难再也无法同舟共济。

从嫁与他，她昼夜不息，辛苦劳作。日日那般卑微低头，小心翼翼，也不曾换来半分感谢与包容。

她不是没有想过终身侍奉婆婆，一家人相扶到老。

她曾想过原谅、包容一切的，想过就这么若无其事地同他度过一生的，可日日相对的言语伤害和令人窒息的氛围，一遍遍地消磨着她的自尊和温柔爱意。

那些毫不犹豫出口的锋利言辞，和自行消化不了的摩擦，不断地在提醒她——他不仅是她一个人的焦郎，在认识她的更早之前，他便已经是母亲的乖儿子了。

直至那一刻，她忽然明白，这两三年，她的妥协与那些不了了之，只是一系列无疾而终的初始。

怪谁呢？

对错这种事，说来都幼稚。

但走到今天这一步，她问心无愧，自以为可以说是无甚罪过。

只是，她深知，再回不去了。

旧梦难重温，破镜难重圆，覆水再难收，今后，她与他，也绝无可能相会相亲了。

她终于认命。

至于，她嫁与他时，那些喜气洋洋的物什，那曾撒过花生、红枣、桂圆、核桃的大红被枕，她的绣花短袄，她的红罗斗帐……权且送他，就当留个念想罢。

"人既然低贱，东西自然也卑陋，怕是不值得用来迎娶后来新人。你留着，等以后有机会送给别人吧……"

说出口的，好似是一别两宽，各生欢喜，其实喉中满是苦涩的自嘲，炽烈而哀恸，诸般滋味皆在其中。

山水相逢各一程，风月了无痕。不过只望他能长长久久想念她，莫要忘记她。

莫忘了她曾经看向他的柔情千种。

莫忘了她和他幻想过的地老天荒。

也许，她骨子里真的是个自私、独断又专行的人吧，哪怕她人不在了，也偏要他记住她，永远地。

哪怕，她只是活在他的怨憎里，让他暗夜里只要想起，便会生出丝丝缕缕的悲怆，连同那些青春韶光，都是染了憾恨的血色。

【六】

他和她，于万人中，万幸得以相逢，只是天意总将人捉弄，怎奈何，身不由己。

也许，人世是一段相当漫长而荒芜的舟行，见过那么多离离合合，还是不确定自己是否走到了正确的码头。哪怕是诗人们心头常记、笔下长留的渡口，也逃不过执手分袂，各自天涯。既然，说过的相见恨晚，不敌人生的变幻，那就学着看淡不纠缠。

次日，鸡鸣时分，天光欲亮。她依旧早早起身，这一回，却不再是为了上机织布。

容她开了全套妆奁，精心梳妆。

一笔一画，细细地描了双眉，双颊胭脂绯红淡淡，红唇宛如口含朱丹。发间玳瑁簪闪闪发光，耳垂戴上明月珠耳珰。

再容她换上最堂皇的衣衫，挑拣更换了四五次，最后穿上昔日绣花的夹裙，腰间束着流光白绸带，换上丝鞋。

此刻，看着镜中的自己，她几乎以为回到几年前，她好像还在自己闺房，那时，没有刻意刁难，没有冷言冷语，没有忍气吞声、俯仰脸色……

可惜眉眼如画，终成镜中空花，都似好春光，都像梦一场。

沉静了一晚的思绪再度上涌，怕泪水再度失守，花了妆面，她阖了妆箱，起身。

是时候了，去堂前，拜别。

一步一步，像行走在刀尖斧刃之上，却也不能失了大家闺秀的风范。

婆婆依旧端坐高堂座椅上，一脸怒气仍未平息的模样，见她来，并不言语。

似乎，她才是整个家的灵魂，即使如今默不作声，仍然维系着某种难以言说的力量，弥散在这屋子窒闷的空气中。

也许她们曾相互期望，又相互失望。如今，存在即是尴尬，是无奈，是折磨。

谁又真的体恤得了谁？

"兰芝从小就生长在村野乡里，从前做女儿时，不曾受到严厉的教管训导，嫁到您家愧对您家公子。受了许多金钱和财礼，却不能胜任您的驱使。今天，就要回到娘家去，还记挂着阿母孤身操劳在家里。"半晌，她俯身道。

一切似乎说得勉强，却也带着诚意。

色愈恭，礼愈至。即便是最后拜别，也不想失了体面，落了口实。

堂上人依旧不打算说什么，别过头去。

也好，省了冠冕堂皇的嘘寒问暖。

退下堂来，去向小姑告别，终是忍不住，滚滚热泪，落如连珠。

小姑是她看着长大的。想当初，她刚嫁过来时，小姑刚会扶着床走路，一脸天真可爱的模样。回忆着点点滴滴，往事历历在目。

她虽和婆婆多有不和，却还是叮嘱小姑，尽心侍奉婆婆，多尽尽孝心。如若可以，每当七夕之夜，女儿家的欢乐之时，也能想想她。

尽管那五彩鹊桥呵，大抵，直通她爱情的坟墓。

说好决计不做一副哭哭啼啼哀怨相的，走出家门，上车时，眼泪竟已落下百多行。

仲卿骑着马，走在前头，她坐在车上，跟在后头。

车行缓慢，轳辘轮转，在并不平坦的土泥路上，和她心绪一般，上下起伏，颠簸晃荡，时而小声隐隐，时而大声甸甸。

再长的路终究会走完，最后，到天边渐起零星红云，夕阳抛洒余晖委地，车和马，也终是一同到达了大道口。

就在这个路口之后，他要去往府衙，她要回到娘家。

只此一去，便是天涯。

他下马，走进车中，低下头来，坐在她一旁，低声细语，信誓旦旦，说着此生不负，说着让她等他。

在她预想中，此刻当不问前程，任由命运残忍，认真写离分，时日那么长，总能释然吧。

可当看着他眼中有柔情千种，听着他一字一句，笨拙地、认真地斟酌着奉送。

她忽觉故作冷硬的心里，骤然增添了干枯的裂痕，那些曾经的回忆，如入夜的惊涛骇浪，又如晨曦后伪装的安宁。

纵然想做看客，奈何眼前人是心上人。

一切的恩怨于是灰飞落地。

不然还能怎样呢？

她不得不承认，前尘旧事，根本放不下，她定会无法抑制地日思夜想，等着他回。只盼着他能如同磐石一般，宽厚坚固而强大，永不变心。

那她，也定会如同蒲苇一株，最为柔软，却也最是坚韧，忠贞不渝。

只是，相誓容易相守难。

他们之间，隔着的，何止是这条大道，还有他的母亲，以及，她家中脾气暴烈的兄长——本就不看好他和她的这桩婚事，得知此番她被赶回去，定然非议，恐怕更是再无可能任凭她自己做主。

在婆家，她要听从公婆、丈夫的安排，在娘家，她要听从父兄、长辈的安排。

这个时代，从未没有给女子独立自主的土壤。

其实，他们之间，哪还有什么转圜。

到最后，再怎样依依不舍、情意绵绵，她也只能泪流满面，和他挥手告别。

许是，人世间每次悲伤、欢喜、爱恨都太过用力，所以永远学不会轻描淡写，都决定要断了，依然连着藕丝一缕，难舍难离。

【七】

如她所料，即便回到家中，进了大门，走上厅堂，回到她那生活了十七年的地方，也再回不去过去的时光。

家中母亲得知她被夫家遣送回来，大惊失色，痛心拊掌。

母亲脸上挂着的泪珠，像针尖一样扎着她的心尖。

身为女儿家，长大成人，实在不易，想她自十三岁起，母亲一针一线教她女红纺织，十四岁悉心教她量体裁衣，十五岁让她学弹箜篌，十六岁知书识礼，为的便是她嫁到夫家，相夫教子，阖家美满。

这便是俗世女子最简单平凡的圆满。

可如今，一切就这样不讲道理，就这样蛮横。她明明无甚过失，却依旧被无故遣返，还带着满满的罪恶之感，进退两难。

或许，还得忍受外人飞短流长。

她好像渐渐明白了所谓的生活、所谓的婚姻、所谓的爱情，是怎么一回事了，依稀知道了自己命运背后的纹理。

可这究竟，是她的幸运，还是另外一种不幸？

回家不过十多日，县令便派了一位媒人，前来提亲。说县太爷家三公子，十八九岁，文才、相貌俱是出众，是举世无双的好儿郎。

她一番婉拒后，太守家亦派人前来说媒。太守家五公子，亦是貌美才高，尚未娶妻。

诚然这世上相伴缱绻的眷侣，并非对对都登对，但也许更多人之间最大的问题，不是不般配，而是不相爱。

只是，哪怕再不愿意，哪怕她再含泪拒绝，亦是无用。

婚姻大事，从来由不得她自己做主，母亲倒仍是顺她心意，只是，今时不同往日。

如今，无论是她，抑或母亲，都不得违拗兄长的安排。

在他眼里，人和人命运的好坏，有着天壤之别。她先嫁给仲卿这一小吏，如今被休弃却能嫁给太守家的贵公子，已是天大的好运，享不尽的荣华富贵送上门来，她若拒绝了，今后又能往何处去。

其实想来，兄长所言，不无道理。他的气急败坏，母亲的语重心长，她不是看不分明，也并非不知自己如今的尴尬境地。

她和仲卿，背后各自站着一个一言难尽的家庭，家庭背后是更为复杂、不容抗拒的世俗人情。虽有"君当作磐石，妾当作蒲苇"的约定，但那誓约再坚定，说到底，也不过是说给彼此听一听，旁人又有几多在意。

同他前缘再续，根本不会再有机遇。

若她能回去，那她便不会回来，不是吗？

当她终于松口，应允了那门婚事的时候，哥哥、母亲都像是松了一口气。

媒人从坐床下去，连声说着好。听说，太守闻言也很是欢喜，翻开历书反复查看，挑选良辰吉日。

所有人似乎都很满意。

除了她。

心一点儿一点儿变凉，但她很快就适应了，想着，这也许是天冷的缘故，而并不是绝望。

婚期很快便确定好了，就在三十日，三天后。

来往的人络绎不绝，有如天上浮云。都说那阵仗、排场甚是阔大。

迎亲的船舫上，画着青雀和白鹄，四角挂着的绣着龙的旗幡随风轻飘。金色的车配着玉饰的轮，驾上那毛色青白相杂的马，缓步前进。马鞍两旁，结着的，是金线织成的缨子。

三百万聘金，尽用青丝串联在一起。三百匹绸缎，花色不一。海味山珍，自交州、广州而来，不远万里。四五百随从，热热闹闹齐集太守府前，准备迎亲。

两姓联姻，一堂缔约，人人如画张张喜。

母亲也来催促她准备好衣裳，莫要耽误了婚礼。独她一人不言不语，泪珠顺着面颊簌簌掉落，丝帕掩面，也止不住悲声啼。

最无用泪滴，当知无会期。再如何拖延，也只是逃避、自欺。

她搬出那镶着琉璃的坐榻，放到前窗下。左手拿起剪刀和界尺，右手拿起绫罗和绸缎，这桩桩件件，是这样熟悉，却像一根无情的绳，不由分说地勒断了她关于未来的憧憬与热望。

恍惚间，一日光景便已过去。起身时，已是天光迟暮，一片昏暗。

今晚过去，到明日，她就将穿着那刚做好的绣夹裙、单罗衫，喜帕一盖，成为别人的新嫁娘。

像是绝望的轮回，让人心焦不已，但她没有能力改变这一切，只是由着心中的不忍、不该，不断强迫自己，不想不看不听，收余恨、且自新、改性情，休恋逝水、苦海回身、早悟兰因。

许久，她闭上通红的眼睛，从此以后，桥归桥，路归路，大抵，这便是他们的结局了。

【八】

世事茫茫难自料，清风明月冷看人。

多少一言为定，都在这世俗人情的流转里纷纷化作了乌有。纵是他与她初别之时，举手长劳劳，二情同依依，怎样难舍难离，终是没能抵过世俗的催逼。

短短半月，再见已是物是人非。

闻得她竟应允了太守家的求亲，这是他无论如何也不曾预料的变故。

他专门告假，请求归家，而后鞭声急促，心悬如鼓，策马赶来。

身下马儿也明了他的心情，似在低声悲鸣。

他执手画眉的妻，即将入他人花轿，成为他人新妇！

届时，她会和另一人红绸相牵，叩拜天地，会有赞礼官念着"桃之夭夭，灼灼其华，之子于归，宜其室家"吗？

亦会有人在红销帐底撒下花生、桂圆、红枣、石榴，准备好交杯共饮的合卺酒，待她的盖头被挑起，曲终人散的寂寥里，他们，亦会两两相望吗？

一如彼时，他迎娶她！

思及此，数日不见今相逢，一见她，满心别离相思尚不及说，他便不能自已，溢出满满幽怨醋意："磐石方且厚，可以卒千年；蒲苇一时纫，便作旦夕间。"

大石方正又坚厚，千年不变。蒲苇虽一时坚韧，但只能坚持很短的时间。

她抬手抚着他的马鞍，哀声长叹，殊不知，却看得他心都碎了。

是不是，时间如刀的磨砺，让爱意都销声匿迹？

她也没想到，许久不见，他们竟成冷言换冷语，针锋相对。

他说，恭贺她得以借此高迁！从此以后，她当地位日渐显贵，而他，独自一人下到黄泉。

他素来温厚，自打认识以来，和她说话也始终是温声软语，风纤纤，雨细细。从未见过他如今这般模样，说着赌誓发咒的怨恨之语，带着一丝孩子气。

他马不停蹄地赶来兴师问罪，想是气极。

也许，旁的，他只是不敢说，或是，笨嘴拙舌不会说。

不敢说他母亲的错处；不会说，虽然他母亲会找来秦罗敷、张罗敷、赵罗敷，但他知道的，他一定怎么也爱不起来，脑海里闪现的全都是她浅笑嫣然的脸，以及她初嫁那天，火红的嫁衣，在满城绿色中款款飞扬。

虽然，她不是他母亲心中最理想的儿媳，却是他终此一生，唯一想要死生与共的妻。早在她泪流满面说分别的那个夜晚之前，当她眼波流转地说出那"君当作磐石，妾当作蒲苇"之前，他就已将爱情留守于她身上，带着小孩子模样的悲壮。

他想要做的、想要说的，所有所有，只是不能而已。

其实，在心里，她一直盼望他来找她。

在外人眼里，她是迫不及待投身高门富贵的女子，谁知她和他一样，殷殷情意，痴心熬尽。早在二三里之外，她便识得他马声蹄蹄似有哀音，踏着鞋急忙走出家门前去相迎。心中怅然，遥遥望去，知是他来，默默地立在那里看，像在三生石畔，看忘川河对岸。

他又何曾知晓，人事变迁，难以预料。自她回来，独自面对家人何种施压，忍受何等流言、各种催逼。她和他一样，一样身不由己，一样饱受熬煎。

他说去黄泉，黄泉到底有多远，和尘世又有何分别，是否可以让他和她再续前缘？

既然，这世道，不容她和他冲出罗网，便只能共同怀抱着满腔不舍，葬身汪洋。

生命，则成为他们这段爱情最凄婉的注脚。

【九】

左右也不过是执手道别，各寻短见，死生永决。

若情天恨海，至死不渝，黄泉之下，自会相见。

多年以后，也许，他的母亲还会记得，那天，风大天寒，摧折了树木，浓霜覆盖了庭院兰花，而仲卿回到家，上堂拜见她，祝她寿比南山，身体康健，便是此生最后一面。

而她的兄长和母亲，或许也不幸会听闻，迎亲那天，牛马嘶叫，她被送进青色的帐篷成婚。只待着天色昏暗后，她挽起裙子，脱下丝鞋，纵身一跳，投进了清水池。

从此，封建礼法刀口下，又多了一对难以瞑目的冤魂。

余下的，都是令人唏嘘的传说了。

两家要求将夫妻二人合葬，葬于华山旁。

坟冢四周，种上了松柏，种上了梧桐，各树枝枝相覆盖，叶叶相连通。其间一对鸳鸯双飞鸟，日日抬首相对鸣叫，直至夜夜四五更，如泣如诉，如叹如唤。

过路之人，都不住停下脚步谛听，寡妇惊起，亦是不安彷徨。

听那唤的什么呢？

人世间多少的相遇、错过、身不由己和无可奈何，背后总的主题是求不得，但并不是不敢追寻才不可得，而是努力了、尝试了，依然不可得。

因为时代，因为环境，因为外界桎梏，因为内心枷锁，因为人在天命面前，总是渺小得可怜。

茎茎蔓草，岁岁不老；风雨如晦，死生为谁。

可纵知如此，依然不悔地去爱着，为一人慷慨捐身，宁可舍弃全世界的缤纷，螳臂当车地对抗时代巨轮。最终，他们二人之心，得以活在残山剩水之外的同一具故人残骸中，这需要何等苍凉的勇气啊！

莫如不问结果如何，因为有些事，不饱尝淋漓痛楚，不能真切懂得。

无论如何，这红尘、青丝、白骨、黄泉，一切轮转永无止休。

也许，其实，她的兰，本是兰因絮果的兰；芝，是芝艾俱焚的芝。

嵇康：郎绝独艳曲终散

嗟余薄祜，少遭不造。哀茕靡识，越在襁褓。母兄鞠育，有慈无威。

恃爱肆姐，不训不师。爰及冠带，冯宠自放。抗心希古，任其所尚。

托好老庄，贱物贵身。志在守朴，养素全真。曰余不敏，好善暗人。

子玉之败，屡增惟尘。大人含弘，藏垢怀耻。民之多僻，政不由己。

惟此褊心，显明臧否。感悟思愆，怛若创痏。欲寡其过，谤议沸腾。

性不伤物，频致怨憎。昔惭柳惠，今愧孙登。内负宿心，外恧良朋。

仰慕严郑，乐道闲居。与世无营，神气晏如。咨余不淑，婴累多虞。

匪降自天，实由顽疏。理弊患结，卒致囹圄。对答鄙讯，絷此幽阻。

实耻讼免，时不我与。虽曰义直，神辱志沮。澡身沧浪，岂云能补。

嗈嗈鸣雁，奋翼北游。顺时而动，得意忘忧。嗟我愤叹，曾莫能俦。

事与愿违，遘兹淹留。穷达有命，亦又何求。古人有言，善莫近名。

奉时恭默，咎悔不生。万石周慎，安亲保荣。世务纷纭，祗搅余情。

　　安乐必诚，乃终利贞。煌煌灵芝，一年三秀。余独何为，有志不就。

　　惩难思复，心焉内疚。庶勖将来，无馨无臭。采薇山阿，散发岩岫。

　　永啸长吟，颐性养寿。

——嵇康《幽愤诗》

　　那该是很多人终其一生，也难以忘却的场景。

　　从他指间呼啸而出的凌厉之感，如同折枝古柏，铮铮铁骨的骄傲溶进了血液里，每一个音都极其用力弹拨着，穿云裂石一样的声响，铿锵有力，振得人耳膜生疼。

　　似教人亲见千军万马奔驰，滚滚黄沙淹没了视线，连呼吸都能感受到空气里的狰狞。

　　然而就在下一瞬，连绵不断的琴音，戛然而止。

　　自此，生死歌哭皆快意，万古悲凉一曲终。

　　到底唏嘘，郎艳独绝，世无其二如他，最终也只是一片血色的殊艳。

　　也许，多年后，世人还会记得，魏元帝景元四年（263），《广陵散》在这个尘烟拂乱的朝代上空响彻行云。

　　至于她，曹璺，百世之后，在《晋书》里，除却一句"与魏宗室婚"外，几乎在嵇康的人生里销声匿迹。

　　她被掩盖在他的万丈光芒之下，低眉俯首。

　　但她仍旧将他视作生命里的一道光，哪怕，刹那盛开过之后，变作满地凋零的尘埃，即使，在他折服天下人的琴音之下，也不曾有她一声一息的低吟。

【一】

对于嵇康，她本以为自己早已麻木了。

可当得知他即将赴死时，心间竟泛起难言的隐痛，那一刻，她便知道，她对他的爱，早已远胜过了怨。

傍晚，夕阳落下，只留淡淡的金光普照四方。

她最后一次去看他的时候，他仍是一袭白衣，斜靠在牢房灰黑的砖墙边。几缕阳光透过高高的小窗照进来，昏暗之中，他高挺的鼻梁、清俊的眉眼还是被金光镀上一层朦胧的光晕。

惊为天人，自当如此。

察觉到她的脚步声，他将目光投到她的身上，长而密的睫毛打下淡淡的阴影。

"许久不见，别来无恙。"

她以为他会提及他经此一事或是交代些什么，在心里已做好应答的准备，而他只是温润地开口，说了一句"别来无恙"。

声音如故，低缓暗哑，让人听不出情绪。

她立在根根木栅栏外，静默良久后，她看向他，正想出声问他还有什么想说的，一晃神，仿佛看到了初遇时的那双眼睛。

就那么一瞬的恍惚，岁月仿佛倒流了几十年之久。

曾经，洛阳三月，牡丹花开，灼灼如锦。

"洛阳佳处，天下独绝。"父亲一时有些情难自禁，赞叹不已。

嗯，是不错，尤其是北邙一处，最是适合埋葬那些自己一世庸碌，而妄想后辈英才杰出的人。

她瞥了一眼父亲眼底的欣喜亮色，在心里故意不咸不淡地哼了声。

不知是不是她不屑的神色太过明显，泄露了心底的不以为意，接着传来的，就是父亲的愠怒声。

而她，也只是施施然合拢袖子，低头隐了狡黠的笑容，从容不迫地退入内室。

沛穆王府里，下人们似是早已对这一幕司空见惯，继续干着手头的活计，只当充耳不闻，谁也不会多嘴嚼舌。

是的，这便是她的家和她——曹璺。

她的骨缝中涌动着的血脉，承继了那个短命的氏族。

昔年，曹魏宗氏一族，曾经享有何等辉煌璀璨的荣光，只是，物极必反，盛极必衰，是亘古不变的轮转，当那短暂的辉煌逝去，转瞬间跌入低谷……

然而，她的父亲，到底不甘心，念念不忘昔日的荣光，自以为仍旧是那个尊贵的王室，殊不知，血统带来尊贵与地位的同时，一样带来了束缚与限制。

他不知，他莫名自大的优越感，让多少人背后失笑；而暴躁易怒、多疑猜忌的性格，不时的大声吼叫，又让人何等无奈。

她，则不然。

她只想做个普通、清醒、踏实度日的人，哪怕没有富贵权柄的簇拥，没有诗情画意的风雅。

那日，她自外回家，得知自己被封为长乐亭主，看见父亲先是骄矜自许，后是自怜自艾、愤愤不平之时，只是视而不见地走入内室。

长乐亭主？

长乐未央，此生顺遂吗？

不知为何，她看见父亲的得意神色，觉得有些可笑，背后倚仗的力量衰弱了，有封号又如何呢？真正让人敬畏的，从来不是那虚浮的头衔。

父亲见此，吼叫得更加大声，她则在屋内以更高声的琴声作为回敬。

其实，她算是弹得一手好琴，待字闺中之时，常在自家小园香径下弹奏几番。哪怕无人倾听，又有什么关系，因为她喜欢。

这恐怕是她所有不多的爱好中，最为符合这世俗标准认定的高雅爱好。

她喜欢的，其实不多，无论是人、事，还是地方，譬如，洛阳这地儿，她就不甚喜欢。

或许，其实是因为父亲如此喜爱洛阳，她便不那么喜爱。

纵观整个洛阳城，不论是桃李夹岸、杨柳成荫的洛河之滨，还是瓦灰石青的白马寺，或是古城的画栋雕梁、锦绣牡丹……

便纵有千般风情，万般曼妙，有多少如她一般的闺中少女，有多少文人骚客痴痴向往，她都不甚感兴趣。

她更感兴趣的，是从前，春日迟迟，她肆无忌惮地驾着牛车，飞快地奔驰于郊外芳草萋萋的小道上。

瞧着那春山盛景，听着那松涛泉鸣，人处此景之中，心境自然会变得舒朗清阔。很快，她便能把父母和同行的侍童远远地甩在后面。

那时，她还不知，自己一路上，嘴角都带着难得的笑意，落在旁人眼里，那便如春日明花一般绚丽。

有一次，便是如此，她独自驾着牛车飞奔，最后不知所至何处。

下车步行，不顾初春的露水沾湿了裙衫，到了那寂静无人处，苇丛荡荡，水声泠泠，芜杂掩映间，忽见一架巨大的水车——那不只是农具，因了流水的跌宕起伏而显得宛如活物。

木质的斑驳纹理，在常年水汽的氤氲浸润下更显分明，日复一日，年复一年，随着风的吹拂，轻摇缓踏，和着水声潺潺，不知疲倦地吱呀转动，重复着远古的歌谣，悠悠轮转，似乎，可以就这样到地老天荒。

她便不时会想象，也许，是哪一个不擅言谈却精于巧思，身着粗布麻衣的寻常男子，以何等专注的神情，指尖该怎样一笔一画地拟出草纸画图，怎样一刀一木地缘着线条削刻榫接……

她到底还是个未经世事的女孩子，当然也会有思春的心思。

【二】

后来，她长大了一些，上门求婚之人开始踏进她家的门槛。

某日，父亲刚送走来客，便大声道："丑丫头，为父总算给你找到了好婆家！"说着走进内室，他眼底洋溢着得意之色，"把你许配给了才华惊世、俊美无双的嵇康，嵇叔夜！"

闻言，她虽面上不动声色，内心的惊讶却并不比一旁的母亲少。

嵇叔夜，这个名字，几乎是整个洛阳的少女们一提及，便似窥破隐秘心事般脸红心跳的公开秘密。

据说，他身长七尺八寸，风姿特秀。见者叹曰：萧萧肃肃，爽朗清举。或云：肃肃如松下风，高而徐引。

时人崇尚阴柔之美，男子出门前不但要敷粉施朱、熏衣修面，还要带齐羽扇、麈尾、玉环、香囊等各种器物挂件，如此，方能从容出入，飘飘若仙。

而举世闻名的嵇叔夜，据说与那些脂粉扑面、轻移莲步的阴柔之美相比，他自成一股子清润高远，有一种惊心动魄且心旷神怡的美，令人神清气爽。

甚至有传闻说，曾有樵夫砍柴晚归，在山中偶遇采药游玩的他，竟然惊为仙人下凡，倒头便拜，口中还念念叨叨道惊扰了神仙。

樵夫此举令他哑然失笑，可自此，其龙章凤姿，仪表才华，更是尽人皆知。

初初听闻，她本不以为意，毕竟，这世间俊美男儿也并不罕见，何况，不乏人长得美，却是虚有其表，绣花枕头。

"你这丑丫头，要不是出身英武的曹魏宗室，哪能找到这么好的亲事……"

耳边，父亲还在自顾自地欣喜地说着，后来的话，她却是再无心听了。

瞬间惊诧之后，余下的，是微微复杂的心绪，她说不清，道不明。

一日夜晚，她辗转反侧，许久亦不成眠，遂起身随意披了件衬裙，托起许久未弹的素琴，走至中庭。

静夜沉沉，浮光霭霭，云散月明如练，中庭似照梨花雪。

夜晚有些寒凉，她便温了壶小酒，意欲小酌几口。她伏在案上，侧身撑肘，闲闲看那红泥泥炭火，在夜色中灼烧。

一时，思及婚事，心绪便有些烦闷。

父亲将她和嵇叔夜的婚事那般仓促地订下，成为洛阳多少人茶余饭后的谈资，她亦有意无意，在外听得议论，其间大多不看好之声。

"该是个怎样倾城绝色的人儿，才配嵇郎的清雅高华……"

"或许是政治联姻，只是，这今日的曹魏宗室不比往日了……"

"长乐亭主？封号都小得可怜，配名满天下的嵇叔夜……"

是啊，嵇叔夜，龙章凤姿，天质自然，名满天下，即便只是于山中采药，一袭白衣出尘，见者便惊为天人。

也许，正是因为风流俊美、才华横溢，所以，他被她的父亲相中了吧。

毕竟，父亲素来最是看重门第高下，而他，论家世、官阶，与曹家到底悬殊。

听闻嵇父官位最高不过六品，主管图书文书；而他的兄长嵇喜，早年以秀才身份从军，后来担任太仆，官至九卿；但他自己，到底仍无一官半职傍身。

外人眼中，一边是王侯贵胄，一边是芝麻官之家，他们终是门不当户不对的，他却是父亲钦定的女婿人选。或许，正是地位的悬殊，容不得他率性地去追求自由的婚姻吧，不管愿不愿意，他也只能应允，成为曹家的女婿。

　　哪怕，他见都没见过她；也不管，他是否倾心于她。

　　只是，他是多少洛阳少女梦寐以求的良人，而她，相较之下，却是那么平凡。

　　哪怕她不想承认，但确为事实。

　　她好像什么都懂一些，读书、习字、弹琴、作画、女红、畜牧、农耕、骑马、射箭，甚至于风水和手相……却没有一样是极为出色的。正如她的相貌不算倾城绝色，却也不至于像父亲所说的那般丑。

　　只是，相较于嵇叔夜，大多数人，都会和她一样吧，显得平淡，显得平常。

　　就像她的家族，没落之后，虽不比从前那般好，却也不至于那么坏。她的日常生活，不至于轰轰烈烈，却也不至于死水一潭。

　　一直以来，一切都是细水长流的、平平淡淡的，她亦习惯于这并不安宁的时代里喧闹中的寂静。

　　只是如今，这一纸婚约，却像是将她推至风口浪尖，哪怕她装作不甚在意，可婚姻大事，并非儿戏，有几人能做到真的不在意，不过是佯装泰然自若。

　　愈是表面不动声色，愈是心中忐忑。尤其随着婚期愈近，这意义不明的等待，显得无妄，叫人迷惘。

　　好在，几杯清酒入喉之后，胸中郁结暂抛，心中块垒暂消。她将琴扶正，低眉信手，轻拢慢捻，曲调自弦上流泻而出，缓缓地飘向院外。

　　不知，是不是错觉，近日她每每弹至兴起时，便能依稀听得某处亦有琴音，悠扬柔和，曲调似是在应和她。

　　此际亦是如此。

　　待她凝神细听，院墙之外，似有人循声而至。

她静默听了片刻，起身欲走，上了台阶，转身却见院墙外，站着一个隽拔似神祇的男子。

那人身形哪怕在高高的院墙之外，仍显高大，浅白宽袍大袖垂落，长发披散，气息散懒，月光洒在他身上，环上一层浅浅的光晕。

本以为，是哪个解音人，却原来，是他。

是了，她自诩琴艺不差，而方才那段，虽听得不甚分明，可琴技显然是不一般，加之此刻仍在她家院外，身形气质又是如此出众的，除了他，还能是谁呢？

是了，他便是那个世人口中俊美无双的嵇康。

原来，他长这样。

此前，她只闻其名，不见其人，自然觉得夸张，可今日一见，她才知传闻不虚，他当真是像那画里走出来的人儿。

月光般的嗓音传来："姑娘不问问，我是谁吗？"

世间，能弹得如此琴音的人，并不多。她垂眸静立，面色平静森凉，心想。

而后，他似乎慢慢走近了些："月出皎兮，您不想看看我吗？"

纵使心中惊动，出口仍是："呵，您并不比月色更迷人……"她血脉中承继的骄傲戾气，不自觉地露出了小小毒牙。

"您却比月色更美。"那嗓音继续悠悠响起。

她蓦地抬首，迎向他。只是，逆着月光的他，面目模糊不清。

面对他，世间大多女子，都会陷入羞惭吧。

她也只能下意识地扯出一丝笑："哦？那看来，您眼神，似乎不怎么样。"除了笑得难看，毫无意味。

半晌，无语。

她却觉得，他似无声笑了。

不知是不是酒气有些上涌，她只感双颊略微发烫，神思也有些恍惚，恰似那晚暮烟轻笼，云月徘徊，摇曳竹柏似舞影凌乱。

【三】

后来，弦音散后酒初醒，深院月斜人静。

只是，她再回忆起那晚无意间与他照面，如梦似醒，让她亦几乎辨不明究竟是真实存在，还是她酒后幻梦一场。

亦始终不得证实，因为，无论是后来的丹书青简，还是坊间笑谈，抑或他的纸笔之上，都不曾留下关于她的笔墨几行。

洪流乱烟，她终其一生，也不过魏沛穆王曹林的孙女、魏武帝曹操的曾孙女、嵇康之妻的头衔。

这样也好。

就让她成为历史上一颗无关痛痒的棋子，落在哪里，都独自成诗。至少，不用被无聊的看客，茶余饭后，日日不咸不淡地提及，被不痛不痒地解读，被比较。

时移世易，她的家族仍在不可避免地走向没落。

但他们，依旧自然而然地从互不相识，走到了缔结婚约的那一天。

父亲尽量凑拢钱财，在住宅西南角的吉地上筑起青庐，举办婚宴，然而仪式仍然显得潦草与仓促。

不过，她素来都不在意。

只是任由婢女执了勾勒眉角的笔，捻了胭脂膏露，为她描眉绾髻，傅粉涂唇。

父亲斜眼看着她，不无心忧。

许是看别家姑娘出嫁，都哭得梨花带雨，而她淡定如斯。

旁人不明白，在她十数年来的平淡无奇的少女生活中，她显露的无言与镇静，未尝不是一种默然反抗与叛逆，对人对己，对自由，对命运。

虽然都是表象的从容。

就像她命定的夫君，掀起青色的布幔，一步一步自毡席上走过，迈入青庐之时，她手心还是捏出了汗，不过佯装镇定。

他缓步走到她面前，牵起她的手，缓缓走上阶梯。

其时南风渐起，她衣袂飘然，可不知为何，她隐隐觉得，众人的目光皆未落在她的锦衣华服之上，而是不约而同地注视着他。

无论何时，无论何地，他都是最万众瞩目的那一个。

这风华绝代的人，当真就要成为她执手一生的夫婿了。

烦冗的仪式过后，他修长的指，抓着她的肩，半推着她坐到妆奁前，挑起了蒙着的喜帕。

传闻中的风姿绝色，就在那倏然之间映入她眼中。

镜中颜，映为婳，她看见身后的他饶有兴致地打量镜中的自己。

"她眼神……还是很好的。"他低哑的嗓音自上方响起，像轻飘飘地吹在纱幔上，有些许酒气拂过鼻翼。

自镜中，她看见他高大的身形立在自己旁侧，眉眼垂着，那双狭长透亮的眼睛，似因微醺而生出一些深沉的温柔来。

"怎么，这会儿想好好看看我了吗？"他看着她故作镇静，扬了扬眉粲然一笑。

她却笑不出来，睨着他含笑的神情，反而生出一股莫名的嗔怒，薄唇轻轻抿着，沉默不语。

如此，她的少女时代结束了。

人道芙蓉帐暖最羡煞，此后的很多年，她只记得那晚灯火下，掌心，错乱纹理。

【四】

嵇府坐落在濉溪县嵇山之侧，府旁一条小河逶迤而过。府内游廊画阁，曲径通幽，简约而不简单。

她倒是也喜欢。

后来，她才知，他早年丧父，家中并不殷实的家业一直由长兄来打理。他十八岁那年，兄长以秀才身份从军，仕途渐渐平顺，而后举家北迁，在山阳城外筑庐而居，北倚太行，南临黄河，距京师洛阳百余里。

他其实很喜欢那个地方，在那里结识了多位好友，平日里众人常常聚在他家中竹林，谈玄论道，吟诗作赋，纵酒高歌，操琴鼓瑟。一人之时，他则潜心学问，著书立说，闲时优游山水。

五六年之后，因缘际会，他来到京师洛阳。而后，便是轰动全城，京师谓之神人。

后来在魏晋清谈第一人何晏的介绍下，他结识了她父亲，而后，便是娶她为妻。

诗曰：郎情女愿琴瑟牵，喜结连理乐无边。相敬如宾家和睦，浪漫爱情福寿添。

可她从来不问他为何娶她，就像她从来不解释，她为何嫁他。但他们还是度过了一段幸福的日子，如同所有寻常夫妻一般。

婚后，他成了曹魏宗室的姻亲，也因此任了一个闲职——中散大夫。

不过他对做官这件事，从来都不上心。昔日隐逸、洒脱、神仙般的日子，才是他平生所求，一世所愿。

镇日无心镇日闲，碰上天朗气清、惠风和畅的日子，他会带她去西郊城外。

他们会一起乘坐最豪华的牛车，华丽的翠盖流苏，锦缎帷幔幕布，遮不住瞟来的目光。周围有姑娘望着车上的他，面色酡红，窃窃私语，眼眸中都是艳羡。

他只静静坐在车厢中，帘幕不时被风吹起，忽明忽暗的日光，让他的脸庞在光影变换中愈显风度雍容，唯有沉静的目光看着她。

看着她穿着他的长袍，挽起男子汉式的发髻，放任她像车夫般疯狂地赶牛，只在后座笑叹一句，让她小心点儿。

　　她则会得劲儿地扬起手中的绳鞭，随即更加肆无忌惮地横冲直撞。她驾着车穿过东阳门，驶过铜驼大道、十字街，越过狮子坊，踏上七里桥，路过白马寺，跑遍整座洛阳城的大街小巷、东西里坊……不顾贫民与高官，奴仆与皇族，不顾仰慕他，或者嫉妒她的世人，投来的或炽热或艳羡的眼光和窃窃私语。

　　任由人群中涌动窸窣的声音逐渐远离，寂静下去。

　　她甚至，带他去看过那架伫立郊外的水车。彼时，她无视背后略带惊奇的目光，径自踏上去，一步，一步，起起落落，踩着的，是昔日记忆。

　　那是她的过去，没有他参与的过去。

　　他们也有过短暂的争执，随后短暂地和好，然后疯狂地四处玩耍，似是要把毕生的精力与幸福，在最短时间内全部挥霍掉。

　　只是，极致疯狂的欢乐难以持久，继之而来的是双方的筋疲力尽。

　　盛名之下，其实也难过。

　　自从嫁与他，外头的风言风语何曾断过？全洛阳男子的评头论足，全洛阳女子或艳羡或嫉妒的眼光，她虽不放在心上，但并不代表能够做到全然不在意。

　　他们举家搬离洛阳之后，他的朋友和仰慕者还从洛阳一直追来。

　　清谈、诗歌、音乐、狂欢、宴会，仍然夜以继日，通宵不息。

　　有时，她看着众人之中那般光华瞩目的他，不由会想，或许，像他这般的人，更适合远远地瞻仰，静静地欣赏，而不适合成婚。

　　就像听钟声、观瀑布，太近了，反而不好，保持距离的聆听和凝视，才真正动人。

　　诚然，他出类拔萃，有惊世之才。

　　他工于草书，墨迹精光照人，气格凌云；他犹善丹青，收笔形意留。

他通晓音律，尤爱弹琴，长日与琴为伴。甚至，曾卖了家业，买来一张名琴，还向尚书令讨来一块好玉，制成琴徽，装点其上，近乎爱不释手。一次，他抱着那琴去找山涛玩赏，山涛喝醉了说要剖了这琴，他却道剖了它，自己便也不活了。

很后的后来，在他当真与世长辞之后，她仍旧会想起，他最后目送飞鸿、手挥五弦的那一曲；想起他生前常以风和鸟来形容琴音，繁复时有如飞禽尾羽之纹理，娇柔时如初生羽毛，或是有重重悬崖上的展翅孤鸿，凌空直下，穿越危地，或似微风余音，不疾不徐。

那时候，她便知道，他对这个世界本是有着深深爱意的。

他对于生命，本也满是赤忱的。

不然，他何以如此注重养生，写就《养生论》，说着神仙虽不可学得，但人之寿命，可不止百年，须得修养性情，以安定心志，保全身体，爱憎忧喜都不必较真，淡泊一些，豁达一些云云。

他不满的，或许，只是这前路不明的王朝。他蔑视的，只是那些上层权贵而已。

而作为他妻子的她，恰恰出身权贵，自小也是锦衣玉食，娇生惯养。

他文才绝艳，当世几无人可出其右，可那满腹的才华，在烟火婚姻里，好似并无实际的用武之地。

家中大大小小的事务总要人管理，上至钱财出入、算账育儿，下至煮饭洗衣、买薪烧炭，诸多鸡毛蒜皮之事，哪一样不需要她一手操持？

一朝从众人呵护、捧着的枝头跃下，从名门小姐，变成了一个再平凡不过的妻子。

从此以后，曾经闺阁女子的自在悠闲便再与她无关。

【五】

熟悉他的人，皆对他大加称颂，赞他宽简有大量，对人未尝有愠怒之色。

其实，她也曾喜欢他那份慢条斯理的。

在外，他有着对答如流的清谈论辩之术。对亲近之人，言谈却是轻声细语的，如春水漫漫，涨上岸畔，总是那么温温和和的。

他纵容她的任性与固执、骄横与无理，包容她的一切。

可时间久了，却觉得，或许，他只是疏懒。

他的日常，便似乎只是抄抄经书，饮酒赋诗，弹琴长啸，以及不断地被人仰慕，永远一副风流优雅、漫不经心的姿态。

似乎，一般的人、寻常的事，根本触及不到他的七情六欲，到剑拔弩张之时，他还能维持一副八风不动的模样。

这样两相比较，倒显得她行止粗莽，无理取闹，百般拙劣。

他怠于世俗烟火，纵然对她的坏脾气始终假以辞色。而她，渐渐地，也只时常觉得无力，对这动荡不安的时代，对这看不到前路的日子，对没有指望的生活。

春去秋来。

一年一年的时光不知怎的，便那样过去了。

一日，她在家中，忽听得院外有爽朗笑声传来，她知道，定是他的友人们来了。

陈留阮籍、河内山涛、河南向秀、阮兄子咸、琅琊王戎、沛人刘伶，与他，七人竹林游弋，几乎被人视作一体，哪怕性格迥异。

她在屋内，静静看着他们，数人相视大笑。

他亦笑了。

他们为他知己，她，却也许本不是他的知心红颜。他对他们真心展露的笑脸，似乎都远比对她的多。

一时，她不知，若作为贤妻，她是该为他喜，还是该为自己悲。

这是一个尘烟拂乱的时代。

在这个难以言喻的时代下，他们这样一群人，自由且骄傲，竹下煮酒论英雄，生死歌哭皆快意，不屑俗世任一词。

而他，无疑是这一群人中最耀眼的一个。

他们说他龙章凤姿、天质自然，赞他萧萧肃肃、爽朗清举，像石块堆积而成的玉山，巍峨清远，似满目苍翠的排列群松，傲然挺立。

种种赞誉的背后，还高悬着一个不修名誉，远迈不群。

或许，他只是不屑，对司马氏篡位而来的政权颇为不屑。

只是，却也正是这远迈不群，令他时时徘徊在政治风波的危险边缘。

历史像一个轮回，曹丕称帝四十多年后，司马家族攫取曹魏政权，成立西晋王朝。

晋王司马昭以"儒家名教"治理天下，废了曹王，剪灭异己，拉拢名士，也开始分化他和他的一众朋友，壮大自己的权势。

他作为七人的精神领袖，司马昭礼聘他为官，他不从，选择隐居山林。

她明白的，他只是以司马氏为忤，他其实是心向曹魏旧朝的，哪怕，他们也都清楚，新旧更替已是历史的必然了。

其实，他原本应当是一位琴师，在天为盖地为庐的山间奏乐，以清风为弦，以明月为谱，在山水之间纵情长歌。

可惜，生不逢时，志趣非常而辄不遇。所以，许是因为恃才傲物，许是因对时局的强烈不满，他率性得不可思议。

像是执着于自我毁灭一般，他明明生得美姿凤仪，却视容貌如粪土。整日不是山间采药、水边垂钓，便是炙阳下打铁。土木形骸，不理须发，即便衣衫褴褛，身上长满虱子也不在意。

他是如此自我矛盾，身上似乎一直扭结着两股相互背驰的力量：一面是时代风尚无节制的推爱，另一面则是他无保留的刻意自毁。

她始终无法完全理解。

站在她的角度而言，身逢乱世，求生不易，便更该为日后绸缪好一切。

因为，他不是一个人。

他既是丈夫，还是父亲，上有年迈母亲，下有一双儿女。

他早不是那个可以躲在兄长和母亲庇护下的少年，可以不顾一切。

纵使举世皆浊，他不愿苟安，但身为人父，身为人夫，也有一份责任在肩，也须和妻儿共同面对来路风雪。

待缓过神来，才发现适才的朗声笑语，巧笑逗趣，恍若梦境。

不远处的灯火零星亮起，她一个人站在黑暗里，听着他们那阵熟悉的脚步声步步远去，便像悄无声息间，一个时代也随着他们的离去而分崩离析。

她强撑着这个完整的家的坚持，似乎也在一点点抽离。

罢了，她亦倦了，无力再理会了，随他去。

后来，像是为了避免外人来寻他，他几乎不愿再待在家中，清晨便早起，孤身一人去竹林中打铁。

她其实很少能见到他。

关于他的一切，大多源自听闻。

听闻，他炼制了新的五食散；听闻，他又与好友相邀在柳荫下赤膊打铁，喝酒清谈。

或许，他不停地打铁，是想用沉默和单调的劳动噪声，来逃避这令人灰心失望的现实，也抛却世俗烦心的羁绊，或是她的追问与不满吧。

一如当年，她也是这样，用沉默和琴声回敬她的父亲。

天气温暖的时候，他会整夜不回家。

而她，或许是出于赌气和骄傲，宁可在思念与怨愤的双重煎熬中彻夜纺织，也不过问在外的他，是如何过夜的。

尽管此后，对于他，她刻意地保持不去过问，却仍有各种风言风语传入耳中。

彼时，司马昭之心，已是路人皆知。为笼络人心，对以他为首的名士逐一分化瓦解。山涛在由选曹郎调任大将军从事中郎后，想荐举他代其原职，遂游说他一同出仕。

他俩素来交情最是深厚，连她亦以为，他会应允。

不曾想，此举使他大为恼火，写下《与山巨源绝交书》。

康白：足下昔称吾于颍川，吾常谓之知言。然经怪此意尚未熟悉于足下，何从便得之也？前年从河东还，显宗、阿都说足下议以吾自代，事虽不行，知足下故不知之。足下傍通，多可而少怪；吾直性狭中，多所不堪，偶与足下相知耳。闲闻足下迁，惕然不喜，恐足下羞庖人之独割，引尸祝以自助，手荐鸾刀，漫之膻腥，故具为足下陈其可否。

……

他拒绝了山涛的荐引，直言不愿手执屠刀，沾上一身腥臊气。

虽为绝交之信，却也并无愠怒之气，反倒文辞真切，尽是自嘲的口气，言明其赋性疏懒，只喜游山玩水，抱琴行吟，不堪礼法约束，不通人情世故。

的确，想来，他那放任散漫、不知忌讳的毛病，若长久与人事接触，必将招致灾祸，远离世事，或许得以保全余年。

只是，令她忧心之处，或许更在于，他虽极力远离俗世清修，却又常常于心不忍。一如他平日对人最是温和，目睹不义之事时又毫无顾忌严加指责，言辞犀利。

只怕在这言多必失、出口成祸的世风里，他的避世之愿不能达成，预言却是一语成谶。

当时任司隶校尉的钟会，慕名前去拜访他的时候，他正在柳树下打铁，向秀在一旁鼓排。

他素来不喜钟会，此番见他前来拜访，也只是自顾自低头干活，扬槌不辍，旁若无人。

半晌，见来人悻悻欲走之时，他冷冷道："何所闻而来？何所见而去？"

听到什么而来？又看到什么而去？

不难听出他的讽刺，俗人一个，听人传言来看他，看也看不明白就要走。

钟会见他这般冷漠，便也顺着他话，不甘示弱道："闻所闻而来，见所见而去。"

听到了所听到的才来，看到了所看到的才走。

或说，听说你有名才来看你，看见才知道，也不过如此。盛名之下，其实难副。

话毕，钟会拂袖怏怏而去。

钟会亦是世家公子，同样一身骄傲，之前未及成名时，写了一本书《四本论》，想让他点评，又怕他看不上，在墙外将书扔进去便跑了。如今显赫，胆气已壮，再次拜访他却不受待见，如此，怀恨在心，回去便与司马昭说。欲加之罪，何患无辞，说他可谓卧龙，却是言论放荡，有谋反之心。只要有他在，这司马氏的江山便坐不稳。

其实，从他和她那桩婚事起，司马家族就已经认定他要与他们为敌，并处处提防他。

至此，他连性命亦是岌岌可危。

她听说后，终是没忍住，找到他时，他仍旧拎酒一壶，撑一竿风凉。

他不该如此的，她多想冲上前去，劈头盖脸问一句。

而他，也许也会冷笑反问，或是满脸无所谓的样子，问为什么，因为官位、家族、前程、才能、人品，还是其他？

因为什么呢，因为她不希望他弃她而去？

他到底知不知道，一双儿女那么小，还一直生着病，他怎么忍心，让他们莫名没了父亲？

其实，这么多年来，她一直被复杂的情感支配着，带着爱意的怨意，或许是因为失落的期许。

其实，她和他也有几分相似，就像她怨恨他一样，不知有多少人同样讨厌她，虽然，她并不在乎，一如他。

说来，其实他们都很任性，只听从自己的心灵之声，凭一己之力与生活、与时代对抗，积极或消极地不停对抗。

他本欲在滚滚洪流之中独善其身却不被容许，为官之人数次邀请，友人数次举荐，而他亦因此躲藏流离，更与友人割袍断义。他乐于在山野之中采药自愉，与山中道人高谈阔论，世道也容不得他如此逍遥，嫉妒的流言蜚语，生生将他拉入祸水。

最杰之人，总难容于当世。

她和他一样无奈，她和他一样讨厌这个时代，讨厌这般世道，只是，她一直都很努力，努力地求生，而他，执着于自我毁灭。

所以，这般行高于人，把自己树成一竿孤绝突兀、不同流俗的标杆，矗立在时代的道路上，注定了木秀于林、风必摧之的命运。

【六】

道是撒手不管，充耳不闻，仍是再度回到洛阳，为他。

牡丹花开时节已过，别来世事一番新，然而，今时今日，也无心看风景，寻故旧。

暑气催黄鸟，雨落东都尚未晴。

大牢前，人潮拥挤，摩肩接踵，黑压压盘桓张望的人头，使周遭闷热压抑得透不过气。人群嗡嗡的耳语，比热浪更让人窒息。

她一时竟莫名有些紧张，在牛车上许久未下，听着这嘈杂的喧哗。

他们，都是来看他的。

他，究竟如何了，又是否愿意见她？

他的友人吕安之妻被其兄所辱反被污蔑，他愤怒之下出面做证，与他素有怨恨的钟会，嫉妒其能，再进谗言，他因而被下狱，被处以死刑。

恍惚间，似乎有人唤她，亭主，这称呼，久违得好似隔世经年。

人群微微涌动避让，她就在众目睽睽之下，昂首尾随狱卒走进去。

是，她是长乐亭主，即便家族没落，荣光不再，丈夫死生未知，她依旧是那个骄傲的公主，谁都不能将她看轻了去。

只是，徐徐穿过那排排粗木栅栏，绕过铁索长链，踏过潮湿阴冷的乌黑泥地面，再看到他的那一瞬间，不知为何，她的睫翼竟有些湿。

嵇康，她的丈夫，闻名天下的风流名士，此际，纵是穿着褴褛的囚服，依旧是掩不住的风流仪态，仿佛置身的不是肮脏凌乱的囚牢，而是仍在山阳的林荫下溪流边，温酒弹琴，畅饮长啸。

只是，眉目间，亦有几许憔悴，有些苍白的雍容。

见她来了，他也不言语，抬眸静静微笑。

她竟恍惚觉得，好似是回到两人那些畅怀的、没有嫌隙的时光。

他俊朗的眉目，她从前任性的肆意，一切都鲜活如昨。

他像是知道她会来，或许，他其实本来就对一切了然于心，只是不说。

半晌，也只一句，别来无恙。

声音如故，低缓温润，让人听不出情绪，全无生离死别之感。

她拿出他的五弦琴，然后看见他眼底有笑意。

他接过琴去，修长的手指，轻轻拂过琴弦。

他总是这般，容止出众，行高于人，哪怕无意，也几乎让他身旁的人都黯然失色，尤其是身旁的她。

全天下的人无不称赞他俊美无双，人皆道她是有着多好多好的福气才嫁与他，可是，有谁知道，在这样晦暗不明的时代里，想要比肩站在他这样的人身边，需要独自面对多少流言蜚语，需要多大的勇气？

长久以来，对于生活的刁难与苛责，她都能顽强地对抗，从来不曾落过一滴泪，此际，却难再克制。

她其实曾想过，会不会若他不是娶了她这个政权被颠覆的曹氏之女，不曾有两相为难的敏感身份，便不会如此快地招致杀身之祸。

她不明白，一直以来，他到底在执着什么，执着于道义吗？

可他的哥哥已经听命于司马氏了，他的朋友们，也不过是在背叛与将要背叛他之间。

时年江河动荡，时局阴晴翻覆，士人只是政客手中的棋子。在这注定的衰亡里，他这样决绝地坚持，到底有什么意义？

难道，要她指着他冰冷的灵牌，对着孩子们说："你们看啊，这就是你们的父亲，他就是才华举世无双、俊逸非凡的嵇康，嵇叔夜，他因了莫须有的构陷无辜被害，你们该为他骄傲！"

她再也压抑不住心底的哀恸，号啕大哭。

而他也只能将她抱进怀里，轻轻抚了抚她微微蓬乱的头发。

恍惚间，他在她耳边喃喃着什么。

他这一生，交不为利，仕不谋禄，鉴乎古今，涤情荡欲，内不愧心，外不负俗……

最后那句——唯对你不起，他说得声音很小，可她还是听见了。

彼时，夜色渐浓，最后一道残余的紫色暮光，不知在何时散落了下去。夏日里，就连风都是温热的，本不该有浮冰，她却听到了什么东西破碎的声音。

他闭着眼睛靠在栅栏上，霞光微阑，似乎映得他眼角的泪光一闪而过。

她和他，难得这样推心置腹，却是在这样生死诀别的时刻。

了然他已决的去意，她只能深深地低下头去，不再言语。

【七】

从狱中出来时，她不动声色地拭去眼角残存的泪滴，只觉透过指缝的阳光依旧刺眼。

冷眼看着围堵在门口的众人，从朝野之士到闺阁中人，其中不乏众多他的仰慕者，齐刷刷地把目光投向她，带着让她焦灼不安的期待。

他们不明白，在这样一个生不自由、死亦不自由的时代，一切皆是枉然。

没有谁可以帮他。

无论多少人赞他玉人，无论多少太学生为他下跪，又无论他有多才华傲世，也依旧无法与刀锋相抗。

他们不知道，钟会向司马氏进言说他是卧龙。沉睡着的龙啊，一旦惊醒，将是光华飞跃般夺目。而后司马氏大惊，终于痛下决心，绝了招揽他的念头，赐他一死。这是他避世锻铁、远离朝堂也无法逃开的结局。

贵戚公卿、百千宗室、天下庶民，没有一个人能够帮到他。在注定无望的死局中，负隅顽抗都显得可笑、可怜。

她一言不发地登车离去，丝毫不理会身后骚动，只是不由得想起那句"太学生数千人请之，于是豪杰，皆随康入狱"。

是，她早有听说，三千多名太学生联名上书请愿不要杀他，诸多豪杰甘愿陪他一同下狱。

可是这些人，究竟知不知道，这无异于一次声势浩大的抗议示威，这不但无法救他，只会坚定司马昭诛杀他的决心以杀鸡儆猴。

未尝不是世人无知的仰慕，间接害死了他！

这个时代，名士风度第一，性命第二。他绝交山涛，将好友推出了旋涡，可他自己甘愿为兄弟奔走争言，最终得罪了大批权贵，落到不得不死的结局。

或许，他对这一结局心知肚明，早已将生死置之度外，才得以如此超然，也或许，其实不到最后一刻，到底也不甘心？

所以，他才在狱中写就《幽愤诗》一首，字字句句，皆为此生心曲。

她不知，这首他在狱中写就的绝笔，成了后来千年诗歌史上，四言诗中的一篇佳作。

只记得，那不过三百四十四言，大抵，便是他的一生了。

仿佛一局棋被下到了最后，落子的一瞬间，尘埃落定，落棋无悔，冥冥注定。

他走了。

谁能想到，昔日风华姿容、清绝无双的少年，最终化为狼狈的血水，洒落街头。

行刑之时，她是否有再去也已然不再重要了。

只闻说，那日，落日的余晖将洛阳东市刑场染成赤黄。临刑前，人潮涌动。数百名士、数百官员、数百族人、三千太学生之中，有人含泪垂首，有人攒眉仰天，叹息之声、不平之气，笼罩其间。

他出来那刻，身戴木枷，长发披肩，依旧是着一袭白色长袍，神色从容。

时间未到，他要求就刑之前弹琴一曲，随后，敛衣席地，端坐琴前，径自道，有一曲，名为《广陵散》，多年前一人教予他后万般嘱咐不得授予他人。是以有人几次三番向他求取，他都未曾相授。

不料如今，竟成绝响。

后来啊，多少度春秋迭代，多少番王朝更改，仍有人记得，他于高台之上，援琴而鼓，目送归鸿，手挥五弦。指间呼啸而出的那琴音，时而压抑幽愤，时而激昂慷慨。起处昂扬激越，声振林木，响遏行云；落时清歌低唱，萦回低啭，宛若寒松轻吟。

闻者无不动容惊心。

曲罢，他只长叹一声："《广陵散》于今绝矣！"

她见过他在炽烈的骄阳之下挥汗如雨，在萧萧竹林里弹琴长啸，如一片萧索的落叶，徒劳舞于悲风之中，最后，落为尘土。

那年，他才四十岁。

可她救不了他，就像她左右不了自己。

纵他已释然如此，她，却无法不怨不痛。

人道这世间，有骨者，而未有皮，有皮者，而未有骨。而他，可谓兼有皮相、骨相的天之骄子，却也因此，成为挣扎在政治旋涡里微不足道的筹码，宦海沉浮，不得救赎。

其实，她倒宁愿他只是个渔樵江渚的凡人，换得一份长相厮守。

但或许，一开始便错了，他们本就不适合彼此，结成这样一段冷火秋烟的姻缘，自是不能安然到白首。也许早在他离家之时，她便应该拉住他，紧紧拥抱他，像是从来没有过那些疏离嫌隙的时光一样。

可惜，那时候的他们，谁都没有退让，没有回头。

或许，他们都太过骄傲了，即便不说，疏离感也自始至终都切实存在。

如今，她永远失去他了。

他们已永远错过那些本该最亲密美好的时光了。

此后，很长一段时间里，她该会想象着，他当年是以什么样的心情，独自在外一遍遍地走过碣石海边、楼船牛圈、竹林寺院、道观荒野……

当年，他不愿回家是为逃避世俗，而今，她则是逃避回忆、思念，自我折磨。

或许，午夜梦回的时候，她会想起，他还在世但不归家的时候，女儿问过她：母亲，你有真正爱过谁吗？

爱？

真正地、无所顾忌地爱，也只是少女情怀了，像是很多年前的事了。

她和他之间的感情，太过复杂，掺杂了如此之多旁的，又太过缥缈，以至于她也不敢肯定，那究竟是爱，还是她自以为是幻想出来的，就算是，应该也不够纯粹吧？

后来，他归葬山阳，她亦回到山阳，似乎只有远离人群，独处自然之中，借着牛羊和花草，才能让她觉得，自己还可以平和而快乐地活着。

他当初带她搬到此地，可曾有这些体贴的打算？

她永远无法得知了。

【八】

他死之后，阮籍被迫出仕，数月之后，含恨逝去。

竹林七贤中，和他最为投缘的向秀也相差无几，只是被迫出仕前，专门来凭吊了他一番。情难自抑、热泪如倾，写下《思旧赋》。

在那一刻，她忽而便理解了他，理解了他们。

想来，理解了他们宽衣博带，披头散发，脚拖木屐，扪虱而谈，谈老子论庄子，蔑视礼教，行为怪诞，其实都是性情中人。

也许，不过是用一次次酩酊大醉，浇那心中块垒。

一如昔日，阮籍亦喝着酒驾着木车，游游荡荡地行在山原，泥路高低不平，到了路尽头红着眼号啕大哭，半醉半醒间，来到山阳，望着楚汉争霸的古战场，颤声道："时无英雄，使竖子成名！"

是啊！竖子成名的黑暗时代。

血雨腥风之后，多少士人的腰身越来越低，多少人跪在地上只为仕途。明争暗斗，机关算尽了，也斯文败尽，再也没有如他那般的明月清风的人物。

也许，他的《广陵散》绝响，士人风骨也自此绝响了。

后来某一天，山涛也来到山阳。

每每看到故人，她才发现，纵使过去很多年，那些记忆依旧蕴藏在血脉里，尤其是在面对有关嵇康的人和事之时，便难以冷静。

或许，连她自己都恍然未觉。

只是，当年，他大肆宣扬与山涛绝交，却又以稚子相托。

起初，她不明白，却在看见他那封绝交书之后了然。

彼时，他说：但愿守陋巷，教养子孙，时与亲旧叙离阔，陈说平生，浊酒一杯，弹琴一曲，志愿毕矣。

洋洋洒洒，数百之言，只这一句，便让人潸然泪下。

"只因拙荆一直对嵇康仰慕得过分，是以甚是骄傲，她有如此知交，若不来看望，只怕她晚年不好安享。"山涛直言道，"而且，她也一直很期盼，看到故人之子回到洛阳，享受他该得的荣耀。"

当年，司马氏以不孝之罪处死嵇康，他的儿子嵇绍却去侍奉杀父仇人的家族？

她忽而觉得疲惫。

在闭上眼睛的一瞬，脑海里闪过了许多记忆，走马灯似的，像是这一生的缩影，充斥着悲喜哀乐万般情绪，最终归于那年初识，他在她家高高的院墙外那抹瘦削的身影、淡漠俊美的侧脸，和最后他怀抱里余留的气息。

罢了，她老了，万事都倦了，孩子长大了，终归是要去过自己想要的生活，拥有属于自己一展宏图的天地。

儿子嵇绍无动于衷地被喊上前来时，她凝视着他，他毫无疑问是俊秀的，但毕竟，比不上他的父亲。

唉！即使他们之间，似乎并无多么生死相随的恩爱浓情，即使已经过了几十年，许多人、事都在年老的记忆里渐渐模糊，她还是觉得，他，天下无双。

后来的事，都是耳熟能详的青史了，虽只是寥寥数语，便将人一生的播迁道尽。

嵇康留下了万世的芳名，而她，也曾是声名赫赫的长乐亭主，只留下曹氏之女、嵇康之妻的头衔，以及坊间褒贬不一的流言。

不过，她应该从来也不在乎。

就像她似乎永远也不知道，其实，她和嵇康的第一次见面，比她所知的，还要更早，那时他正年少，她也尚小。

初春的某一日，他无所事事地在洛阳周边漫游，一直跑到了许昌的郊外。

路过破败的旧王宫阙，献帝陵墓，便看见她鞭策犍牛，从他身旁的田野里飞驰而过，一路向东，似乎要纵身跃入初升的朝阳，把随行的一众人等远远地甩在后方。

空旷辽远的田野上回荡着她纵情的欢声，她肆无忌惮地践踏麦苗，松散的长发，随风高高扬起，稚气倔强的小脸，因着料峭的空气和激扬的热血，染上双重红晕，娇艳得胜过所有的胭脂！

他就那样远远地看着她。

看着她无所畏惧地在飞驰的牛背上转身，朝着父亲大笑着做鬼脸；她把刚采摘的鲜嫩的装得满篮子的荠菜，随性地一脚踢开，任由它一路滚下河滩，侍童们大呼小叫地去捡……

她的任性、她的快乐、她过于澎湃的生命激情令人动容。

他凑近附近看车的仆役，打听那个漂亮活泼得像妖精一样的姑娘是谁。

仆役只顾倚着车轮，打着呵欠懒懒道："看着该是长乐亭主吧，听闻她们一家来踏青，自洛阳一路跑到了许昌。"

长乐亭主？她竟自己骑牛，一直跑到了这里吗？

他很惊奇。

"是的，虽是女儿家，她最是擅长养牛、驯牛和骑牛，这对她来说是小事一桩。"

"长乐亭主……"

彼时，他还不知，这个名字将会伴随他终生。

至于，他是什么时候对她动心的呢？

也许是那年夏夜，他在她家高高的院墙之外，听着她月下弹琴？

也许更早，还是如豆蔻般少女的她，在蟹壳青的天幕下，在棕红的牛背上乌发飘飘，一路向东，从他身旁田野里肆意飞驰而过，一路洒落清脆笑声的时刻。

他想，不知她是否知道，他的心里，有知交好友，有俯仰山林，可是倾心爱过的姑娘，只有她一个。

哪怕，他在短短一生写就的所有文字里，不曾留下关于她的只言片语。

不知道也好，只要他曾经贵为长乐亭主的小姑娘，这一生能够真正长乐未央，就足够了。

因为他呵，既自称嵇中散，名号便带了悲凉之意，待到尽于长夜，曲终人散，不能陪她白首，如何许她长乐？

谢道韫：何必人间富贵花

峨峨东岳高，秀极冲青天。

岩中间虚宇，寂寞幽以玄。

非工非复匠，云构发自然。

器象尔何物，遂令我屡迁。

逝将宅斯宇，可以尽天年。

——谢道韫《泰山吟》

天地有本心，凄然间，堂前又是一年皑皑雪色。

她端然站于院中，白雪覆上了她的肩，鸟雀噤声，像极了她还是谢家幼女的时候，雪飘如絮，白茫茫一片。

如今，情景依旧，只是目之所及，尽是一生走过的雨雪风霜，让她总是想起很久很久以前。

那时，他们说，她是含着金汤匙出生的幸运女孩，定会有平安顺遂的一生。

她的父亲，谢奕，身任安西将军。

她的叔父，谢安，位高权重，当朝名相。

她的兄弟，谢玄，亦是少年英才，芝兰玉树，拥兵百万的车骑将军，淝水之战以八万军队击垮八十万敌人。

这是一个最为讲究门第出身的时代，生在这样一个门阀氏族之家，自不必说，她当然是真正的高门贵女，是当之无愧的人间富贵花。

想要攀上谢家这棵宝树的人，不计其数。

家中长辈也总将这挂在嘴边，说着定然要为她寻得一个门当户对的如意男儿，方能配得上她，配得上他们家。

只是，他们从来不曾想到，最后，她会嫁与那样一个他。

而她，彼时也只是静静看着朱雀桥边的野草繁花，还有那只堂前飞燕筑巢檐下，想着，明年春天，它还会来吗？百年之后，它又在哪儿？

【一】

是了，她便是那"旧时王谢堂前燕"的句中人，谢道韫。

关于她的史料，遗留很少。

世人对她的印象，多停留在那场茫茫大雪里，提及她，不约而同想起的，大抵也都还是她年少时，锦心绣口吐出的那句：未若柳絮因风起。

她是如何名声大噪的呢？

说来，还是在那年冬日，家中子弟在一起集会。

谢家簪缨之族，诗书传家，文人雅士众多，其中以叔父谢安为最。

那时，他身任朝中要职，又是当代名士，每每得了空闲便会唤家中亲友聚作一处，饮酒品茶，观雨赏花，端的是名士风雅。

那日，天有些阴沉。接连落了几日的雪，皑皑白色从房门延伸到院门。

在江南，大雪是不多见的，于她们这样的孩童而言，冬日落雪，是不输三春暖阳的。所以，纵然整个园子满满寒意，她却仍觉似是春日花开的满心愉悦。

只是，这般天气，出去自是不能了。

日头迟迟没有露脸，人便也收了心，安然待在家。

家中丫鬟在温酒、煮茶，氤氲萦绕着的白色雾气，隐隐芳香扑鼻，沁人心脾。叔父闲坐桌案前，给子侄小辈的他们讲解诗文。

讲的什么，约莫是《诗经》？

"关关雎鸠""蒹葭苍苍"，还是他最喜的那句"訏谟定命，远犹辰告"?

她已然忘了。

只是，多年之后，回想起那日，脑海中还是会浮现出那样一个画面。

风卷着细雪，掠过黛青色的屋檐，似有几片雪花散落到叔父鬓发之上，不一会儿便染上星星点点的白。

彼时年幼，她尚不知，外人皆赞谢家儿郎，个个容貌秀逸，风姿卓绝，只须看见叔父一双含着笑意的眸子、一袭素淡的衣袍，衬得风采神态清秀明达，便知何谓真正的风流名士了。

不一会儿，雪下得越来越紧，凛冽的风在长长的回廊间穿行，推搡着半空的雪花争先恐后地偏了下落的轨迹，东摇西晃游荡了一番，才回归大地怀抱。

一枝一叶总关情，见此雪景，难免教人诗兴大发。叔父也心血来潮，半是考验，半是随口般，问他们，看这纷扬白雪，可像什么。

像什么？

像鹅毛一样软，像烟一样轻，像银一样白，像蝶翼翩翩翻飞，像吹落梨花瓣零零落落，像随风柳絮流转追逐，来时纤尘不染，落时点尘不惊？

她扭头见身旁男孩仍在思量。

那是她的堂兄，谢朗。小小年纪，父亲早卒，他便由三叔谢安带在身边。

在谢家，素来注重族中子弟教养，平日里，叔父经常邀请贤达们齐聚家中一起赏评人物。在那些名流云集的场合，他们小孩子也不回避，还常加入其中。

浸润在这般家风文气之中长大，得识世事、见过世面，出众、超凡，不过是自然而然。所以，后来的谢朗，成为众人口中"少有文名，善言玄理，文词艳丽，博涉有逸才"的谢家好儿郎，也不是什么奇事。

不过，那都是后来了。

彼时，年幼的谢朗思忖了下，她转回头时，听得他脆生生说了一句："撒盐空中差可拟。"

闻言，她不以为然。

颜色倒像，只是给人观感却是美中不足。

她尚未言语，只见叔父听罢，淡淡笑了，而后转头看她。

那时的她，不过七八岁的年纪，还不知"千树万树梨花开""堆作琼花飞世外"这样的词句，只是，当她重新放眼望去，北风吹皱落雪，纷纷扬扬的雪片扑面而来，也能想象出那种转着圈，伸出手，捧着一丝银霜时，轻盈而真实的欢喜。

其实，谢朗的比喻并无不妥，只是多男儿意气，豪放有余，她觉得，终是差了点儿什么。

差了什么，天地有大美而不言，她也说不清。于是，似呢喃，又似自语，她随口道："未若柳絮因风起。"

说话间，院中一棵棵树银装素裹，层层叠叠的绿叶间也堆落了些许白雪。暗香浮动间，晨光也游走在一地积雪上，熠熠生辉。

而后，她分明地看见，叔父似是顿了顿，随即哈哈大笑，笑得眉梢眼角都渐渐堆叠起细纹，眼底也似是染上一层薄薄雪光。

看着叔父神色，她知道，对她，叔父是极为赞赏的。

一如自她出生，叔父为她取名谢道韫，有"集天地山川、钟灵毓秀于一身"之意，便是对她最好的期许。

她倒也真未曾辜负这寄寓，琴棋书画，谈玄辩理，无一不通，小小年纪便才名远扬，接受的夸赞不可计数。听多了，便也似那年那日的纷扬大雪，其实说来也不过寻常。

可不知为何，当历尽千帆，后来回想，却教人觉得，真好啊。

是啊，真好。

此生再没有更好的了。

好到后来千回百转，时隔多年，前尘往事难以言尽，明知再也回不去，仍旧有人在回望。

【二】

也许，那一刻，她只是自顾自欢喜，洋溢着小小的得意，尚不知，纵使多年以后，她忘记了许多事情，却始终记得那时叔父眼底的笑意，记得他总是一身素衣，简单随意，记得那日谢朗一同笑起来时，活脱脱一个纯粹干净、满眼灵气的无邪少年，还有他的"撒盐空中差可拟"，以及那句——未若柳絮因风起。

她亦不知，因着她的缘故，后人至今赞赏才女用得最多的，都还是那句"咏絮之才"，她堪堪成为才情女子的代名。哪怕当时，她不过孩童之龄。

岁月一路烟霞，时光翩然轻擦，不过转眼刹那。

当她长成一位亭亭玉立的二八少女时，每天登门游说的媒婆踏破了门槛。

可她是个眼界极高的女子，她心中所想，其实是像叔父一样，成为在仕途中颇有建树的宰相之才。

遗憾的是，她终究只是女儿身，逃不过女大当嫁的命运。

叔父左右斟酌，最终为她择了当时同为士族的琅琊王氏、声名赫赫的书法大家王羲之之子——王凝之为配。

在这样一个皇权没落、豪门崛起、士族当权的时代，没有什么比门第、比出身、比家世更为重要的了。

她的父亲谢奕，是安西将军；她的母亲阮容，阮氏一族，乃阮籍族人，亦是出身名门，才情出众，温婉端庄；她的叔父谢安，官至宰相，是朝堂的中流砥柱；她的兄长、弟弟，谢家的儿郎们，也都在军政中担任要职，撑起王朝半壁江山。

在谢氏这样一个门阀世家，她被众人捧在手心里娇养着长大，是最当之无愧的人间富贵花。所以，其实也没什么好挑拣的，放眼整个东晋王朝，左右不过只有同样煊赫的王家，与她们谢家门当户对。

琅琊王氏，祖上是周朝嫡系后裔，东周第十一代君王——周灵王后人，原是姬姓，因避战乱迁至琅琊改为王姓，与谢氏可谓世代至交，王羲之与叔父亦交情甚好。

听闻王羲之为人不落窠臼，雅俗共赏，无论是谈天论地，还是喝茶作诗，皆为人中一流，一手行书更是举世无双，后无来者。永和九年（353），兰亭集会，微醉之中，振笔直遂，千古名垂。

坊间甚至有言：“王与谢，共天下。”大概，从她一出生，几乎就注定了，将来她嫁与的，只会是王家罢了。

那年，她待字闺中，叔父一心想在王家众多儿郎之中，为她择一个如意郎君，寻得一个好归宿。

王家有七子，出落不凡，如星辰北斗，都位居高官，青年一代中，当属第七子王献之才华最为出众。

王献之，和她一般，亦是少负盛名，高超不凡，自幼跟随父亲精习书法，形貌举止、气度才情，远胜于人，风流蕴藉，为一时之冠。叔父亦对他青眼有加，奈何年纪小她许多。

后来，叔父又属意王家第五子王徽之。

王徽之，相貌堂堂，骨子里透着一股浩然正气。只是，后来听闻此人性情高傲，有些放荡不羁。

据传，他居于山阴之时，一个大雪之夜，他一觉醒来四顾皎然，煮酒吟诗仍觉不甚过瘾，忽而想起住在剡溪的好友戴逵，于是连夜乘船访友。船行一夜，方才抵达，及至门口却又转而折返，人问为何，他一挥衣袖只道：本是乘兴而来，此际兴尽而返，又何必定然要见到。

此种做派，率性恣意，倒也不失为不拘小节的风流名士，只恐其处事随心所欲，性情无常，稳重不足，不能始终如一。

如此一来，最后叔父改变初衷，决定将她许配给王羲之次子王凝之。

家学渊源颇为深厚的王氏一族人才辈出，王凝之才学不是最为出众的，但工草隶，能诗文，人也沉稳，在王家长子王玄之早逝后，他作为事实上的长子，继承了父亲大部分官职，仕历江州刺史、左将军等。

所以，最终叔父选定了他，为她未来夫婿。

千挑万选，左右思量，不过是望能找着那个与她比肩的男子，照顾她，爱护她，将她当作世上最珍贵的那个她。

不知是否真就冥冥之中，缘分天定，其实，除却父母之命、媒妁之言，他们的命运，早在儿时便已有了牵绊。

彼时，她尚年幼。各家子弟常常聚作一处，谈玄辩理，女孩子们还会在水边斗草为乐。

那日，又是一季莺飞草长，绿满山岗，她的三嫂，同是琅琊王氏，正和娘家姐妹一起在水边斗草闲谈。

还是小小孩童的她，一颠一颠跑过来，似是要撞进三嫂怀里，两只羊角小辫随着她"咿呀咿呀"的声音不停地摇晃着。

她从三嫂怀里探出脑袋时，娇娇软软的小姑娘睁着两只明亮的眼睛一眨一眨，笑吟吟的眉眼中，透着的，是几分孩童的懵懂天真。

然后，有几个小孩淘气，伸出肉肉的小手，调皮地玩起了她的小辫子。

其中一个，盯着她，说了句："谢家妹妹，真好看。"听起来有几分莫名的傻气。

闻言，长辈们哈哈大笑，打趣道："以后，将这个妹妹嫁给你，可好？"

时光太清浅，岁月太久远，年纪又太幼小，许多事，她早已忘了，直至多年以后，她才知道，当年的那个小孩，叫王凝之。

【三】

"以后，将这个妹妹嫁给你，可好？"

大抵世间果真有因果一说，年幼无知时候的一句随口玩笑，谁也没有想到，多年之后，竟是戏言成真。

当年那个漂亮明媚的小姑娘，终于长成亭亭玉立的花季少女，她一定幻想过即将与她共度一生的那人该是何种模样、哪般性情吧。

既是叔父选中的人，定然是能与她心灵相通，能一起谈诗作赋、辩论清谈、互相欣赏的男子，不是吗？

但她应不曾料到，最后，兜兜转转，会是他。

会是，那样一个他。

王谢联姻，可谓兰菊庭芳，珠联璧合，轰动一时。

她出嫁那日，建康城里万人空巷，争相观礼。

迎亲的队伍浩浩荡荡，绵延了整条街巷，一路上，噼里啪啦的爆竹声响不断，伴着锣鼓喧天，唢呐醒耳。整个空气中都弥漫着爆竹残屑的香味，铺着的红绸上也覆了一层红蕊。家家户户看着那夭桃灼灼，他们千里姻缘一线牵，听着那鸣凤锵锵，他们红装带绾，永结同心之好，许订终身之盟。

怎么看都是一桩好姻缘，他娶的，是生在世家大族的谢家女；她嫁的，是长在名门望族的王家郎。

门当户对，天作之合，便是如此了吧。

她和他的人生，从一开始，便已是羡煞旁人。而此际，庭院深深，祥云绕屋宇，喜气盈门庭，谁见了，不由衷祝一句良缘喜结，佳偶天成？

三丈软红春帐霄，眉眼如丝从影摇。她穿着明丽的喜服，唇上是樱桃色，指尖是蔻丹朱，也得亏她容貌明丽，才压得住这泼天的红。

在盖头错落的络子间，她窥见他身下翻动的玄色礼服衣摆、靴上的银纹麒麟。

他挑起她喜帕的那一刻，灯火葳蕤间，当是对她笑了。

对着她展颜的人不少，清谈把酒的姊妹兄弟，互相糊泥巴的孩子，都对她笑过。

但这样一个洞房花烛之夜，让她眉眼轻语，目光皎皎，犹如春水涉鹭般回视的，他还是第一个，也是唯一一个。

若此后人生，能彼此志趣相投，恩爱相伴，或许会添上一段公侯之家，青梅竹马，勇武将军与灵秀才女之间的爱情故事。

多年之后，流为举世间盛谈，该是多么美满。

洞房昨夜停红烛，待晓新堂拜舅姑。

自此，晨昏定省，侍奉公婆，料理家务，成了她的日常，同寻常出阁女子一般。

她再也不是谢家那个和哥哥弟弟一起疯玩的小丫头，再也不是举箸提笔间口无遮拦的谢家大小姐了。

可她还是她。

即便成了王家媳妇，她喜好的人、偏爱的事，读书识人，平生快意恩仇，从未改变，也不会改变。

她一如既往善言玄理，喜欢读书赏文，闲暇时谈玄辩理，或是写诗著文以自娱。

一日，王家小弟献之在厅堂之上与人谈议，辩不过对方，眼看就要落败。而在不远处房内的她，将这一幕听得一清二楚。

她自幼聪慧，谙熟经史，又颇得叔父真传，才思敏捷，能言善辩，往日，于谢家内院清谈，都难逢对手。此际，见献之陷入尴尬两难境地，遂出手相助为他解围。

她派婢女告知他当做何言辞。只是，献之终日醉心书法，落笔惊若惊鸿，矫若游龙，论辩之术却是不足。眼瞧着他很快再度落入下风，于是，她思忖一番后，决定亲自加入。总归是不能失了王家的脸面和风度。

清谈争胜，是彼时名士之间一较才学高下的普遍之事，已然成为一种风气。有的人甚至通过谈玄，官居显职。只是妇人参与其中，却是十分少见。

但她，本就不是寻常闺阁女子，虽无意为官，但耳濡目染间也颇擅长此道。是以，众人没有墨守成规，她亦没有虚掩才华。

只是，在世俗眼中，终究是男女有别，做学问终究是男子之事，至于女子，遵守妇道则不宜抛头露面。

于是，她只好让婢女在门前挂上青布幔，遮住脸容，而后就着方才议题继续交锋。

她就在那方青幔后谈吐自如，将对方论点中的破绽一一挑出。一番旁征博引、酣畅淋漓的论辩之后，在场男子皆被她驳得哑口无言，毫无还口之力，对着帘子拱手道认输。

那时，屋内有斑驳的日光透过布帘，洒在她面颊愈加显得她风姿优雅，如同可望而不可即的美人图画。

画中之人该是将头发尽数盘起，高耸的云鬟上玉簪光辉熠熠，微抿的双唇带来刹那的庄重神情，让人恍惚觉得她是从壁画中走出的天女，行走时亦会长袖生霞。

只是，这一幕，门外的众人看不到。

但他们明白，此后，从平民百姓到文人士子，当无人不知，当日那场清谈之中，王家夫人是如何于那青绫幕幛后阔论高谈，开阖大气，舌灿莲花。

【四】

倘若可以，谁不想做个被父兄宠爱的小姑娘，被所有人放在心尖，捧于掌上，可以笑起来甜得像蜜糖，可以永远不谙世事，天真善良，无忧无虑地成长？然后，在最好的年纪遇见那个人，不求他能挡去所有阴霾雨雪，至少可以并肩观望世间的明月与风霜。

她也一样。

当初，叔父精心思量为他选得的佳婿儿郎，却不如她意中所想。哪怕那个人，也如她一样，生于风气豁达、文采风流的豪门世家；哪怕外人眼里，怎么看，她和他，都是一桩门当户对的好姻缘，让人羡煞。

她也曾经以为，他和她是天造地设的一对，后来她才知道，两个人在一起，即便是门当户对的豪门大族，背后也不一定是春风秋月的诗情、繁花锦绣的画意，而可能是一地鸡毛的无力。

一如她，自从嫁他，脸上便常常不见笑容。

婚后不久，她一次负气回娘家，闷闷不乐。见状，叔父奇怪，问她缘由。

大抵，所有人都会像叔父一般认为，王家，乃当世第一豪门，年轻一辈中，王凝之亦算青年才俊，嫁得如此良人，为何她还是不开心。

是啊，她为何不开心呢？

相较诸多女子，她已然幸运太多，不是吗？

可是呵，且不说她自身，集才华、美貌与眼界于一身，光论她们谢家一门，父母叔伯，皆开明豁达，耳濡目染之下，谢家后人，哪一个不是才气非凡？不管是叔叔辈的谢尚、谢据，还是兄弟辈的谢韶、谢朗、谢玄，哪一个不是人中精英？

她原以为豪门中的才俊大多如此，却在嫁与他之后方才知道，是自己太天真了。

她的确不知，天大地大，原来世上竟还有他这般荒唐的人。所以那时，叔父问起时，"天壤之中，乃有王郎！"她直言不讳地抱怨。

敢对琅琊王氏子弟做出这般评价，这世上，恐怕也只有她。

但她所言非虚。

当时，簪缨世家的王氏子弟确被赞为：触目所及，无不是琳琅美玉。王家自然是不缺英才的，只可惜，王凝之不是。

她知道的他，禀性忠厚，行止端方，中规中矩，一副温吞性子，不争不抢，不怒不恼。

只是，在王家一众子弟当中，他显得如此平庸。

思想与见识都谈不上，才华平平，资质也平平，靠着家族的荫蔽承袭了父亲的官爵，实际性情却是散漫非常，带着一股子迂腐之气。

换作一般女子，如他这样的丈夫，或许倒也四平八稳，但对她来说，世间最难忍受的，就是平庸。

是的，原以为的他的敦厚，实际上，是无为，是散漫，是平庸。

在男权时代，对女子来说，丈夫便是天，他们的一切，都是她们必须忍受的，何况平庸。

对她而言，也很难说，上天是最初的偏爱，还是后来的试炼，更像是用这种方式惩罚她的骄傲。

他不屑于她对于玄理清谈的喜爱，就像她不明白他对于五斗米教的痴迷笃信、大谈特谈，不理解他整日踏星步斗、拜神起乩的行径。

不难猜想，她这般清风傲骨的女子，面对一个整天神叨叨的人，该是何种心情，其中多少不解、多少无奈。

这是她几乎不可能去爱的人，而这人，还偏偏是她要朝夕相对、至死方休的人。

或许，他能娶到她，完全是沾了父亲王羲之的光。一如朝廷任命他做江州刺史，也不过是看在琅琊王家面上。

也许，在她最初的预想里，他会是个格外让人舒服的人。哪怕，和她在一起的时候大多默不出声，也是温润美好得如沾染杏花雨的山水画。偶尔会对她说喜欢，幸福浓郁得如六月梧桐开满花。

然而现实是这般教人灰心失望。

是她太苛求了吗？

可她打小见惯满腹经纶的才子，见惯骁勇善战的将军，她自身亦是才情非凡、风韵高迈。

王谢两家，人才济济，满庭宝树，他是如此相形见绌。

一如后来，诗里说着"山阴道上桂花初，王谢风流满晋书"，其他世家子弟的事迹，都被大书特书，而他，史书上未记载有何作为，流传下来的，也只有信奉五斗米教的荒唐之举。

无论如何，她也想不通，为何天底下还有他这样的人。正如同世人想不通，豪门为何还有婚姻的烦恼，他们不知，这桩表面繁华的婚姻背后，有多少她的不由自主。

其实，历史上的才情女子，本就未有几个遇到了志同道合的丈夫，大多都在世俗礼教下，从一个不染纤尘的明珠，成了后来人口中的鱼目。

那是时代的局限，是无数女子的悲哀。

也许，这就是宿命吧，出身名门的才女如她，也没有例外。

【五】

她不会知道，后世有无数好事之人，从历史的尘烟中窥探、揣测，她究竟幸福与否。

有人说，她那句——天壤王郎，不过是一时女儿的娇羞之语；也有人说，门当户对，却独少了情投意合，注定了她的哀婉与缺憾。

婚姻之事，如人饮水，冷暖自知。

无论如何，经叔父开导，她终是接受了他。

毕竟，虽然此时的东晋，相对历朝历代，已是一个思想开放的朝代，是一个对女子特别宽容的时代，但在不幸的婚姻中，提出和离，也不那么容易。

根深蒂固的思想，不仅根植于男子血脉，也牢牢盘踞在女子心底。尤其，如他们这样的世家子弟。

想来，叔父也并非不知，门当户对，并不意味着幸福，幸福更需要的是情投意合，是相知相望的浓浓爱意。

可于她这样的人家，婚姻又绝不只是情投意合，其中还掺杂着家族联姻的利益考量。所以，她既已嫁他，也只能尽可能学着安心过相夫教子的生活。

也许后来，她和他，是对怨侣这件事，天知地知，她知他知，山川草木、虫鱼鸟兽皆知，只是，她不再反复言说。

她也希望，叔父觉得他并没看走眼，希望他以为，他千挑万选为她物色的人家没错，对她不至于太过愧疚。

而她，到底还是谢家儿女，几代人努力来的家族名誉不能枉顾，王谢两家，一荣俱荣，一损俱损，总归还要借助王家势力。

故无论他们有多不合拍，他们还是要扮作一对相敬如宾的夫妻。然后，平日里，他继续痴迷他的焚香祷告，依旧没什么兴致和她谈诗写词，她则装作视而不见。

即便彼此再如何心生不满，那些怨怼之语，也不曾落入外人口耳之中，后世野史艳册亦不曾留下只字片语。是以，看客眼里，那个七岁咏雪联句，可谓天之骄女的小姑娘，长于高门大户中，嫁入名门世家里，得遇良人，一生无忧。

而她想让他们知道的就是如此。

也或许，在那些人眼里，历史，本就是一部该由男儿书写的属于男子的历史。所以，拨开漫漫烟尘，史册典籍里，能寻到的女子踪迹，不过零星，再与众不同的女子，也不过点缀而已，寥寥几笔，足矣。

一如她的婚姻，木已成舟，纵然有再多不甘，也只能化作一声无奈的叹息。

仅此，而已。

【六】

大抵，人生终是难以圆满，诸多看似合情合理的事情，待到剥开来看，却是一把涕泪，满眼辛酸。

后来，渐渐地，她已不求他绝众超群、无人可拟，只要平日里他不干涉她玄理清谈，她亦不对他的荒唐行径多加指摘。

翻来覆去不过一笔糊涂账，她也不愿再去反复比较、衡量，徒增无妄的念想。不如安下心来，踏踏实实地过日子，日子本就琐碎而平凡。

每日晨昏定省，侍奉公婆，照管府里人起居冷暖，生儿育女而后相夫教子。闲时读诗作文，或是来一场酣畅淋漓的论辩清谈，便是她的日常。

或许，她有时亦觉得，虽然谈不上多么幸福，但相较大多女子，她已是幸运至极了，至少富贵无忧、阖家安康。如果，日子就这样平淡地过下去，未尝不算一种圆满。

偶尔，后来当上北府兵统帅的小弟谢玄，百忙之中，也会抽空前来看看她，倒也为她平淡如水的日子增添了些许兴味。

那是她最喜爱的小弟，亦可谓谢家他们这一辈里最有出息的子弟，从桓温手下一个小武将——司马做起，一直做到北府兵统帅——车骑将军。

每每家中下人来报，谢家小公爷来访，在前厅等候之时，她都喜不自胜。

她仍如出阁之前，亲切地唤他小名——阿羯。

他是她看着长大的，自幼和她最是亲近。

有时，看着弟弟谢玄，意气风发、鲜衣怒马的少年郎，真真是教人感慨。那个顽劣不堪，让家中长辈操心不已的孩子，终是长大了。

想他曾经，可是个标准的小纨绔，就喜欢华丽的衣服，手里拿个漂亮的紫罗香囊，腰上还要挂条别致的手巾，整个一娇贵十足的公子哥儿。

那时，叔父嘴上不说，实际一见他那模样就头疼。

她明白，叔父从不直接训斥她们，对她和他，皆是如此，但背后，没少花心思。

有一日，他将小谢玄叫至跟前，说要跟他打赌玩。

当时，谢玄一听，立刻欣然答应。

于是，俩人下赌注，叔父道，别的不要，就要他那个紫罗香囊。

一会儿，叔父便将他那香囊赢到了手，思考了一下，就当着谢玄的面，轻轻扔到火里，把它烧掉了，然后又若无其事地继续跟他玩。

见状，他才明白，原来那东西不是好玩意儿，至少，叔父是很不喜欢的。

从此，谢玄痛改前非，再没扮过那带着浓重脂粉气的装束，很有个顶天立地的男子汉模样。多年之后，当上北府兵最高统帅，一生戎马，保卫国家。

她作为长姐，自是欣慰非常。

从前他顽劣非常，整天不务正业，游手好闲，族中长辈皆以他为忤。独她不同，常道他其实有不世之才，只是不思进取。她会打趣般笑他："你到底是太沉迷俗务，还是天分有限？"

他听后，知道她这个长姐最是有见识，争辩也未必是她对手，只好就笑笑算了。

而后，她亦会当着他面，恨铁不成钢，苦口婆心多番劝导，男子汉大丈夫当有志于天下，不当这么虚度华年。

见她如此期许，他也算是醒悟及时，自此励志进取，自强自立上阵杀敌，博取功名。后来，临危受命，统领的北府军数战数捷，成功击退来势汹汹的前秦进犯军队。

待他渐渐有了名气，人们谈起她，还会津津乐道，说——那是谢安的侄女，王羲之的儿媳，谢玄的姐姐。

她自是为他高兴，亦盼着他戎马一生，做旷世良将，许西北将士一个未来，给天下百姓一方盛世。

【七】

谢氏族中子弟名士众多，显贵辈出，谢玄可谓芝兰玉树。

　　而她，谢家长女，当仁不让，也是最闪耀的那颗明珠，不只被家人捧在掌上，外人屡屡提及亦是赞不绝口。

　　一如这日，谢玄特来和她说济尼师太评价她和当世顾夫人之言。

　　她笑着看他，他站起身，学着当日师太模样，缓缓道："顾夫人清心玉映，自有闺房之秀；王夫人，神清散朗，故有林下之风。"

　　那时，同郡有个女子亦负有才名，在很长的一段时间里，总与她相提并论。

　　这女子名为张彤云，嫁至顾家，其兄张玄亦是个名士。彼时，朱、张、顾、陆并称江南四大世家。谢玄便和那张玄是很好的朋友，人们也一直喜欢把他们并称作"南北二玄"。只是，他们二人，一见面，只要一谈起自己家中姊妹之事，便争执不断，互不相让，争得面红耳赤，亦久久难以决断。

　　她清楚，在他的心里，是极为敬重她这位长姐的。所以，常将她放在心上，挂在嘴边，每每向外人说起她，总是一脸骄傲自豪之色，敬重欣赏之情溢于言表。

　　张玄亦是如此，常夸自家亲妹——论家世，自然不及谢家，论才情，却和她可堪比拟。

　　于是，一时之间，"究竟是张玄之妹更出色，还是谢玄之姊更甚"，成无数人的茶余饭后闲谈话题。

　　这争论，持续了好一阵，直至那日，济尼师太说了句话，才算有了结果。

　　济尼师太，也算德高望重，阅人无数，时常出入王、顾两家。那日见着，便有人问师太，她与张彤云谁人更胜一筹。

　　据说，那时，师太未有直言优劣高下，只道：真要比起来，顾夫人，秀美娴静，算是大家闺秀里出众的；而王夫人，神情洒脱自然，有竹林七贤一般的襟怀风度。

　　看似各有千秋，实际上高下立见。

　　至此，不言自明，她当之无愧地占了上风，众人亦心下了然。

她一女子之身，却是萧然自有林下风气，足见其为女中名士，气度远超闺房秀仪，可谓冠绝古今，又岂是小女儿家所能比？

想来，师太也算为她知音了。

她行事潇洒不羁，最为推崇的是竹林七贤，尤爱嵇康，不拘礼法，郎艳独绝。

只是，似乎自婚后，人们谈及她，多冠以"左将军王凝之之妻"，唤她王夫人。

不再如从前——那时，她是谢家才女谢道韫。

只是谢道韫。

这世间，有无数个夫人，王夫人、李夫人、赵夫人、张夫人，但她谢道韫，只此一个。

此后，她声名愈显，但凡有文人士子举办聚会必将请帖送到府上，一时风头无两。

可身为她丈夫的王凝之，仍停留在原地。

人们只道，他是王羲之后，对他有诸多期盼，和她曾经那般。

只是，大概少了些天赋，他的才学与书法并不匹配，过了多年，他依旧黯淡默然，甚至聚会之时，亦须她替他解围。

他其实是不甘心的吧，尤其目睹她声名鹊起后，心中落差愈加巨大。

许是，失去存在感的人，总想通过某些方式证明自己的价值。

他无法在学问上有所建树，便愈加醉心于钻研五斗米教。

当时，受方士文化、道家思想影响，颇多人对方术有着浓厚兴趣。他也像是受人蛊惑一般，愈加将精力诉诸方术，加入到了炼丹、制药的行列里。

他将大笔钱用于购买丹砂，整日闷在房里研究方术，不再出门，甚至走火入魔一般，将公务也甩手于人，事业自此止步于会稽县令，无法寸进。

她曾三番五次地好言相劝，望他不要将精力浪费在此道上。

只是，他嘴上说着改过自新，可每天做梦时仍在念那些她听不懂的神仙咒语。

她打心眼里看不起他，可是，她又能做些什么？

渐渐地，她只觉他不可救药，只觉彻底对这段感情心灰意冷。

或许，两个不合适的人，自产生了迁就的想法的那一刻，他们婚姻的悲剧就已悄然铺陈。一味地退让和忍受，也不过宛如心火自煎，水煮慢炖，是甜是苦唯己方知。

好在，后来，在王家的日子里，虽无志同道合的枕边人，但她靠着自己的志趣聊以度日，春诵、夏弦、秋诗、冬书，偶尔回谢家，和亲族弟兄一同品茶清谈、品评书画、谈论人生之道，不知不觉，一晃三十年。

这般平静的生活里，尽管没有什么太多的爱意，她还是为王凝之生下了四子一女。

看着孩子们渐渐长大成人，她才恍然发现，那溢满才华的青春岁月，渐渐成了遥远的回忆。

【八】

最初，她以为，如无意外，她应该可以带着左将军夫人、江州刺史夫人等头衔，和丈夫、儿女一道平静安稳地终老。

可是，人永远不得而知，命运的巨轮会在哪一个不经意间转向何处。

数十年，可以让一个人变得苍老，也可以让一个王朝气数散尽，摇摇欲坠。隆安三年（399），孙恩、卢循发动兵变，灾祸迅速蔓延。

那一天，刀光剑影那般轻易地便划破夜空，划破东晋王朝的诗酒风流。猝然蹿起的火苗，四下蔓延燃烧，烧毁的不只是财产物什，还有人们心中的希望。

强敌快要攻至会稽之际，时任会稽内史的王凝之，仍在闭门祈祷：烧香点蜡、拜神祈祷，仿佛企图用他心中信奉的神，保佑生灵免遭涂炭。

她找上他，劝他组织城内守军积极备战，而非坐以待毙。

他却坚信，即使城破，同样信五斗米教的孙恩不会杀他。口中说着他自有打算，可下一刻，她却只见他吃下一大把丹药，然后拿着几炷香，在屋子里画了几张鬼画符，口中念念有词。

而后，信誓旦旦表示，他已上告道祖，敌军攻来时撒豆成兵，自有天兵庇护。

她失望至极，而他无动于衷，一概不理。

至此，她彻底绝望，她仿佛已不认识眼前的愚人。

她甚至不知道，这时候，该说些什么来劝他。她终于看清，当屠戮之祸蔓延到他们身上，这样的人，如何保护一城老百姓的安危，如何护卫妻儿老小？

听说过涸辙之鲋的故事吗？

两条被困在涸辙之中的鱼，同病相怜，互相支撑着活下去，可被困住的两条鱼，无法凭借自身或对方的力量回到水塘。

相濡以沫的最后，只能是一起死去。

其实，她也曾朝他伸出手去，但最后还是放了下来。

再没有人比她更清楚，她劝不住他，只见她闻言，翕了翕唇，终是什么都没有再多说。

她亲自招募了数百家丁府兵，每日训练，为不日便将到来的战乱秣马厉兵。

城破之日，孙恩大军长驱直入的时候，她亲自带领包括家中女眷在内的一众家丁和城内所剩无几的守军，准备做殊死搏杀。

哪怕，不过是蚍蜉撼大树、可笑不自量。

战火所到之处，只剩残垣断壁，立在瓦砾堆中。

她提着剑，身先士卒，手刃数人，额头上的汗水和着血水，一起沿着脸颊流下，尽数滴落在她素色的长裙上，在细雨的浸染中，像是一朵朵缓缓开出的尽态极妍的花。

那时的她，纵然已年近五十，容颜老去，年华不再，也依旧像是由这些花捧出的倾城绝色。

然而，终是寡不敌众，独木难撑，她还是被俘，被带至头领孙恩面前。

想来，世人知晓她年少咏雪，弱质纤纤，却未曾见过她手执长剑，手染鲜血。

他们大抵忘了，她一门父兄，能文能武，皆为久经沙场的将军。她虽不曾上过战场，却是名副其实的将门才女。

谢家江左高门，一身的傲骨与矜贵，不只在于吟诗作赋、惊才绝艳，更在于在这片乌压压的乱军之中临危不惧、杀伐果决。

只是，她站在血泊里的那一刻，满城王氏子弟已皆遭屠戮。

她那不中用的丈夫，迂腐地分不清现实与虚幻之间的差别，把自己的生死寄托在别人身上，寄托在虚无缥缈的神仙上。

可最后，求神祷告，也没有等来神兵相助，只等来了敌军的刀斧。

也不知当敌军的刀挥向他头颅时，当他和她的四子一女全部身首异处时，他是否清醒。

可叹如今，江南依旧烟雨，山水朦胧，谁知荒山野岭，又添荒冢几座，新坟几许又会有谁留意？

【九】

她带着一群家丁和残兵，竟然生生杀出一条血路，冲至城门。仅剩的年幼外孙，和她一起被带到敌军面前时，她忽然异常平静。

一路追赶的孙恩走上前来时哈哈大笑："王氏家族也有今天！"

而她，仿佛没有悲伤，也感受不到痛苦一般，只是使出最后气力，对着来人道："事在王门，何关他族！必其如此，宁先见杀。"

见证了至亲被杀的人，还有什么害怕，左右不过一死罢了。

只是，怀里的外孙、身后的百姓都是无辜的，她只望能护住他、护住他们。

彼时，城内血流成河，无人知晓她在想什么。

也许，会想起当年，一如幼年那下雪天，叔父问他们，《诗经》之中，哪一句写得最好。

当时，谢玄答的，是那首戍卒返乡诗——《采薇》的末句"昔我往矣，杨柳依依。今我来思，雨雪霏霏。"

以采薇起兴，唱从军将士的思归，自是感人至深。

她更喜欢的，却是那句"吉甫作诵，穆如清风。仲山甫永怀，以慰其心"。

一首周宣王时期辅弼贤臣尹吉甫的诗，咏赞同僚仲山甫帮周宣王成就了中兴之治。那位周朝老臣尹吉甫，为国忧心，为民思虑，善作颂词，词如其人穆如清风，高风亮节。

听得她言，叔父当场大赞她为雅人，深有韵致。

许是因为道出了叔父的心事，一如当初，他隐于人世，直到四十岁才再次出山入仕，接过了承担谢氏一族在朝堂支撑的重任，成就一段东山再起的佳话。

只是呵，王朝更迭也不过刹那，如今这天下，又是谁的天下？又何谈王家、谢家？

王家已然灭门，谢家，也不远了罢。

往日热闹的将军府，早在十数年前，在叔父病逝、谢玄亦郁郁而终后，便已无人问津，门可罗雀。

他们不曾如她一般，亲眼看到如今的王、谢覆灭，幸耶？悲耶？

她不知道。

她只知道，自幼在叔父教导下长大，曾几何时，她是那般崇拜叔父——他是那样一个淡定从容的人，被满帐刀斧手合围而不变色，谈笑风生，于不动声色间化险为夷。

这样的胆识，这样的气魄，这样的风骨，世间能有几人？

那是她亦想成为的人。

她曾不止一次想过，若她是男儿身，便可摆脱女子所嫁非人的命运，拥有另一片光明前景；若她是男儿身，定能为家族昌荣续一份力，如弟弟谢玄那般——亲手组建一支优秀的北府兵，终其一生都在为国家统一而浴血奋战，成为一代名将，成为叔父传奇的继承者。

可惜，她生作女儿身。

但女儿身又怎样呢？

她仍是名副其实的谢家人，即便只是女子，她也是东晋第一才女谢道韫，一样是谢家最出众的妙人，即便此刻即将成为刀下亡魂……

半晌，孙恩也就那样站着，看着，听着。

看着她发丝混着汗水、血水黏在脸侧，衣袍上开出大朵大朵刺目的红花，她的双手和双眼都鲜血淋漓。听着她说，如果一定要大开杀戒，那么，就先从她的尸体上踏过去。

哀莫大于心死，她扯了扯嘴角，虚弱一笑，像亮堂堂却恰好不刺眼的春日。

也许，那笑容让他想起了她的叔父，想起了那场无人不知的淝水之战。

据传，淝水之战的战报被送到谢安手上时，他正跟人下棋，看后随手就丢在一边。直至下完棋，对方问他方才何事，他才淡然道，孩子们在前线破敌了。

真有人这般心如古井，平静无波吗？

应当没有。

她的叔父谢安，表面那般从容优雅，出门跨过门槛时，却连木屐上的屐齿撞掉都不自知。

捷书一到屐齿折，山阴对弈犹未终。

如果不是那断齿的木屐，无人可知他当时内心的喜悦到了何等地步。

关于她，世人只知，她似叔父谢安风雅高洁，却不知，她也继承了她谢家满门的血性，可以清新淡雅，诗酒为伴，也可以刀光剑影，为护佑家国而战。

此际的孙恩，无法从眼前女子的冷静脸容，窥得她内心的悲怆与凄婉。但许是她临危不乱，与敌人朗声辩驳，生死不惧的气节与胆量，任谁见了，都不由得生出敬意。

最后，也不知怎的，他不但没有杀她，没有殃及池鱼，还派人护送她和外孙离开。

也许在他看来，这天下，虽难说承平日久，许多富家子弟却沉溺于风花雪月、玄谈论道，承自秦汉帝国的那股英雄之气已经万人难觅。

他素闻眼前这个女子的才名，却没想到，这风雨飘摇的乱世里，那个乌衣巷的富贵乡里长大的姑娘，即便垂垂老矣，也不曾被闺阁扼杀凛凛傲骨，那双本应握着狼毫笔的手，也能刀剑相向，抗争奋起。

大抵，对这女子的英武无畏，风骨巍然，他也有一瞬动容吧。

【十】

舞榭歌台，风流总被雨打风吹去。

这场变故过后，东晋自此衰亡，士族的至盛时代走到尽头，衣冠清流也慢慢成了传说。

从前煊赫的门阀士族、膏腴之家日渐凋零。偌大的王家只剩陋室空堂，堂前燕子也早振翅离去，飞入寻常百姓的屋梁。

家道中落，是极为残忍的话。

若是生来贫穷，大抵会习惯那种粗布麻衣的生活。

可家道中落不一样。

那是从凡有应有、无所不有到一无所有；是昨日桌案上还是鸡鸭鱼肉，今时便连桌腿都被拉去变卖了，回来蹲在指甲长短的烛火下，查着所剩无几的铜板；是想喝口茶，闷口小酒，却连杯盏也找不到，水缸旁放了一个枯叶般的水瓢，吹点风，应该就能跟着飘摇。

但是，也有的人，即便是在家境败落后，也不曾让数百年积攒的家声成为绝唱，即便繁华难再，也要守住那骨子里的清流雅望。

后来啊后来，风骨犹在，世人感慨，那情怀。

她便是如此。

谢家诸多子弟在这场战乱中或死或伤，人丁凋零。有条不紊地处理完后事，她遣散了家中仅存的下人，将家中仅剩的银钱分予他们。

晚年的她，孤身一人，独居会稽，终身未改嫁。

平日里，深居简出，写诗著文，不问世事，宛如隐士。闲暇之余，领着仅存的外孙，游走在会稽的湖光山色中，细细品味这仅存的一点儿天伦之乐和人世温情。

后来，她在城中开设学堂，传道、授业、解惑，教书育人，度此余生。大概因着早年远播的声名，总是座无虚席，时常有年轻人亦特来听她讲学，虽未收徒而弟子满天下。

世人仍待她是曾经的才女，只有她自知，心境大不同了。

青布帷幔后的人，暮年老态稳坐如钟，对着外边的一众学子，所讲的书中道理，所谈的世事感悟，是在咀嚼着自己的一生。

后来，有一日，新任会稽郡守的刘柳也特地前来拜访她，说是久仰大名。

事后，刘柳逢人便夸她："内史夫人风致高远，词理无滞，诚挚感人，一席谈论，受惠无穷。"

只是，内史夫人，内史不在，何来夫人？

此后的她，只想做一名夫子。

后来，她写了不少诗文，汇编成集，流传当世。只是，大多散佚，是以，后人再提起她，仍是那年当时咏雪句。

一年一年，堂燕又衔新泥，宅邸绕梁余音寂。

也许，某一年的冬天，会稽又难得地迎来了一场大雪，碎琼乱玉般坠向地面。她站在院中，白雪覆上了肩，鸟雀噤声，雪飘如絮，白茫茫一片。

恍然间，好似一眼看到当年。

那还是很多很多年以前，也是因着这样的一场大雪，叔父给他们讲解诗文义理，忽而问道："白雪纷纷何所似？"

她答："未若柳絮因风起。"

那时的她，还是那个因一句譬喻而被夸赞的灵动少女。可惜，雪花如柳絮随风而起，一同飘散的，是她数十载的锦绣年华。

都不过造化。

或许，关于一个人，她还有些话没来得及说。

说些什么呢？

如果不是身处乱世，如果不是遇见他，或许，此刻，她正一边煮酒烹茶，一边……

待到夕阳西下，等着一个人和孩子们一起归家吃饭吧。

可时光无法重来，历史不容假设。若有来世，生在寻常人家，青梅竹马一起长大。春日时，一起看巷子口满地落花；冬雪时，裹着棉衣在雪地里嬉闹玩耍，平平淡淡，温馨美好。

那便够了吧。

至今堪怜咏絮才，何必人间富贵花。

王维：从来痴情只如故

曾经，他是长安城里最为风度翩翩、颇负盛名的少年才子。

金榜题名之时，不过二十一岁，惊才风逸，出类拔萃。

一袭长衫，英英玉立在熙熙攘攘的长安街上，俨然一个鲜衣怒马少年郎。

那也该是他一生之中，最为得意的时光——才华横溢状元郎，名题金榜，花烛洞房，前程锦绣不可限量。

只可惜，后来过尽千帆，远目江山，也只余少年心事，老来惘然。

【一】

大唐，开元年中。

玉真公主府内，莺歌燕舞，仙乐飘飘。

一众容貌姝丽、善于音律的年轻男女正奏乐弹唱。听得那笛声起，筝弦动，一身罗裙的舞伎随乐而动。

众所周知，玉真公主素喜音律。

岐王李范寻得教坊里最美的舞伎、技艺最为精湛的乐师，送进府中来。一舞一曲，都是时兴于当下贵胄宴饮之间的欢歌，曲调柔婉轻快，不过为博她一笑。

只是，听得多了，却也乏味。高坐殿堂之上的公主微微露出不耐之色。

一旁的岐王最善察言观色，旋即心领神会，挥挥手让众人一并退下。

于是，此时大殿里唯一还站着的少年，便显得格外打眼。

他怀中抱着一把琵琶，一身素色长衫，之前默默地站在角落里的时候，并没有人注意到他，这时才教人惊觉此人不俗的相貌与气韵。

他容颜秀丽近乎一个女孩，举手投足间却又有一股风流公子范。玉树临风，濯濯如春月柳，朗朗如日月之入怀，恍恍然如有潘安之貌，端的个翩翩美少年。

而后，岐王一个示意，他便怀抱着琵琶，一步一步，缓步上前。

阅人无数的玉真公主一时兴致盎然："这位是？"

"一个真正懂乐之人，"岐王丝毫不掩饰对其赞赏之情，笑道，"此人精通音律，弹唱皆不在话下，作的曲子更是绝妙。听闻他近日新谱了一曲，妹妹再听一听？"说完，便对少年微微颔首。

只见那少年得到首肯后，向着二人大方施礼，随即轻轻地拨弄起弦。

指尖翻飞间，乐声如山中清泉般倾泻而出，声调哀切，幽怨缠绵，如泣如诉。一时之间，满座动容。

待一曲终了，余音绕梁，席间众人兀自静静回味。

公主定定看向他："竟然如此精妙，此曲何名？"

少年长身玉立，展眉从容答道："《郁轮袍》。"

在长安城里，玉真公主从未听过这样的音乐，此际亦不自觉展颜微笑，问："你叫什么？"

"王维，王摩诘。"少年回道。

彼时，端坐殿上的众人尚且不知，这个名唤王维的少年，其实成名已久，今后也将注定不同凡响。

【二】

有唐一代，仍是世家大族主导的贵族当道，其中首推五姓七望：陇西李氏、赵郡李氏、博陵崔氏、清河崔氏、范阳卢氏、荥阳郑氏、太原王氏。

为捍卫血统的纯粹，彼此相互攀亲，拒绝外姓联姻，是再寻常不过的事，有时甚至于连皇族来结亲，也是不给面子的。

再说这太原王氏，乃周灵王太子之后，位列五大家族之一，从汉代起就世代为官，为不折不扣的名门世家。

王维，便含着金汤匙生于此间。

爷爷王胄，曾任协律郎，掌管朝廷音律。父亲王处廉，开元风流人物，官至汾州司马，精通诗文。母亲，博陵崔氏，同是当时最为显赫、尊贵的高门望族，典型的名门闺秀，亦是琴棋书画、古典文墨样样精通。

虽然，彼时各氏族已渐有走向没落之势，但血液里那份与生俱来的贵气与才情不会改变。王维作为王家长子，自是有了不同凡响的幼年。

母亲擅长作画，尤其是水墨画，练得超然绝群。从小耳濡目染，他亦经常拿起毛笔，有模有样地学着母亲，一画便是一整天。诗文习作，则由父亲一手传授教习。同时继承了爷爷的音乐天赋，由爷爷得意弟子教授，王维自幼便能演奏各种乐器，尤善琵琶。

是了，那时，他还是命运最为青睐的宠儿，上天赐予他的，不仅是人人羡慕的贵族之家，还有过人的才华。

这十里八乡，谁人不知，谁人不晓，那太原祁县的王家儿郎，小小年纪，便显出异于常人的聪颖。

一擅音律，拿起任何乐器，弹唱旋律动人；二长诗文，九岁便可成篇，布局常妙趣横生；三工书画，下笔挥洒自如，灵动自然，俊秀飘逸。

据传，某人得到一幅奏乐图，不知演奏的为何曲目，便向他请教。他只看了一眼，便笃定道，画的是《霓裳羽衣曲》第三叠第一拍的情境。那人不信，便找了一班乐工当场演奏《霓裳羽衣曲》，最后发现丝毫不差。

这还不算，他生得更是相貌堂堂，眉清目朗。从《集异记》中记载的便可窥见一斑：妙年洁白，风姿都美。

好一个才貌双全好儿郎，如同生在庭阶的芝兰玉树一样。哪个一见，不是心生喜欢？那时啊，他是多少女儿家悬于心尖的"白月光"。

只是，再喜欢也只能是惊艳之后遥遥仰望，如此天资异禀的他，他的人生舞台，注定不囿于这小小的祁县。

而且，他早有了青梅竹马的姑娘。父母早给他商定好了一门娃娃亲，是母亲氏族崔家的女孩。

父母之命，门当户对的好姻缘一段，是多少人求之不得的幸福美满。

纵他性情内敛，又多少有些傲气疏狂，可见到她的第一眼，亦不自觉无声笑弯了嘴角，让人直觉暖风拂面。

彼时，没有人知道，两个小小的孩子，各自心里在想着什么。大人世界里的一面惊鸿，金风玉露，在小孩子的世界里，也不过是简简单单的一起闹来一起玩。

她小小的脑袋仰着看比她身量更高的他，也许，只是觉得，他的眼睛真好看啊，好看到能从里面看见日月星辰、山川河流；可以看到长河落日、大漠孤烟；可以看见一身雪白、踮脚抱着他脖颈的小小的她……

而他，从此一生，旁的风花雪月、莺莺燕燕，再无一个能入他的眼。

十几岁的年纪，也无非神态各异的少年们聚作一团，听着身后学堂书声琅琅，看着窗外莺飞草长，明媚的艳阳，伴着春风吹过碧色池塘，带来一片旖旎花香。要到多年后回想，才知，那是何等难得的无忧好时光。

而他，到底有些不一样。

因着母亲一心向佛，常年清修《维摩诘经》，终身以维摩诘为榜样，便给他取名维，字摩诘，洁净无尘之意，望他以清净平和之心，达成境界。

冥冥之中，似给他画上了人生的底色。

关于母亲事佛的虔诚，多年之后，他写道："故博陵县君崔氏，师事大照禅师三十余岁，褐衣蔬食，持戒安禅，乐住山林，志求寂静。"

或许，在母亲此般影响下，小小年纪，他便已领略了丹青世界的斑斓多姿，也感受到佛国世界的深邃神秘，也是由此，显出超出同龄人的内敛与稳重。

【三】

原本，他的人生开局可谓相当完美，五运皆济，六气俱兴，生逢世家，才貌双绝。

若按凡人所信奉的命理，他的命实在是好得让人嫉妒。抛去旁的不说，单单是太原王氏长子这一重身份，便足以让多少人在他面前低眉俯首，客客气气地称呼他一声王郎。

他本就是当之无愧的天之骄子好儿郎。

那时候，他也这么觉得。毕竟，少年意气，听惯了人们有心无心的溢美之词，理所应当地认为自己同旁人不一样。

直至那年，他的世界，地覆天翻。

原以为他是被上天眷顾的人，却不曾想，上苍如果给人这只手里一颗糖，就一定会夺走他另一只手里的枣。不到后来，没有人能想到，他的人生会是那样大起大落。

命运的变故，始料未及地匆忙。

那日，他和弟弟下课归来，忽而被告知父亲突发疾病去世的噩耗。

从此，一切安稳与美好，随着父亲因病猝然离世而烟消云散，长岁无忧、肆意圆满的日子，一去不复返。

那时，他只九岁，在他之下，还有五个弟弟妹妹，未及成人，有待供养。父亲英年早逝，家中重担，便全落在了母亲一人身上。

彼时，他还不知，生离死别于多数人都是椎心泣血的恸哭，是呼天抢地的无助，是歇斯底里的绝望。他只是看着母亲，像是早已了悟生死，平静地接受了此番不幸，镇定地料理着父亲的后事。

棺椁入葬那日，祁县下了一场经年难遇的大雪。

他看着北风吹皱落雪，看着母亲手牵着年幼的弟弟妹妹，跪在灵堂前，领着亲朋和他们送父亲最后一程。

落雪扯棉裹絮般肆虐而下，让他无法看清母亲的眸色，却莫名觉出，那淡然之中似乎深藏着一层难以言明的悲哀。

后来，母亲用柔弱的肩膀，继续担起他们这个家。孤儿寡母，其中的艰难，可想而知。

不过，即使遭遇变故，母亲也从来不在他们面前流露她内心的悲伤。她只是当终于无力支撑这原本如此庞大的家庭时，静静地遣散了家奴，变卖了家产，带着他和弟弟妹妹们，回到蒲州娘家。

此后，除了拜佛念经之外，母亲每天刺绣售卖，作为一家生活的经济来源。

风雨之外，柴米油盐更能描摹人世的无奈，一字一句道来，谁堪其中悲哀？

自此，他读书愈加用功。不忍母亲一人辛劳，他每天在家门外摆摊卖他画的画。比他小一岁的弟弟王缙，也常私下帮人代笔作文，赚取些许报酬，贴补家用。

似乎，人的长大不是岁岁年年的，而是在一瞬间，在瞥见父亲鬓角白发的瞬间，在抚平母亲额头皱纹的瞬间……

而他，是在哪一个瞬间？

许是在明白了再不能倚靠父辈顶着风刀霜剑的庇护下，谈笑人间了的时候；在知晓今后世事险恶，不得不身处其间了的时候；在忽而懂得了，身为长子的他，必须承担起兴盛家族的责任的时候；在默默想着要用自己稚嫩的双肩，好好守护他深深爱着的家人和那个藏在眉间心上的姑娘之后。

悲惨的境遇，并未让他沉沦。

何况，也不是没有幸福快乐的小时光，再惨淡的境遇里，多少也有些许温情的片刻。

一次，一人给弟弟送稿费酬劳，却错敲了他的门，他指着对面弟弟，哈哈大笑打趣：大作家在那儿呢。

彼时，谁知后来他才是那个名垂千古、万世流芳的诗客文人。只知他素来重情，仿佛只要一家人还在一起，便可暂且忘却捉襟见肘的烦忧，释怀了有无，不计较是否。

想来，也是母亲的坚忍和平静深深影响了他，学习诗文之余，母亲还教他背诵《维摩诘经》。

哪怕那时，他还不太明白这些经文的要义，只是觉得，母亲逐字逐句给他讲解的神情，有种哀苦似轻绵的温柔安详，仿佛回到父亲还在时，全家围坐一炉，其乐融融的那样。

他不知道，这些艰深难懂的字句，他将受用终身；不知道潜移默化间，有些庄严宝相的种子，已在他幼小的心田里悄悄孕育。

这些种子，在将来的某些时刻，遇到合适的土壤和水分，还会发芽、生长、开花。一如多年之后，他笔下的那些辛夷，静静地盛开在山谷里，更绽开于世人心中。

【四】

冬去春来，寒来暑往，窗前的杨花谢了又开，屋檐下筑巢的燕子去了又来，转眼间，父亲已离开他们六载。

在母亲十数年如一日的悉心教导下，天资聪颖的他，知识已是相当渊博，又诗画俱绝，且善箫管琵琶。

十五岁，年纪犹轻，为一展抱负，在母亲鼓励之下，他决定远赴京城，考取功名。

那日，和风潋潋、流云从容，他坐上了去往京城的马车，帘外春光如许，一如他期许的前程。

他要去看灯火市，观玉轮转，见香车满，走过黄瓦红墙的层楼叠院，也路过异常喧闹的琼楼勾栏，目睹开元盛世的繁华。

这大唐雍容华丽，有多少人想做出一番大事业，修身、齐家、治国、平天下，惠及苍生百姓，何况，他乃世家子弟。

那首途中游历所作的《少年行四首》，便是他最热血的赤子之心。

新丰美酒斗十千，咸阳游侠多少年。
相逢意气为君饮，系马高楼垂柳边。

出身仕汉羽林郎，初随骠骑战渔阳。
孰知不向边庭苦，纵死犹闻侠骨香。

一身能擘两雕弧，虏骑千群只似无。
偏坐金鞍调白羽，纷纷射杀五单于。

汉家君臣欢宴终，高议云台论战功。
天子临轩赐侯印，将军佩出明光宫。

新丰美酒，似乎天生就为少年游侠增色而设。无人知晓他是否目睹了一群急人之难、豪侠任气的少年英雄，才对他们的游侠意气这般热烈礼赞。

他笔尖轻轻一点，或实或虚，太平盛世里，游侠少年踔厉风发、风流自赏的图景，便宛然在目；或显或隐，何尝不是在描摹他满腔的政治抱负和英雄主义。

虽然，那时，他才十几岁，还是外柔内刚、眉目如画、风姿绰约的美少年，即便被拥簇于攘攘人海赏那花街灯山，不说话，只是微笑，连嘴角弧度都是那样浅浅的一弯，就已站立成了大唐一道最迷人的风景。

其实，纵使自幼被誉为不世出的天才，那时的他，说来也不过是个半大的孩子。

再少年老成，也才十几岁，和寻常少年能有什么两样？

他会开怀大笑，有豪气干云的少年意气，也会惆怅自抑，有关山难越的迷惘失意。

在背井离乡，孤身一人时，他也禁不住黯然神伤，会在九月九日登高望远的重阳佳节，触景生情，思乡思亲，念着家中兄弟遍插茱萸；会怀着复杂心情忧国忧民，写下《洛阳女儿行》里"画阁朱楼尽相望，红桃绿柳垂檐向""谁怜越女颜如玉，贫贱江头自浣纱"的词句。

那时，凡夫俗子具有的喜怒哀乐，他也都拥有。

浑然不似后来，无悲无喜，像是端坐莲台的佛陀，勘破红尘的模样，一切都只是淡淡的，把所有的想法都内化于心，不再向外表达。

后来，天涯折转，人间觅道，得到了什么，失去了什么，谁又说得清呢？

【五】

世人皆道，王维，真才子也。

只是，在当时，再高的才名，也需赏识引荐之人，方可身登青云。想这长安紫陌红尘，朱门路远，他虽干谒数年，依然无果。

直至那日，岐王李范下朝，路过闹市，天家威严，华盖堂皇，众人纷纷回避。

而他，本就多日想见岐王而求路无门。于是，本在酒肆之中独自默然饮酒的他，拿起玉箫，施施然吹奏了一曲。周遭的人声耳语似都与他无关，只有箫声呜咽缠绵，回荡在长长的街巷。

待到一曲终了，余味袅袅，他的目光穿过嘈杂叫好的人群，将众人微怔的神情敛于眼底，他想，这一步，他该是走对了的。

果然，没过多久，岐王便派人寻来，邀他至府上，得知他少有才名，诗书画乐俱佳，欣赏非常，便又带他拜见炙手可热的玉真公主。

素闻，玉真公主最是喜好结交贫寒士子，是很多诗人的仕途贵人。

而后，便是那日，公主席上，他琵琶一曲，举座皆惊。

彼时，岐王大力举荐，道他不仅精通音律，诗文词学也颇为精妙，说当世能出其右的，恐怕是少之又少。公主雅好诗文，闻言大喜，问他此番可有诗文携于身上。他从怀中取出早已备好的诗卷，呈献而上。

铁画银钩，皆为他精心写就。

公主展卷一睹，果见字迹如鸿鹄高飞，风流气骨跃然纸上，击节赞叹不已，随后客客气气地安排他更衣安坐。

堂上目光皆汇聚于他身上之时，听着众宾客那些或客气或真心的赞许——少年才子，颖悟绝伦，神姿高彻，才誉京都……他心底亦是说不出骄傲快活的，等浅斟低唱的歌伎将佳酿奉上，酒盅一倾，一饮而尽。

似有一瞬，想起早年所作的《少年行》。

那时词句里的潇洒肆意，此际仿佛才真正显出形迹：帝都皇家的绿蚁酒一斗十千，但那又如何，相逢意气，欲饮便饮，只图欢欣；楼下垂柳旁，良驹骏马系着，见得多了，便也不甚稀奇。

纵他文人一介，未尝不憧憬着征战沙场啊，边境虽苦，却可得建功立业之机，大好男儿，哪个想的不是获胜回朝，天子赏识，封侯拜将。

年少气盛大抵如此。

无论如何，自他一曲琵琶动京城的故事在长安街巷口耳传闻，得王公贵胄如此欣赏，有皇亲国戚这般青眼有加，赞誉、名利便如雪片般滚滚而来。

他也算是不负众望，得岐王、公主推荐，作为京兆府第一名的解元，于第二年春天一举登第，成为当年状元。

相比那时大多数寒门士子，他显然已经幸运太多。

"三十老明经，五十少进士"，在当朝，四五十岁中进士的大有人在。而他，十九岁，登第举子，又在这开元九年（721），二十一岁之时，殿试及第，成为长安城里最风度翩翩、才华横溢的状元郎。

那时的他，真真是春风得意、马蹄声急。

岐王宅里，谈笑吟咏间，他也与一众文人雅客成为知音，高山流水，拨弦酬酢，相互唱和。最出色的宫廷乐师李龟年，每每弹唱着的，总是那首他写的《相思》。

红豆生南国，
春来发几枝？
愿君多采撷，
此物最相思。

一时之间，他成为长安城内众人争相逢迎的贵人。

很少有人会不喜欢他吧。

毕竟，他是那样出众，弹得一手好琵琶，画得一手好画，写得一手好诗。凡王公贵族的酒局家宴，都会给他送来一份烫金请束。

似乎，他的名字，便意味着品位。

那时，赶赴琼林宴，打马御街前，红袍白马游街、帽插宫花，被前呼后拥、众星捧月，是何等风光。

只是，唐时殿试常有，多少满腹经纶的进士，即使当初再怎么出尽风头，都要在宦海沉浮，最后大多陨落，而他，当会有些不一样的吧？

【六】

次年春天，他正式入仕，封官八品，主管皇家朝会、宴会、祭祀等乐舞礼仪的太乐丞。品级不高，也非他原本期许的谏言文官，却属他一技之长。

深受命运垂青，他如今已是少年得志，何况，前程可期，来日方长。

至此，那个十五岁便背着包袱和干粮，孤身赶赴长安的少年，终于可以衣锦还乡，再写家族昔日的荣光。

当母亲来信，要他回乡完婚之时，他也欣然应允。

是了，长行的，不停留，归来的，飘零久。他当然要大展宏图，可在此之前，也要回到阔别已久的故乡，探望高堂，迎娶多年之前一见倾心、青梅竹马的姑娘。

她，等他许久了吧？

他们成婚的那天，王家的大门前，再度高高挂起红灯笼，红毯铺遍了每一个角落，车如流水马如龙，宾客进进出出，道贺声不绝于耳。鞭炮声响，红装十里的送亲队伍，一路吹吹打打，热热闹闹地将她的花轿送进了他家大门。

众人越过重重朱门，直望前方的目光里，像是蓦然出现了光亮。

光亮的中央，是她。

在鞭炮与唢呐交替轰鸣的喜悦之中，他一步一步，缓缓地走向她。

而后，便是一拜天地，二拜高堂，夫妻对拜。礼官高唱，和着谁心中暗自许诺的此生不负，掷地有声似山石崩裂般，落入饮酒相贺的宾客耳中。

待到宾客散去，庭外终于安静，他最心爱的姑娘，盖着大红的盖头，坐在红烛灼灼的内室里，听着众人言笑晏晏地互道吉言。

终于，他带着醺然的酒气轻轻叩门，示意他欲进来，却被新娘拦在门外。

隔着朱门纱帘，他看不见她的脸容，却分明听见她当时言笑晏晏道，他既为大才子，要考考他的真才实学，方能放他进门。

言毕，随口出了一联让他对下联：

一幅古画

龙不吟

虎不啸

花不芬芳

猿不跳

笑煞蓬头刘海

她这突如其来的小小戏闹，倒也显出一股娇憨可爱的小女儿情态。

他什么场面没见过，此时却是一时语塞。

最后，无奈转身，在后花园转了一圈，瞥见石桌上残棋一盘，忽而福至心灵，随即朗声对出下联：

半局残棋

马无主

车无轮

卒无兵器

炮无声

闷宫束手将军

当低哑的笑意送进耳中，他蹲在她面前，如同她当年看他一样，仰头看她。

看她大红盖头的四角流苏，刚刚与她的红唇平齐；看她绯红嫁衣上的凤凰，在烛光下熠熠生辉，如鎏金翻滚，流苏的阴影随穿堂清风，在她脸上分割明暗。

而后，他掀开她的盖头，笑得异常温柔。

浑然不知自己眸中有光，似早春潋滟了一池初日的清水，蔓延到了心头。

她本紧攥着衣袖上的繁复的花纹，那一刻，也感受到了他的心意，嘴边的笑意渐渐漾开。

喜烛摇曳，映衬得一双新人明丽绝艳，一如他们初见。

那时，他应当不曾想到，后来，他们夫妻二人新婚之夜，妙对对联的故事，竟会成为坊间笑谈，在众人口中悠悠辗转，多年后流为举世间盛谈。

他们的爱情，也真乃佳话。

才子佳人的故事，从来引得多少看客无尽遐想。

也许，他会在月光皎洁、静谧的庭院之中，一袭翩翩白衣，端坐在花树下静静地抚弄着琴弦。

她，则蹲坐在屋顶上出神地看着熏熏而来的微风，吹起他的衣袂发带，更将满树的花吹散在庭院中。

最后，不知是谁忽而先抬了头，仰头遥遥向月光看，目光比心尖更柔软。纷繁的花雨，扑簌簌地落在他们的肩头，彼此便这样看着满树的花相视笑了。

这一笑，皓月清风都黯然失色，温柔了谁人岁月，又惊艳了谁人时光？

也不知，后来隔着岁月茫茫，经年苍苍，这一幕，是否成为谁人夜不能寐的忆和狂。

【七】

那当是他一生最为志得意满的日子。

久旱逢甘雨，他乡遇故知，洞房花烛夜，金榜题名时，这人生四喜，他便得了一半，还有何求呢？

许是，待来日方长，他还要带她去这大唐的长安，去看这繁华盛世的气象，他们要一起看看那最宏伟的含元殿，一同走过东面的翔鸾阁，行经西面的栖凤阁，在丹凤楼北望，将长安街巷尽收眼底，那灞桥的烟柳，那驿道的沧桑……

前程可望，如此和心爱之人执手一生，到白发苍苍，便是最美满的模样。

只是可惜，没等到曾以为的来日方长，先到来的，是好景不长。

世人皆唏嘘一波三折的戏文，可现实远比戏文来得跌宕。

完婚之后，他在家乡小住了一阵，在一个秋高气爽的日子，携妻满心欢喜回到京都。

本以为会迎来新婚宴尔的恭喜祝贺，也等着在事业上摩拳擦掌大干一场，不曾想，没过多久，却是被流言之潮席卷，被命运之掌摁倒推翻。

那一日，素来与他交好的岐王来到太乐署，与太乐令刘贶，找他一同饮酒。

彼时，重阳将至，他正忙于为圣上排练重阳庆典黄狮之舞。

舞狮，寄寓着美好祈愿，祈愿城隍安泰，物阜民丰。

传言，当年明皇游月殿时，恍然梦见一只五彩缤纷、阔口大鼻的独角兽，于阶前滚球，姿态威武。醒后仍旧念念不忘，欲重睹此景，便要近臣照他梦中瑞兽模仿，同时由乐部配以雄壮的锣鼓编舞娱宾。

只是，明黄为皇家专用之色，黄狮只有皇帝在场或经特批后方能舞，普通人只能舞红狮。

然而，岐王一时乘着酒兴，嚷着要看黄狮子舞。

岐王最是喜热闹的，向来不拘礼节，好酒好诗好歌舞，他拗不过，又见上级太乐令刘贶亦不反对，即令手下为之展示。

谁知，次日，此事即被上奏，引得玄宗震怒，以僭越之罪，将他贬为济州司仓参军，降为九品之下。

至于个中缘由，阴谋阳谋，影影绰绰。

明里暗里，言他不过因党争牵连被贬者，有之。

言他因拒绝趋炎附势而被小人构陷者，有之。

言同僚嫉妒借题发挥大肆渲染者，有之。

更有甚者，言他风姿卓绝，早引得玉真公主倾心，却私自回乡娶妻还大肆携来长安，引得公主醋意大发，一举状告者，亦有之……

看来，政治，永远不像它的表象那样单纯；权势裹挟下风月情关，也实是难闯。

只是，细细思量，似乎自太宗始，大唐历来都有藩王夺取皇位的先例，武皇退位后，更是剧烈变动，此时，自玄宗击败众多皇子登上帝位，也不过十年。为巩固皇位，以稳朝纲，本就严禁皇族弟兄和臣子交往。所以，他被贬官的背后，可能是帝王对岐王的猜疑，对他和岐王走得过近的防备。

此番连他在内的多人被贬，于天子而言，倒也不失为打压诸王势力、剪灭党羽之良机。

至于其他，众说纷纭，莫衷一是，不可尽信。

只是，无论何种真相，他都百口莫辩。

说来，左右不过是那些盛名，还未曾带给他真正的前程无忧、岁月静好，反而牵累他深陷尘世的汹涌暗流。

其实，他也不是不明白，人事本难防。只是平日豪英贵人虚左以迎，而今眼见身边人纷纷避而远之，才恍然看清人情薄凉的现实。

大喜大悲顷刻间，这一跟头，跌得猝不及防，满心彷徨，到底是意难平。

不然，何以会在离京赴任前，写下那首《被出济州》。

> 微官易得罪，谪去济川阴。
> 执政方持法，明君照此心。
> 闾阎河润上，井邑海云深。
> 纵有归来日，各愁年鬓侵。

在泾渭分明的阶级王朝里，真相、是非，一切的一切，都要为龙颜让位。所以，若受到责罚，即便再冤枉，皆须端正态度，叩谢龙恩。

一如他写得语气平和，节奏松弛，只道君主圣明，原无贬斥之心，执法者亦不过坚持照章办事。

好似无怨无悔一般。

只是呵，想来也知，他少年凌云志，自诩人间第一流，何等心高气傲，哪知政局诡谲，官场险恶，走马上任不过数月，英姿勃发的状元，一夕之间，从巍峨的九重朝堂，重重跌落到济州的粮仓……

再如何委婉，寥寥数语如何封缄非罪被贬的哀伤？

再怎样的客套官腔，都不过是佯装给人看的模样，终难抵境随心转，满腹辛酸跃然纸上。

如他这般小吏小官，人微言轻，莫名其妙便被贬到济水南侧的济州。想那济州之地，城墙临近黄河，街巷又靠近海岸，此去长路迢迢，归期难测，人事难量，纵然他年，归来长安，也早已是发染霜雪，两鬓斑斑！

可事已至此，又能做何转圜？

大抵也只能掀开车帘，远远望望这繁极盛极的长安城最后一眼。

待到重重朱门次第打开，马蹄声终是要淹没在无边的天地之中，同万物一道陷入沉眠。

【八】

人生这般悲喜转换，本就在顷刻之间。

登高必跌重，本就是亘古不变之定律。木秀于林，风必摧之，行高于人，众必非之的桥段，也不过是老生常谈。

不过是贬官，去便去吧，没什么大不了的。

毕竟，人这一生，总在不停变换。一如他，昨日风光正盛，今日便是跌落谷底；今日愁云密布，明日也可能柳暗花明。

无论有多不甘，至少，还有她，会一如既往，始终在他身侧相依相伴，无论是锦绣富贵，抑或是贫贱低微；无论是封侯拜相，抑或是贬谪千里。

于是，一个转身，她陪他一同奔赴济州，一待，便是五年。

这期间，他任司库参军，其实，本职不过是守一守粮仓。

她看着他，意气风发的少年，刚准备展翅的时候，命运的大手，硬生生把他的翅膀折断，让他扑了一个空。

摔下悬崖的滋味，还是很疼吧。

他素来那般喜洁爱净的一个人，就算每天认认真真将物资摆放得整整齐齐，把仓库打扫得一尘不染，也根本无人在意。

那些独自看守仓库的寂寞日子，他也会回忆起长安的繁华，忆起当年壮志凌云，但命运深深的无力在于，你伸出手，也拢不住青烟几缕。

他感叹过命运不公，也在漆黑的夜里失意叹气，还特地去拜谒过济州的长官，结果，却依旧不得结果。

后来，便慢慢习惯了，再低的境遇里，也不曾再自伤自怜、消沉意气，甚至随刺史在济水抗洪救灾中，立下赫赫功劳。

哪怕，依旧不被人记取。

但至少，有她看见，有这济州百姓惦念。

想来，他到底还有着几分当年兼济天下的少年意气。毕竟他自幼习得的，便是儒家所说的入世——学而优则仕，不仅为光宗耀祖、出人头地，更是为齐家治国，兼济天下。

再后来，玄宗泰山封禅，大赦天下，他终于得以离开济州。

只是，许是在济州这些年的消磨沉寂，让他渐知，世间之事，并非付出就有回报，功名心也渐退。加之当权者与他政见始终不同，这仕途，到底难以称心如意。

许是看清了官场冷酷、江湖水深，体味了人情冷暖、世事叵测，接近了底层百姓生活，他走出了京城繁华的虚幻。许是挣扎过后的自我和解，正如他笃信的佛家之言，得不到，莫若放下，他生出辞官归隐之心。

只是，人之于世，并非孤身一人，他身为家中长子，家中弟妹尚需供养。

他从来都是如此，温柔而有男儿担当，无论他是积极入仕，抑或闲散出世，属于他的决定，她从来都支持。

于是思量再三之后，他选择了半官半隐，居于淇水之上，而后，因缘际会，游历江南，辗转吴越，于青山丽水之中返璞归真。

至此，她看着那个锋芒毕露的少年被磨去棱角，变得愈加温柔和润。

他不再说宏大的梦想，而是踏踏实实，活在当下。

那时，她和他，都尚不曾想到，那段日子，会成为彼此共度的一生之中最为娴静无忧的时光。

她和他，享受着山中岁月，静待山间第一朵梅花开，河岸第一簇柳絮飘，然后再在阳春三月去赏春雨杏花，追寻真正自在逍遥的日子。

有时，在一个个大雪飘零的日子，她会看他作画；在一个个炉火艳红的黄昏，她可听他论佛。在彼此都无事可做时，他会邀她对对诗，乍暖还寒时，他会拉她一同自自在在地抄抄经。

从前，他不在她身边的日子，每每忆起，她心头便如流水缠绕一般，顿生旖旎。

如今，终于可以日日相对，看着他清俊温雅，眉眼间那抹温柔像是天边亘古不变的云。

这触手可及的幸福来之不易，她和他，都想好好珍惜。

琴瑟和鸣，人世间最幸福的事，莫过于此了，哪怕岁月平淡，却俨然神仙眷侣的日常。

那首后来脍炙人口的《鸟鸣涧》，便得于此间：

> 人闲桂花落，
> 夜静春山空。
> 月出惊山鸟，
> 时鸣春涧中。

后来，人们说，他诗中有画，画中有诗，其实，此时已是禅意初露。

而有时，她在一旁看着他，也会觉得前尘如梦。

庭外，月色温柔，群山温柔，恰似他眼眸。而他还是如多年前那般，遥遥望着月升月沉。

只是而今，听着的，是山中栖鸟月出惊动，在春日溪涧里，不时鸣啼。

想着的，是人只有闲下来，才能看到那寂静山谷里，春桂于枝头无声飘落，宁静夜色中，春山一片空寂。

一如他的心境。

只是，这教她要如何想象，如今这个眉眼低垂、面容慈悲、安安静静、一笔一画摹着那些佛法经文帖的他，喃喃诵念着经文的他，也是那个十几岁便有名满天下之作，早年每每作诗，都要写着自己"时年十五""时年十六""时年十九"的少年——俨然一副天之骄子的得意模样。

怪只怪，那春风，渐渐吹得少年衣衫渐宽，曾经那个十五岁初到长安，以世间昌平、千里同风为一己之任的白衣少年，远在山岗，早已换了行装。

或许，其实，如今的他，也不在乎。

无论过往辉煌，是否只作一枕黄粱，他终是拂一拂衣袖，挥别了当年模样。

从此以后，只要还有她陪他并肩观望世间风月，其余的凡心所向，皆为虚妄。

【九】

或许，这世上真有缘分天定，只是，有时却也敌不过这人生际遇喜怒无常。

其实，从他第一次拉住她手的那一刻，她便暗暗期冀着，他可以一直拉着她的手，相伴白头，永远都不要松开，拉一辈子那么久。

执子之手，与子偕老，琴瑟在御，莫不静好。

可却忘了，前头还有一句分明的"死生契阔"。

人在风中，聚散从来由不得你、我、她。一路走来，自他们成亲，算来不到十年，在一起的时间，其实并不多。

当她和他终于迎来了彼此生命中的第一个孩子时，他正值而立之年。

在得知自己终于将为人父时，他眼底满蕴的欣喜和期待，旁人都看得分明。

她知道，他是那般重感情之人，对待家中弟妹皆是关怀备至，待家中下人都温柔如水，对待她，更是极体贴的，他定然会是个好父亲。

他也知道的，她聪慧温柔、善解人意，定然会是个好母亲。

只是，上天终究没有给他们这个机会。

最后剧痛传来，蔓延到四肢百骸的那一刻，她疼得眼睛都睁不开，身体似被万千箭矢洞穿，却仍隐约感到稳婆手忙脚乱地出门。

她大概能想到，这是难产血崩之兆，他们的孩子，大抵保不住了。

她已然用尽毕生力气，却无法让她怀胎十月的孩子安然来到这个世界。

而后，是他进来，将她紧紧抱进怀里，说着他在，说着别怕。

闻言，她终是忍不住，落下泪来。

怎么可能不怕呢？

她真的疼极、怕极了，紧紧攥着的拳头，和他手骨节一样，泛着青白。淋漓汗水混着泪水，模糊了意识。

她现在这般模样，一定很狼狈吧，其实，她不想他看到的，可是，以后便再也看不到了。

再也看不到他一袭白衣翩翩，抚琴作画，念佛抄经，山间煮茗。

他也看不到她梳云掠月，笑意盈盈，亲手为他煮一盏温凉适宜的茶汤，可还有人为他寒夜添衣，伴他灯下品读吗？

不知过了多久，当他素来温润的嗓音带着沉痛，和夜里的凉风一同响起，似在唤她时，她有一瞬间的恍惚，仿佛又回到多年前，她初嫁与他那日，红霞铺天盖地，眼前流珠清扬，她自盖头下，只能隐隐看到他的靴履。

他来接她，伸出手，扶她下轿，动作很轻，小声提醒她小心。

只这一句，温温柔柔，便已将一颗少女情窦初开的心，卷在棉花里。

谁知世事无常，这一辈子竟这般短暂，她曾将一生倾注在那年遇见的温柔少年身上，可到头来，在心里滚过无数次的地老天荒，也不过是蹉跎时光里，微不足道的妄想。

旧时温情还这般清晰，只一转眼，却成最后弥留之际。

　　其实她也许有点儿想开口安慰哭红眼的他，却疼得说不出话，说不出，她一生的愿景，不过是家族平安，他平安；问不出，她走之后，他是否会为她发愿抄经，是否会用一生的时间，将她铭记。

　　无论她说什么，无论听见与否，都只见他喉结微动，红着眼轻声答应着好。

　　那样性情内敛的人，大多时候，给人的印象是云淡风轻的，此际，却连抱着她的手都在颤抖。

　　天地不仁，以万物为刍狗。

　　有谁可以在生离死别之际，无动于衷、内心清净？

　　他满心想要的，不过是她能不那么痛，能一直一直，在他身旁。

　　他大概还能记起来那年，她盛装华服，嫁衣似火，立在雕花镂窗的屋内，立在隐在沉静夜色中的朱红檐宇下，考他下联。

　　那时他怎么回答的呢？

　　想起来了，那时他笑得灿烂，流转的眼波里透着得意："半局残棋/马无主/车无轮/卒无兵器/炮无声/闷宫束手将军。"

　　后来，他带她去长安，那里有大美风景，有高楼长歌，有灯火辉煌，长街上有打马而过的少年郎，还有像她一样漂亮的姑娘。

　　可是，彼时，他不曾带她好好看过，此后，她再也看不到了。

　　未几，怀中人两行泪顺着眼角淌下，没入如云青丝里，最后轻轻垂下头，再没了呼吸。

　　面前这个似乎睡去的姑娘，永永远远地走了。

　　路迢迢，无归期。

　　——这世上，不会再有人笑着唤他夫君了。

【十】

　　红尘茫茫，韶光梦一场。

　　多少人，曾并肩看过沧海的辽阔，曾齐首仰望巫山的云朵，曾凝视彼此深情的轮廓。但诸多不能见的障碍，横亘成崎岖长路，其间颠沛流离无从预测，不是有心就能安然行过，又有多少人等不到鬓雪相拥，不及道声往后珍重，便已是黄土青冢。

他一如既往地信佛。佛家言：万物皆有因果。这既定前因似镜中花，如水中月，难以捉摸；这人世苦果，无外乎，病老死、爱别离、怨憎会、求不得。

这是她和他的结局，也是她与这尘世的结局。

零落成泥，生死转换，本无分别。

一如很多年前，有人叫他摩诘，很多年后，人们叫他诗佛。

其实，不管是摩诘，还是诗佛，都只是一个名字罢了。

至此，他心已似古井无波。

无论是后来，渔阳鼙鼓动地而来，他银铛入狱，还是山河硝烟换了人间，他浮沉宦海；抑或是他孤身出塞，隐居辋川……历经生死，大起大落，一切逐渐看开。

人世间的污秽和苦难，官场的浮浮沉沉，都仿佛过眼云烟。自她走后，他一直孤居，每日焚香诵经。

后来，人们说，他一生作诗无数，高者似禅，卑者似僧，只是不知为何，全无她的身影。不曾记载恩爱过往，亦不曾有过一首悼亡诗。

是的，关于她，他没有留下任何诗篇。

可是，只有宣之于口、付诸于笔的，才叫爱吗？

世上也有默默无声的爱啊，就像他从来不说，可他做的，又分明全是爱她的事啊。

那，什么是爱呢？

当然可以是你见到她时就满心欢喜，心里眼里全是她，想将世间所有的美好捧手送她；你想同她白头偕老，同她子孙满堂，想同她看尽世间繁华，只要有她在，木椟草石亦是和璧隋珠……

也可以是后来，他对她只字不提，却独居三十年，终身不复娶。

自古文人多风流，寻花问柳，烟花巷陌，士大夫哪个不是三妻四妾，子孙满堂？

而他，独自守着青灯古佛，鳏居三十年。终此一生，不曾纳过妾，不曾续过弦，没有子嗣，不曾成为谁的父亲，也不再是谁的夫君。

或许，他全部的真心，都献给了那个青梅竹马的姑娘，他的情话，都直接讲与她听了，至于悼亡……

许是因为，有些过往，是不能触碰的回忆，此间欢悦苦闷，碰之即碎，再热烈，最终也翻不起一池春水。不如，只当旧时旧日，大梦了一场；前尘往事不思量，行到水穷，也不必回望。

那么，她离去之时，他才三十岁，也不是没有人为他做媒做配，也不是没有女子芳心暗许，但他都一一拒绝了。

为什么不呢？

如果你的心里，也曾住过一个人。

那么便会知道，纵然斯人已去，天地纵广，怎敌曾经沧海，那年巫山。

从来只有痴情故，何以怨恨人情薄！只是，他既如此信佛，若真有佛说的来世因果，他会不会也期盼着俗世烟火，娶了朝思暮想的青梅竹马，生一个虎头虎脑的胖娃娃，在日暮时分，永远有人守着灯，等他回家？

杜牧：他本江南风流客

牧大和三年，佐故吏部沈公江西幕。

好好年十三，始以善歌舞来乐籍中。

后一岁，公镇宣城，复置好好于宣城籍中。

后二岁，为沈著作述师以双鬟纳之。

又二岁，余于洛阳东城重睹好好，感旧伤怀，故题诗赠之。

君为豫章姝，十三才有余。

翠茁凤生尾，丹叶莲含跗。

高阁倚天半，章江联碧虚。

此地试君唱，特使华筵铺。

主公顾四座，始讶来踟蹰。

吴娃起引赞，低徊映长裾。

双鬟可高下，才过青罗襦。

盼盼下垂袖，一声雏凤呼。

繁弦迸关纽，塞管引圆芦。

众音不能逐，袅袅穿云衢。

主公再三叹，谓之天下殊。

赠之天马锦，副以水犀梳。

龙沙看秋浪，明月游东湖。

自此每相见，三日已为疏。

玉质随月满，艳态逐春舒。

绛唇渐轻巧，云步转虚徐。

旌旆忽东下，笙歌随舳舻。

霜凋谢楼树，沙暖句溪蒲。

身外任尘土，樽前且欢娱。
飘然集仙客，讽赋欺相如。
聘之碧玉佩，载以紫云车。
洞闭水声远，月高蟾影孤。
尔来未几岁，散尽高阳徒。
洛阳重相见，绰绰为当垆。
怪我苦何事，少年垂白须。
朋游今在否，落拓更能无？
门馆恸哭后，水云愁景初。
斜日挂衰柳，凉风生座隅。
洒尽满襟泪，短歌聊一书。

——杜牧《张好好诗（并序）》

杜牧离世之时，值宣宗大中六年（852）。

彼时，长安城内，正逢冬季。干而冷的寒风就像一把生了锈的刀，一下一下地在人脸上剜着皮肉。割皮削骨之后，冷风裹霜带雪一吹，只觉那裂开的皮囊里，像被粗粝的手胡乱塞了一把盐。

昔日同他饮酒作乐的青楼歌伎，仍游走于各色人群，无一人再记得他的曾经。时间一长，连亲友也任由他坟头青青。

大抵，只剩他昔日的故人张好好，不忍看他墓前一片荒芜，每年带上几壶酒和几碟小菜，前来祭奠，时来清扫。

她知他爱喝酒，每次来，都会特意多带两壶。

将先前来人供奉许久的酒食小心换下，摆上新的后，便斟酒，一杯洒在碑前，一杯她饮下喉间，然后，便这么跪坐坟前。

她跪倒之地，似一片废墟，无人行经，亦无人敢靠近。世上人家炊烟升起，日光遍地，却无丝毫暖意，似将死之人身上余温。

仿佛想起他还在自己身边的时日，甚是喜爱她的歌喉，她便将那经年旧曲，唱了一遍又一遍。

如此，倒也过了几年。

最后一次来看他时，女子一身缟素，依旧笑着与他喝酒，为他唱曲，一如无数个从前，一如初见。

她闭上眼，手指循着刻字的纹路，一遍一遍抚着他的墓碑，粗粝的石碑摩擦着指腹，上面的碑文早就烂熟于心。

只是，这一次，一双桃花美目却比往常更多几分湿润，唱的，也似是诀别。

半晌，向来循环往复的歌也只起了一遍。

而后，只听一声钝重闷响，一道鲜红的血迹，沿着那经年的墓碑缓缓蜿蜒，像是代替谁的食指，静静地触摸着他的碑。

随着曲调而终的，是她自尽于他的墓前。

不能同生，那个女子便以最惨烈的方式，追随他而去，和他骨血相融，死后同穴。

【一】

唐德宗贞元十九年（803），安仁坊朱雀大街东边，当朝丞相府——京兆杜氏宅邸内，一间灯火通明的屋子外，站着数人。那止不住踱来踱去的双脚，宽大袖筒内紧紧攥着的手，额头上渗出的细密汗珠，无不显示出门外人揪紧的心弦。

未知的等待总是格外漫长，又教人心火似煎。

直至屋内传来一阵躁动和嘹亮的婴孩的啼哭，屋外人才松了口气。稳婆将孩子抱出来时，一干人悬着的心终于落定，围着这个粉雕玉琢的小娃娃，心中的欢喜溢于言表。

当时众人或许也曾遥想，这样一个生于豪门望族，长于书香门第的富贵小公子，今后会有着怎样的一生。

那时，长安城里，流传着一句话："城南韦杜，去天尺五。"

一个韦氏，一个杜氏，京城两大家族，名望极高，人才辈出。

杜家世代为宦，祖上曾经是西汉御史大夫，名垂青史的西晋名将杜预亦是其祖先，至唐时，更是显赫一时，足足有十一人官至宰相。

他的祖父杜佑，便为三朝宰相，同为德高望重的史学家，创立史书编纂新体裁，编撰《通典》，创史学之先河；父亲杜从郁，亦在朝为官，任左拾遗。生于如此显贵的书香世家，日后，他也自当会承袭祖上的高情远致，会成为这锦绣长安城里，赫赫有名的乌衣子弟，首屈一指的才子后生。

只是，自古才子多风流。那时的人们应当不曾料到，后来的他，论风流多情之名，为各种翘楚。不论是少年情意萌生，还是青年风流恣肆，或是中年几番情动，他以一手绝佳诗词文赋，惹得无数人为其才情倾倒的同时，亦不乏人置喙其品行，什么不拘小节，喜好烟花风月亦是出名。

他在家族中排行十三，人称"杜十三"，显赫的门楣，无疑成了他惊才绝艳的垫脚石。

自始至终，他都是以他的家族为傲的，为位极人臣又学富五车的祖父的种种成就而骄，为家中的万卷藏书而傲，为良好的家风骄傲。

一如他后来在那首劝学诗《冬至日寄小侄阿宜诗》里告诉后辈的："我家公相家，剑佩尝丁当。旧第开朱门，长安城中央。第中无一物，万卷书满堂。家集二百编，上下驰皇王。"

自幼在"剑佩尝丁当"的公相家长大的他，自是惹人歆羡，但光鲜亮丽的出身，也只是成了他惊世才华的点缀。

他十三岁读《孙子兵法》，十五岁便敢为其作注；弱冠之时，专于治世军事，通习经传文史。

二十三岁之时，在目睹当时敬宗皇帝沉迷于声色犬马，大兴土木后，他以大气磅礴的姿态写下《阿房宫赋》，欲以警醒圣上，激荡世人。

　　六王毕，四海一，蜀山兀，阿房出。

　　覆压三百余里，隔离天日。

　　骊山北构而西折，直走咸阳。

　　二川溶溶，流入宫墙。

　　五步一楼，十步一阁；廊腰缦回，檐牙高啄；各抱地势，钩心斗角。

　　盘盘焉，囷囷焉，蜂房水涡，矗不知其几千万落。

　　长桥卧波，未云何龙？

　　复道行空，不霁何虹？

　　高低冥迷，不知西东。

　　歌台暖响，春光融融；舞殿冷袖，风雨凄凄。

　　一日之内，一宫之间，而气候不齐。

　　……

　　以昔日阿房宫的富丽堂皇，印证暴君暴行难得天下之理，尤其末句——"灭六国者六国也，非秦也；族秦者秦也，非天下也"，寥寥数字，揭露王朝更迭，必先内部腐朽之理。

　　那还是唐敬宗宝历元年（825）。

　　彼时，阿房宫的辉煌，早已湮没在历史的尘烟里，但烈火烹油的开元盛世，于唐人而言，不过是数十年前的记忆而已。曾经的歌舞升平、夜户不闭，到现在的烽烟四起、赤地千里，多少人想起，都不禁悲从中来，情难自已。

　　当他这篇洋洋洒洒五百余字的长赋，流传于长安大街小巷，转瞬之间，上至达官显贵，下至黎民百姓，对这篇文章无一不敬佩万分，乃至到了洛阳纸贵的地步。

【二】

一赋足以展现其王佐之才，凭此一文，他成为文坛后起之秀。

说来，其实那时，他也不过二十来岁的年纪。

俨然是个一腔热血，奋发意气，以平定藩镇之乱、澄清天下为己任的长安公子，将英雄情怀一字一句写进诗文里，至于背后吃过的苦、嚼过的酸辛，决然不提。

是的，哪怕出身富贵如他，实际上，也有过不为人知的无助与悲凄。

约莫在十岁之时，祖父病逝，其父未过几年也病逝于任职路上。家中的顶梁之柱轰然倒塌之时，他还不过是个孩子。

命运总是无常得像一场山洪，忽然而至又来势汹涌。那个众人捧在掌心的杜家小十三，一夕之间，便成了落魄小公子，自此，生活堕入漫长的悲苦。后来，纵使事隔经年，他谈及幼时家中变故，仍觉沉重不堪提。

"某幼孤贫。安仁旧第置于开元末，某有屋三十间，去元和末，酬偿息钱，为他人有，因此移去。八年中凡十徙其居，奴婢寒饿，衰老者死，少壮者当面逃去，不能呵制。长兄以一驴游丐于亲旧，某与弟觊食野蒿藿，寒无夜烛，默念所记者凡三周岁。"

忽然断绝了收入来源，杜家一度债台高筑，没过几年，家中那几间房产也抵押完毕，一时衣食皆无。八年里，接连搬家，居无定所。后来，仆人中有的活活饿死，有的当面离去，最后他们索性将众人遣散，来到家庙住下。

百年风光，抵不住一朝衰颓。

其实，杜家家庙也是破败不堪，一无所有。他们只能靠吃野菜度日，才勉强不至于饿死。

或许，到底簪缨世家，未必真就如他描述得那般悲惨。只是，在此之前，在父辈顶着风刀霜剑的庇护下谈笑人间，纵知世事险恶，却从不觉得自己就在其间。直至此时，他才恍然，那种由奢入俭的辛酸，不仅在于"食野蒿藋，寒无夜烛"的困窘，更在于这场巨大变故中，所饱尝的落差之感。

命运对他的不眷顾，大概就是从这时候开始的。

那大概是他一生之中，最为无助黑暗的时光。

小他四岁的弟弟杜顗，从小体弱多病，视力尤为不好，母亲曾一度节制其读书。可如今，家境衰颓，流落破庙，他们深知，除却学而优则仕这一选择之外，再无他途。

是以，兄弟俩开始发奋苦读。夜间无烛火照明，便趁白天多读点儿书。待到夜晚，四下伸手不见五指，再将白日所读诗文背诵而出，以加深记忆。

或许，作为望族名门之后，虽然历经家道中落，仍然沉淀了簪缨世家才有的文道传承。

祖上曾为宰相的他，便也似乎天生带着心系家国的胸怀，位卑未敢忘忧国；而汗牛充栋的家学典藏，为他奠定了扎实的文史基础。

待有关书籍读得多了，见得多了，便不难知晓，此时的大唐帝国，正处于江河日下的颓败，藩镇割据带来的兵连祸结，正以惊人的速度消耗着这座王朝最后的生机。

彼时，正值朝廷讨伐藩镇的关键之际，在中兴迹象逐渐显露的大环境里，他一边博览群书，一边钻研治军打仗。

本为书生一介，却也心怀行伍之梦。这或许是唐代诗人们绕不过去的情结，他亦包括在内。

血气方刚的少年，以平定藩镇、澄清天下为己任，诗文里，亦是一副天不怕地不怕、雄赳赳气昂昂的口吻，一如后来，他那首感怀诗："……荡荡乾坤大，瞳瞳日月明。叱起文武业，可以豁洪溟……"

那时他二十五岁，游历满目疮痍的国土，难抒心中愤懑，提笔写下一首"诗史"。从追思盛世，到鞭挞藩镇，剖析乱世症结，最后到渴望平乱，重回辉煌。

其实，多少人如他一般，也曾以周文王、周武王为榜样，决意干一番事业，成为力挽狂澜的国士，救万民于水火，戡乱平反，还天下以清明，最后青史留名。

只是，于太多人而言，理想就像中天月，需要脚踏实地，一步步去靠近，即便有此恒心韧性，有时也难照进现实。

而他，多少还是有幸能得命运的眷顾和垂青的。

自唐穆宗长庆二年（822）起，博览群书的他，未及成年，便已然活跃于帝都长安文人士子圈中。

许是经过生活的淬炼，初出茅庐的小子，却总能独具慧眼，少年老成地道破寻常人难以窥见的问题根源，笔下的字，也都带着对家国的深深忧思。

终于，苦心人，天不负，二十三岁那年，凭借《阿房宫赋》一文，他一举成名，声震文坛，成为新秀。

【三】

江湖浩渺，鱼跃龙门不易，科考是读书人的唯一出路，出身名门如他，亦不能免俗。但相比于大多寒门学子，这一路，他显然走得仍算甚为顺利。

两年之后，他进士及第，连中二元，从此更是声名远播。

李唐一朝，天纵奇才不胜枚举，但如他这般出场即惊艳众生的人，仍属凤毛麟角。大唐科举取士，门阀出身最为重要，大士族垄断科举名额之乱象，到中晚唐愈演愈烈。

若无名士引荐，出头之日遥遥无期。多少有才之人寒窗数年，一生穷儒衷于功名，若是谋得一官半职，便是家门有幸。有多少人终此一生，却也只是籍籍无名。

而他年纪轻轻，声名早显，惊世才华引得无数达官显贵为之折腰。甚至，此前他尚未参加科举时，时任太学博士的知名清流人士吴武陵，便特意骑着一头毛驴，亲至主持科举的礼部侍郎崔郾面前，字正腔圆，高声朗诵杜牧所写就的那篇《阿房宫赋》。

"如此人物，足堪状元。"吴公辞容激厉，盛赞至此，崔公亦敬佩不已。

只是，状元早有内定之人，一番斟酌考量之后，二人最后将他选为第五名进士。

后来，他也算是未曾辜负吴崔二公这番牵线搭桥举荐得来的进士头衔，同年参加圣上亲自主持的制举考试，不负众望，考中贤良方正直言极谏科。

生平快意，便是如许。

那大抵是他一生之中，最为志得意满之时。长安城的街市车水马龙，好似有着永不落幕的繁华，商贩走卒支摊挑篮，商品琳琅满目，高悬的布招、幌子，织起一眼望不见头的五彩与热闹，招揽着一拨又一拨的客人。

而他，穿着松垮的袍子斜坐在马背上，笑里尽是长安的春风。

那风吹得他衣袂翻飞着，俨然身为天之骄子的傲然风流。

照惯例，凡新科进士都会在曲江会宴。

宫内太液池，宫外曲江畔，两大时人口中每每提及都要赞叹一番曲江流饮、杏林探花的风流景致。

曲江池畔自前朝起修建成型，自皇族到百姓皆可尽兴游玩。每逢佳节，长安城内万人空巷，曲江这边禁苑内是天子及众皇嗣大臣，那边是平民百姓，隔江相望，无数文人百姓共度良辰。

新科进士的赐宴，也历来设于江畔，所以自早年便传下了一些有趣习俗：每到宴席过半，总有人将酒杯放于盘上，辗转江水，转至谁人面前，便要一饮而尽，本是一二人的小伎俩，到最后，却成了名扬天下的"曲江流饮"。

历朝历代，怕是仅有这大唐进士，最是风流如意，曲江盛宴，佳人如云，又有接连三日的各色酒宴逍遥。

正是春风得意数今朝，歌尽繁华曲江畔。

若是单就表象而言，盛世繁华，亦不过如斯。

幸而，他终于也等到这一日。

画船泊于曲江上，近有无数民间画船笙歌曼舞，酒旗浮荡于江面。远见细柳拱桥，衣香鬓影，笑语欢声。人头攒动好不热闹，不少人临江而坐，皆是举杯对酌。果真如人所说，拱桥和江岸两侧，一眼望去，皆是非富即贵。

其实，何止是名流显贵，那些待字闺中的富贵女子，哪个不是盛装出行，仆妇随行，以求能引起新科进士留意，谱就一曲上好姻缘。毕竟，这些金榜题名的，日后大多位及尚书、刺史，皆是良人之选。

金榜题名，洞房花烛，众人看热闹之余，也多遥想着，不知今日这些进士能有几人得佳人青睐，成就人生两大快事。

也许，多年之后，仍有人记得那日，船头觥筹交错之中，他在王公贵胄身侧站着，手持酒盏，清平闲适。

不知何时，一朵烟花在背后轰然绽放，他便是从那陆离红尘中缓步踱出的翩翩公子，风姿遗世。

【四】

当年的杜牧，实在是名动京城的一个人。

当圣上不问政事，大兴土木、耗费侉民，他愤慨忧虑挥笔写就《阿房宫赋》，借秦讽唐，震惊文坛。太学生们亦口口相传，群情激昂地论议他所著的文章。又因才华出众，两次登科。入朝为官，扶摇直上，声闻于朝野，想是必然。

直至那日，无意到了曲江那座寺院，年少气盛的他才知，众生相何其多，世事往往不尽如人心中所想。

青灰殿脊，苍绿古木，皆沐于日光里。野径松香浩荡，檀香缭绕盘桓庙顶，龛座之上横眉怒目的金刚全身披挂，威风凛凛。着粗布衣的香客们手提竹篮，盛装着各色果品、立香步入院中。

而他，静候在殿外。

路皆是人走出来的，他冷眼旁观，不信神佛，只看着缭绕的香烟里，人们双手合十，举过额头，而后平扑于地。

日复一日，致使那蒲团都凹了下去。

想来，世人皆有所求罢，也只是心有所求之时，才虔诚如斯。

此际，他正值春风得意，仕途可期，所求即所得，所得亦是所求，两相欢喜，再好不过。若不是他们一行三五人恰好行经此地，想必，他一人是断然不会来的。

边走边看间，他们碰见一位正在打坐的老僧，闲来无事，便与之攀谈起来。

许是见他举手投足气质不凡，那老僧问及他姓甚名谁。

他素来自诩风流意气，年纪轻轻就高中进士，天下少有，当披荣戴耀，一心只想着，难道这天下还有谁人不识他？

于是，旁人便见眼前男子身长如柏，剑眉飞鬓，一言一行毫不拘泥，尽是坦荡，落落大方地报上姓名。

原以为，那僧人听闻后定然会大吃一惊，喜出望外，对他另眼相看。

谁知，对方只是面色平静地站在他面前，目光在他身上徘徊。淡淡挑起的眉微蹙，映出一双眸子里的木然，沉吟半晌，最终也只是摇头。

大概是从未遇过这般境况，他勉强笑了笑，故作淡然。

低头之时，耳畔传来僧人追问之声，问他是干什么的。同行友人，将他进士及第、制举登科，一年两中科第的喜事告之，语气中都隐约沾染了骄矜自得之色。

可那僧人依然不为所动。

无人知晓他心中在想什么。

只是此番，仍有浅浅失落。不过此际别人看不到，只有他知罢了。他现场赋诗一首，直言"始觉空门意味长"。

他真觉空门意味长吗？

也许他只是不知如何解释，才不至泄露心底陡然而升的期许和突如其来的莫名尴尬。也许，在此之前，他对空门的印象，不过是幼年家中祭祀的家庙。只是，如今早已破败了，还有待他得了官职，领了俸禄，才得将其重新修缮，重燃香火。

是以，他只能这样说，或是为了自己不值一提的骄傲，也或者，只是信手拈来的乱语。

不过，倒也并未惆怅太久，到底此番也不过歇会儿脚、喝杯茶而已，并未让他触动哪怕毫许出尘之想。

最后，他离开了，没有回头。

山的那边，江的对岸，此时此刻歌舞正盛，处处欢笑，鲜衣怒马，早行春色，一派繁华。

那才是他所在的天地。

【五】

二十六岁那年，他被授予弘文馆校书郎之职。差事很是清闲，自此，他解褐入仕，不必再委身破庙，也不必再为衣食温饱忧心愁苦。

看似时来运转，可对此，他是不热衷的。

他自诩带着经世治国的韬略，是满腹英雄情怀的长安公子，怎会甘于整日待在故纸堆中翻书闲读？

曾经，无数个夜以继日埋首书中策论、纸上兵法，他真正想做的，自是有朝一日横戈跃马，百战黄沙……

那才是每一个男儿都有的意气峥嵘。

哪怕，此时的他，尚未看尽庙堂中肮脏龌龊的勾当，却也隐约知晓，此时的大唐，早已没有初唐的精于图治，没有盛唐的繁荣似锦，没有曾经从谏如流的清明。

可仍旧想为之做点儿什么，因为，那是他的国家。

或许，生于战乱朝时，就注定要承受更多时代流离之感。只是，哪怕他曾私下打听淮西叛乱、李愬雪夜入蔡州的种种细节，连作数篇文章，欲以上达天听，最终却也只是如石沉大海，杳无音信。

是，他想一展抱负，可惜，没有人给他机会。

几次三番之后，抑郁之志不得抒发的人，很自然地，愈加贪恋声色犬马，整日偎红倚翠。

他本就性情风流，仿佛只要流连花丛，在秦楼楚馆觅得半晌快活，便能暂时忘记那些沉重之事，什么家国大义，什么仕途失意，他不过是个浪荡子弟，仅此而已。

大和二年（828）十月。

进士及第后的第八个月，他应江南西道都团练观察使沈传师之邀，南下洪州。他由京官转至地方，成为沈传师幕府的一员。

说来讽刺，一个有着家学渊源和文韬武略的旷世才子，向来以经国之才自负，却不能居庙堂之高，有功于家国，而是被迫以幕僚之身，居江湖之远。

可显然，他没有更好的选择了。

人之于世，总是身不由己的。

沈家与杜家为世交，他和沈氏兄弟关系亦颇为亲近。于是，便是在那年冬季，他抵达那片王勃写下名篇《滕王阁序》之地，豫章故郡，洪都新府，开始了他多年的幕府生涯。

也是在那时，因缘际会，遇见了令他少年情动的那个女孩——张好好。

那时的他，放纵声色，风流不羁，韵事传之不绝，可一言一行毫不拘泥，尽是坦荡。

那时的她，也还不知道，他和她，彼此会羁绊一生吧。

【六】

该如何形容他见到她的第一眼?

那是大和三年（829），一日，沈传师做东，在滕王阁中大摆的筵席之上，宣众歌姬以歌助兴。

那时，一众女子低眉敛目，恭着袖子入殿。她垂着头跟在后面，一双发髻高低恰合宜，缕缕发辫才曳过短襦，一身云中仙似的青螺小袄的衣裳，像一朵凭空开出来的枳花，像嫩绿的凤尾刚刚冒出芽。

俗尘里少见的清净。

其实，他素来游走花丛，泡在软玉温香里，什么样的绝世艳姝他没见过? 兰心蕙质的，艳冠群芳的，妖娆妩媚的，清丽可人的，风情万种的，但他还是被吸引了。

只见她俯身而拜，缓缓垂下的衣袖，露出一张教人见之难忘的脸。

一双罥烟眉，眸子乌亮，像一幅上好的水墨丹青。不过十三四岁的模样，但已可见生得一副好相貌，娉娉袅袅，豆蔻梢头。虽只是装裹在素简衣裙中，却丝毫不差于宫中那些每日里穿金戴银的女子。

起初，他君子端方地坐着，其实，暗地里悄悄瞥了人家好多眼，却偏要故作不动声色。

直至她婉转动听的歌声破空而来，他终是忍不住对这朵会唱歌的小枳花生了更多好奇，明目张胆地看着她。

看着她像贞元年间名姬关盼盼那般，乍一甩袖，席间便顿时好似响彻雏凤飞向空中的那一声鸣叫。

如此娇羞小女，竟有声震梁尘的妙喉?

这歌声嘹亮清丽，竟使伴奏的器乐都有难以为继之感，连周遭愈加急促的弦索、高亢的管乐都跟不上，以至于琴弦快要迸散关纽、芦管即将为之破裂，而她的袅袅歌韵压过众音，穿透高阁，仿佛要直上云霄。

他可能都没有意识到，自己是何时开始沉浸在她的袅袅歌声里的。许是他的目光太过直接，那个小栀花一样的少女，终于也抬头，看了眼他。

便是那一刻，那双璀然星眸就在那倏然之间映入他的眼中，成为他有生以来最为惊艳的一次相遇。

虽然，就后来而言，也可能，只是之一。

无论如何，那时候的惊艳和喜欢都是真的，真教他一眼入了心。

仿若命定。

那日，铺张的华筵高朋满座，而处于这一切中心的，便是她。

她如群星拱卫的新月，只在现身的刹那间，便是这高阁的最耀目的光华。

滕王高阁之上，这盛席华筵的主人沈传师也忍不住勾起嘴角，笑意盈盈地看着脚下的歌舞升平，曲毕之时更是赞了又赞，叹她这样的歌声天下称罕。

闻言，堂下的少女似是有些羞赧，脸颊有些红，谢过的声音也有些软软糯糯的。

而后，她低头不语摆弄着长长的前襟，听着他们座上有一搭没一搭地闲谈。

那时的他们，是文人雅客，也是浪荡公子，浮生长恨欢娱少，上等沙狐皮毛的绸缎衣料，配上以水犀角制的水犀头梳送上，千金不抵美人一笑。

他应当也很想知道，映在她那双明眸善睐里的他是怎样的吧。

她是如何看他的呢？

有真才实学的读书人，风流倜傥的才子，还是以诗取乐的闲人？

她的眼睛怎么那么亮，清泉似的，寒冬的碎冰浸在里面，浮浮沉沉地撞过青石，当啷当啷……她看他一眼，他就什么心思也藏不住了。

【七】

彼时，南飞燕衔来雨声，惊了看花人，初登歌场的少女一鸣惊人，得了满堂彩，也得了观察使大人的青睐。从此被编入乐籍，成了一位为官家卖唱的歌姬。

那时，她还是未更人事的张好好，尚不懂得，乐姬二字对于她的一生意味着什么，大约只是满心欢喜地以为，一扇富丽堂皇的锦绣高门，已向她砰然打开。

那一面之后，几多公子男儿都对她展开了追求。

包括他，名满天下的杜牧也在内。

一个是新科及第、春风得意的青年才俊，一个是达官贵人争相追捧的佳人名姬。其实，也许说不上登对，但他就是不可抑制地动了心。

他本就多情。

此后，他常常往沈家跑，名曰听歌赏舞，蹭饭蹭酒，实际不过只为一睹她的芳容。

《凤求凰》里怎么说的来着？

是了，"有一美人兮，见之不忘。一日不见兮，思之如狂"。

后来，他约她之时，她没有推拒，微微颔首，眼底都是柔和的笑意，看上去恭谦又知礼。

他也很是欢喜。

才子佳人一相逢，最是烂漫美好。他爱她的色艺双绝，她也倾慕于他的满腹才情。

秋天，他们会去欣赏龙沙洲，林间树叶翻黄，片片凋落，眼前水波拍岸，浪花翻白。夕阳西下，彩霞满天，长长的影子拉长在身后，壮阔的日落成为彼此眼里的着色。

夏日，明月初上的夜晚，他们会去澄澈的东湖登船游玩。在月光和舱中烛火的映照下，湖面波光粼粼，微凉的晚风拂面而来时，带走白日里最后一丝燥意，却吹不熄眉梢嘴角的殷殷情意。

众人皆道，杜郎俊赏。的确，他本就生得好，姿容美甚，风情颇张，一派贵公子的风流意气。

他也许会从袖袋里取出一只笛子，为她伴奏。

玉壶光转，笛音婉转，绵柔的曲调攀着西风卷入夜幕，那笛子末梢的流苏红穗也被风扬起，拂过他眼角，衬得他那白净的面容更加鲜活明亮。

这样倜傥不群的男子，走在长安街上，不必去想，自是骑马倚斜桥，满楼红袖招。

而她亦丽质天成，待到小河灯影远钟，欸乃一声，她轻轻细哼，再将琴弦拨弄。

如此，才子佳人湖中泛舟，执手落日，临水影照绿裙纱，怎么看都是赏心悦目的诗中画。

也许，还会有不知何处的飞花，纷纷扬扬飘过院墙，她会拈起他发上一瓣，赞他笛子吹得这样好。

他想必也会毫不客气，一派少年意气地欣然接受她的夸赞。

也不知最后是谁看谁看得痴了。

相亲相近的两颗心，便这般在日日相见相望中逐渐沦陷，沦陷在彼此深情的凝视里，沦陷在彼此赤诚的爱意里。

【八】

光阴翩跹如画，庭中树也发了几重新芽。后来，沈传师调任宣歙观察使，将她一并带了去，他作为幕僚也一同跟着。于是，每逢霜秋、暖春，宣州的谢朓楼，或城东的句溪，都曾听过她的那清亮歌韵，洋溢过他们的笑语欢声。

身外功业任尘土，尽日樽前极欢娱。

不知不觉间，豆蔻少女一日日越发出落得靓丽惊人，转眼便已长成风姿殊绝的美人，愈加令人见之难忘。

只是，此等欢娱美好，对于一位歌姬女子来说，终竟不过昙花一现，难以持久的。

但当时的他们，似乎只知——百年那得更百年，今日还须爱今日，怎么也没预料，命运的折转往往都猝不及防，那双翻云覆雨手的残忍，在于给人一点儿甜头，又旋即剥夺。

也许，如果不是后来，他们本应该留下一段世间美谈。

大和七年（833）四月，沈传师任吏部侍郎，杜牧也离开宣州，去往扬州，于淮南节度使牛僧孺处任幕吏。

而张好好，姣丽无双的佳人，思慕之人自是不知凡几，熙来攘往。

属意她的人从街头排到巷尾，其中自是不乏人中龙凤，除却他，沈传师之弟沈述师，也是其中之一。

那年，她才过及笄，沈家便欲将她纳与沈述师为妾。

这个男子，欲以一千万钱聘娶，许她以碧玉佩、紫云车……虽然不过是个宠姬，却俨然正妻待遇。

成群的仆从供她使唤，所有搜罗来的稀奇玩意儿、所有买来的珍宝，全摆在她脚下任由挑选，什么都顺着她，什么好的都给她，浑似温柔郎君，每日里红笺寄情，金玉相赠，一副为她摘星夺月，对她宠溺无双的架势。

也不知，彼时她可曾有过一刻的动心？

其实，那时女子最大的心愿不过是找个好归宿，嫁与富贵人家，她自会有无数的金银可挥霍，这世间想要的东西触手能及。

虽谈不上真爱，说来也俗庸，却是多少女子羡慕不来的美事。

所以，哪怕只是姬妾，哪怕那个男子，其实从来不是她心底的人，她也不是不曾想过嫁入沈家的日后。

她也许会随着夫君隔三岔五和同样声名远播的名仕公子聚会，牡丹园中、烟花巷里，这上等的文人雅士，向来视钱财如粪土，豪掷千金，有时只为博美人儿一笑，或是随意买幅不值钱的字画。

或许，她也知道，这便是她最好的归宿了。

大抵，那时的她也天真，一心以为今后的命运会同最初入口的饴糖一样清甜如蜜，以至于竟忘了一句话——福无双至。

是的，幸福不会接踵而至，如果接二连三地来了，那只能说明这是一场梦幻泡影，后面有更大的苦厄在等待着。

只是，那时的她尚且不知。

也或许，她早心中有数，却无可奈何。

那时，于出身平凡人家的女子，身份是一世难以逾越的鸿沟。她不像围绕在她身边的那群男子，他们身份高贵，一出生即享尽尊荣，高高在上。她虽人前成日为这些世家公子捧在心间，赞誉不绝，但终究与他们是不同的，外表看似风光尽显，其实，到底也不过沈家一名家姬，如何掌控自己的命运？

总之，她似乎不再留恋靡靡风尘，不再出入秦楼楚馆，生活日渐拘简，如传说中的天台仙女般，闭门谢客，不再与往日熟知的一众人等交往。

也包括那个她一直藏在心里的人——他杜牧也在内。

这个人，已经在不知不觉中，挤进了她的心里，只是呵，这世间的情爱，一厢情愿太苦了些，可两相情愿也未必能自由自主。

【九】

爱是什么？

是一见命定的情难自抑，是细水长流的双飞比翼，是不知所起，一往而深的心有灵犀，还是十指相绕，得一人真心，看岁月静好直到地老天荒？

谁知道。

彼时的杜牧，其实和她一样，虽然声名在外，却亦不过沈家幕僚，寄人篱下，朝不保夕。

他再不愿，也只能徒有羡渔之情，最后一认落花流水空余恨，眼睁睁地看着她嫁入沈家。

如今早已无从得知，当初的她，最后是以何种心情，接受了这桩亲事，只知她出嫁前，仍是为他留诗一首：

> 孤灯残月伴闲愁，
> 几度凄然几度秋。
> 哪得哀情酬旧约，
> 从今而后谢风流。

他们的命运，像是一团被随意扔在地下的线，乱得毫无章法。

她从不否认，她一直爱慕他，无关其他，只是满心满眼，浓浓的、纯粹的爱慕之情。

可她知道，自此一别，大抵永无再见之期，于是以诗句，诉说自己心意。

据说，后来杜牧看到此诗，心中凄楚，便想要再见她一面。

只是，晚了。

一切都已经于事无补了。

难道，他会为了她一个歌姬，违抗上级之意吗？难道，她可以对一直供养着她的沈家人说不吗？

要说一开始便说了，如今说出来又有什么用呢？

如果他来得再早一点儿，如果她再勇敢一点儿，不顾一切地当面告诉他，她放在心里的人只有他；告诉他，她眼里的情意通通是给他的。

他们，也不会有好的结局，她知道。

幸而，她早已不是那个十三四岁的小女孩了，她长大了，即使天崩地裂般难过，也能忍住不哭。可她知道，到底是她违背盟誓，另寻他嫁的，对他，她其实问心有愧。

所以，即便他迢迢赶来，她也没有再见了。

没有意义了。

据说，他们未曾谋面，最后他伤心而归。

她的心思，他什么也不知道。

这样更好不过了，此后经年，他与她，不会再见。

没有她，他也会很好，她也一样。

世上没有谁离了谁会活不下去。

往后，会有能与他比肩的女子照顾他、爱护他，将他当作世上最重要的人。他会忘了她，然后娶一个姑娘，成为长安城里人人艳羡的和美夫妻，她会比她更爱他，他们会一生一世，会白头到老。

他会过上更好的生活，他本来就值得。

至于她，她只要记得初见那年，座上的他白皙俊秀，几句话说得很是讨巧，在场之人都很高兴。她不动声色地打量一下，那人抬头望向她时，有种介于少年与青年之间的磊落意气。

寻常女子是要脸红的，偏她就不吃这一套，轻轻挑了挑眉，将他眼神堵了回去。

只这寻常的一个眼神，两人便有了一种微妙的共鸣。

那是大和三年（829），他像昆仑山上的一簇梨花雪，温柔地飘到了她的眼前。

哪怕后来岁月变迁，沧海桑田，她只要记得那个眼神，就够了。

【十】

那时的他，给不了她红装十里，予不了她百年不离，经年一往，生死都由不得自己，怎敢向她空许诺，又有何资格让她选择。

也罢，空舟逐春水，逝去，浮生求不得。

不知，临出城门之时，他有没有最后回看一眼，看一眼那座盛载了他年少爱恨的城池，看一眼滕王阁上日暮的啼鸟……

他也许会看到日光无垠，人群喧闹，只是，那些热闹，都是别人的，他不过旁观而已。

至于他，不如归去，归去他还是那个浪荡公子杜十三，不曾对谁付出过真情真心。

后来，他回到扬州做了推官，后转为掌书记，京衔是监察御史里行。

一如俗语云"腰缠十万贯，骑鹤下扬州"，不过因着天下三分灵秀，二分尽在扬州。

这里有南朝烟雨，有禅智风光，还有佳丽名姬。运河同长江交汇，水陆便利，商贾云集，极繁极盛且无宵禁，十里长街，笙歌不断，名副其实的烟花繁盛之地。

文人骚客多会于此，青年才俊如过江之鲫，留下的无数诗篇名句让这座城熠熠生辉。

他在扬州，愈加浪荡不羁，风流之名也更甚。

据传，公务之余，他常常饮酒宴游，整日沉溺于烟花风月之地，夜夜与歌姬寻欢作乐，流连于秦楼楚馆之中。惹得上司兼好友牛僧孺亦忧心挂怀，时时遣人暗中保护。

他的好友张祜曾写过一联诗："人生只合扬州死，禅智山光好墓田。"瓦肆勾栏里，杜牧邂逅了各种窈窕佳人，他亦不曾辜负此间风月美景，为诸多青楼女子写下诸多诗赋："春风十里扬州路，卷上珠帘总不如""二十四桥明月夜，玉人何处教吹箫""多情却似总无情，惟觉樽前笑不成"……

那些荼蘼华丽的句子，亦是他放浪形骸的见证。

的确，繁华都会，悠游饮宴，实属人生一大快事。一如后世津津乐道的传闻之中，他在扬州，如鱼入水。他本就满身贵公子习气，喜好声色歌舞，偏巧来到扬州，纸醉金迷正是投其所好；他本就个性张扬，于此间花花世界，坠入温柔富贵乡，也不是什么奇事。

扬州记录着他的风流，玉人们记得他写下不少妖娆诗篇，他也记得美人的琴声里浅浅深深的诉说。

人们都说，扬州最美的，不是烟花三月，而是活在杜牧笔下的时刻。

可是，谁还记得，他还是那个二十三岁作下《阿房宫赋》，字字句句皆是为百姓着想的青年才俊。他不仅容姿俊美，风流多情，还才华横溢，他生平最快意事，其实是挥笔就诗、畅论天下。

写下那句"十年一觉扬州梦，赢得青楼薄幸名"的，是他。

以"一骑红尘妃子笑，无人知是荔枝来"讽刺当朝者的，是他；因"东风不与周郎便，铜雀春深锁二乔"感慨时也命也的，是他；借"商女不知亡国恨，隔江犹唱后庭花"直斥权贵荒唐的，是他；凭"江东子弟多才俊，卷土重来未可知"慨叹命运的，也还是他。

可是，又有什么用呢？

即使世人赞他"神颖复隽，感慨时事，条画率中机宜，居然具宰相作略"，也无法改变他多年不得志，未能实现少时理想之实。

哪怕他在扬州为幕府官时，再度写就举世闻名之文《罪言》，针砭时弊地道出太行以东、黄河以北一带自古为要塞之地，但自安史之乱起，朝廷不能得其尺寸，黄河以南的藩镇亦是跋扈难制。

"国家大事，牧不当言，言之实有罪，故作《罪言》。"

他深知藩镇割据带来的连绵祸害，又将具体对付藩镇之法一同写出。他和贾谊一般空怀忧国忧民的心情，二十五岁之时，他也曾自比贾谊，"聊书《感怀》韵，焚之遗贾生"。可如今他而立之年已过，一腔热血抱负仍不得施展。

没有人给他机会。

多少人，如他一般出身名门却仕途不顺，不过因着他们生在一个正处衰败的朝代。

刀光剑影的政治迫害，充满了血腥屠杀的宫廷政变，接二连三的政治清算，此起彼伏的党争和宦官谋权，频仍的战乱和频繁更迭的政权，让多少满腹报国情怀的好男儿终日郁郁。

其实，他比太多普通人要幸运，可于他，又那么不幸。他苦闷，他失意，他流连花丛，在扬州觅得半晌快活，以为如此这般，便可暂时忘记那些沉重的背负与热血的初衷。

不知是幸还是不幸，他成功了，曾经的热血渐渐薄凉，他本就是个浪荡子弟而已。

【十一】

人事的代谢，有如花事的盛凋，一样无可奈何。

大和九年（835），沈传师死于吏部侍郎任上。同年，杜牧也结束了长达七年的幕僚生涯，赴长安供职，官拜监察御史。

监察御史，品级不过正八品，负责分察百僚，巡按郡县，纠视刑狱。他回京就职，本也满怀期望，可朝廷中正酝酿着变故，朝政混乱，和他志同道合的好友相继遭到排挤。

他大抵也早已习惯时不我与的命运，不久便托称身体抱恙，改任监察御史分司东都，离开长安，来到洛阳。

之后，他依旧职事清闲，依旧不时与当地名士以诗会友，结伴游赏，仿佛这样便可忘却家愁国恨，忘却失意仕途，忘却难酬壮志……但他应当永远不会忘记再见好好那一日的辰光。

许是在再寻常不过的巷陌，不知有没有庭草荒芜，花木凋零，秋风悲泣？

还是在春风拂动之间，捕捉到昔年的熟悉容颜，让人有瞬间的出神，以为时光错落，将多年之前的少女送回他面前。

酒旗戏鼓的喧哗闹市中央，那个曾被众人捧在掌心的风姿绰约的小姑娘，如今，无玉石点缀，无脂粉装扮，纵只一身再朴素不过的荆钗布裙，他还是一眼便认出了她。

女子抬眼看来，似乎正撞进他愣怔的神色里，也撞进人山人海，倏尔的静默。

这些年，她到底经历了什么？

是什么样的境遇，可以让那个像枳花，像梨花，像雪花，像一切纯洁美好的人间词话的人，满眼霜华？

原来，这些年，她其实过得一点儿也不如意。

那年，她嫁与沈述师为侧室后，又遭正室遗弃，如今流落洛阳，沦为当垆卖酒之女。寄人篱下，被命令，被耍弄，被利用，及至如今被舍弃，永远都只是棋子的命运。

也许，让他终于意识到那些昔日共饮欢畅的美好画面，不过是流动光阴所造成的错觉，是下一刻眼前女子声如蚊蚋的一声"杜郎"。

平淡得仿佛寻常语气，可依稀的惊诧又还明明是多年前的那个小姑娘。

也是在那一刻，他终于知道，一切的遗忘都抵不过再见，抵不住那人的言笑晏晏。

原来，世间最残忍的相见，是重逢于一别经年，因为他们都知道，哪怕过了那么多年，遗憾还是遗憾，人未变，心仍念；而更残忍之处在于，这样难堪的境遇，最惨淡的一幕，偏生让那个人瞧见。

那么，他该以蹙眉掩饰此刻的心疼如狂，还是该故作轻松地说一句：好久不见？其实，他曾于千人千面中寻她的模样，那下一刻，她会不会一如当年微笑着回他一句：别来无恙？

话出口时，她当能明显地看到他浑身一震，身周环绕的喧嚣刹那噤声。

她从未想过会在这种场合遇见他，曾经风骨峭峻、芝兰玉树的公子。他眉目轮廓还没太变，依稀能看出曾经光景，只不过到底沧桑了，眉眼更添了些许红尘的味道。

数年过去，谁人能不老不变？

他亦早早有妻有子，尚不为她所知。

他们之间，他曾是她的曾经沧海、皎白月色，她也曾是他的蓝田日暖、无端锦瑟，只是，两断于那年那地，被尘埃湮没，如今，物是人非，黯然神伤，都被凡尘囚锁。

他万千话语尚不及诉说，她反倒关切地询问起他的近况：怪我苦何事，少年垂白须。朋游今在否，落拓更能无?

她说他便听罢，可能，她纵有千般痛楚，也再无法向他诉说。沉沦的羞惭，命运的狼狈，须得强加压制，最好之法，便是用这连串的问语来岔开。

而他，纵有千种疑问，也不忍心再启齿相问。

不动声色，看破不说破，便是最好的保护色。毕竟，问了又能如何?

事隔经年，千帆过尽，物是人非，无能为力，南柯一梦，尘埃落定。

如今，她早为人妇，他也已为人夫，每一层身份，都像是一张纸，糊在他们的脸上。

曾经与她玉盏交杯，为她执手画眉，听着万人齐贺，相誓要偕老的那个，从来不是他。

此后，也绝不会是他。

至多至多，他们只是彼此别有心事不敢诉说，寄一生心火于一人魂魄，或是辗转千百总会遇着，此生最难忘的那个。

【十二】

一番客套之后，她心中酸楚忧悒难言，也只能浅浅追忆当年一夕余晖、一脉缱绻。而他，感旧伤怀，千言万语涌上心间，也只能写下五言长篇——《张好好诗》以赠慰之。

粗麻纸本之上，铁画银钩、映丽交错，是他亲手写就的行书。

凡三百余言，从他们的初见写到重逢，落笔涩行迟滞，欲行又止，将她几度升浮沉沦道尽，最后收束一句：洒尽满襟泪，短歌聊一书。

书檄文字字如刀刻，她读来，也定然过往点滴眼前闪现，悲哀地想起经年的画面。那时，他未成家她未嫁，一切都还是明媚鲜妍的模样。

只是那个鲜衣怒马的少年郎，转眼也已经三十三岁了啊！眼前的他，竟已白了鬓发，从来欢场最易倾塌，少年最易消磨。虽说风流债不可凭信，但他是个风流情圣，倒也并非浪得虚名。她应当也有所耳闻，他那样大张旗鼓地出入声色场所，为青楼女子写下几多诗文，一如此际的她，一如那个名唤杜秋娘的女子。

若非自寻招惹，何必任人添上陈言笔墨。以他的名气，他不会不知道这般指名道姓的诗文，会对他产生什么影响，可他毅然为她们作传。

所以，她也知晓的吧，纵使流连花丛饱受非议，他内心或许仍存温情与良善，不然，何以为她们的不幸心生愤慨。

是他，以一己之才，使她们成了青简之上为数不多留下自己姓名的女子。

唉，这世上有人附庸风雅，也写不进一处佳话，有人风流演罢，却在无人处哭哑。

待斯人老去后，谁还会为她们这样的女子，记取这庭前柳、堂前花。

多年之后，她还会记得，彼时长街喧闹，他和她四目相对，眼里便再也容不下其他，什么吆喝人语、什么管弦笙歌，除却风声万物喑哑，都不重要了。

若还是十五岁，那个还不懂什么叫爱的她，一定会说得偿所愿。

如今的她终于知道，最好的姻缘，不过是得一人真心，看岁月静好。

只是，为时已晚。错过的人是心里填不平的遗憾，久别重逢不过给彼此徒增肝肠寸断。那曾经属于她的温暖，经由命运的轮转，交到他人手上，若非此番撞见的缘故，她应再无机会感受。

无论如何，他和她，也没有后来了。

一如那京郊城外开过的花，老去在山间月下，多少鲜衣和怒马，也都陷在风霜的笔画中。

后来的十多年，杜牧做过京官，也一再被外放，来来往往，不知不觉间便到了四五十岁。

听闻他依旧喜好纵情畅饮，只是，行至暮年，不再像少年时那样雄赳赳气昂昂，转而喜欢孤云般的闲适、僧人般的清净。

是是非非，任由人论，天地如斯悠悠，总输他翻覆只手，看透了，想通了，便自然放下了。

于暮年的他，世间浮华尽属虚名罢了，是以行将就木之际，他将生前大部分文章与诗篇付之一炬，仅余十之二三，交与子侄，编成《樊川文集》。

那日，他似乎早已知道，自己大限将至，挣扎着从榻上坐起，提笔自撰墓志铭。

他行文素来奇崛，可这次难得规规矩矩照着传统，交代姓名、出生地、家族、履历、妻、子、卒日、寿年、葬地等，什么笔法也没用，什么新意也没有。

在这最后一篇看似平淡无奇的《自撰墓志铭》里，最奇之处大抵是那个梦："十一月十日，梦书片纸'皎皎白驹，在彼空谷'，傍有人曰：'空谷，非也，过隙也。'"

他梦见自己在纸上写下了《诗经·小雅·白驹》里那句："皎皎白驹，在彼空谷。"可一旁有人言："空谷，真的空吗？恐怕是白马从缝隙里穿过？"

写罢，那被他焚尽的纸灰也在冬日的缱绻炉火里，随着焰舌腾空而起，而后受不住力地飘散下去。

空或不空，都不过像是命运捉弄，曾经的所念所钟，到头来啊，终究只是一捧灰烬，皆已随风。

想来，杜牧这一生，辉煌过也落魄过，得意过也失意过，痛快风流过也平淡如水过，无论是春风得意还是生不逢时，都过去了。

后来，有人说，他是被党争耽误的军事天才，是被风月掩盖的诗家翘楚，是前无古人后无来者的文士绝唱。赞誉至此，可坊间津津乐道的，除却他初至长安写就的那篇《阿房宫赋》，大多是他在扬州的风流韵事。他们之间的故事，也掩于他那些个豆蔻词工里，鲜少被提及。

但或许，也还有那么些人记着，有一位名唤张好好的女子，闻说他身死之后悲恸欲绝，瞒了家人到长安祭奠，最后自尽于他墓前。

青楼梦好，难赋深情，是以，她用生命为他们凄凉的故事画上了一个句点。

若问值不值得？

谁知道。

这世上有人生来落拓，自认天性凉薄，有人至死那刻忽而恨谁情多。也许，爱就是不问值不值得，也许她只是想着，那年滕王楼阁与他照面而过，便是她一生之中最明媚的春末。

尽管最后他们的结局不得圆满，至少，一千多年过去，他写给她的那首诗亘古流传。

他死前焚稿大半，那是他唯一留存于世的墨笔，就差末了缀一行蝇头小字：杜牧。但世人已知，那个薄幸名存的杜牧啊——他本江南风流客，重来题作好好诗。

崔护：曾与春风错一门

去年今日此门中，人面桃花相映红。

人面不知何处去，桃花依旧笑春风。

——崔护《题都城南庄》

青简之上，她原是没有姓名的。

她为人们所记住，由一首诗开始。

她的模糊面目，也是因这首诗逐渐分明，甚至留得了一个名——绛娘。

而他，也凭此一诗定名，成就了他的青史留名。

只是，再没了，那人面桃花。

【一】

她家住长安都城的南郊，一个偏僻却极为美丽之地。

在这儿，春日里有看不尽的红花绿草、赏不完的春山春水、听不厌的莺燕啁啾。可她最爱的，还是那漫山遍野的桃花，如火般热烈，如女子脸边胭脂，如天边未散朝霞。是以，她特在柴扉旁也植了一株。

她天性喜欢一切极致浪漫的事物。就好像这桃花般，绚烂到极致，哪怕只一片凋零的花瓣，也可以被文人墨客们勾勒渲染，道出千万种心事，编织出千万个故事。

只是，那么多的故事，没有一个是属于她的。

她常常觉得自己在等待着什么，在寂寞的春风中，翘首以盼着什么。

可，那是什么呢？

父亲总说她怕不是个痴儿，不知她的脑子里成天在想些什么。

一般闺阁中的女子，到了她这个年纪便该成婚了，提亲的人一次次来，她却百般推辞，一次次视若无睹地走过。

在一年一度春风过境之后，在岁岁年年的桃花开落之后，在一个又一个媒婆来来去去之后，她忽而明白，或许，她只是在等待一个真正属于她的故事，或说，是一个和她共同书写故事的人。

直到那一天，她终于等到了，等到了那个轻轻叩击门扉的声音。

一声一声，像叩在她的心门之上。

从此，少女心事便像桃花一般，妖冶怒放，再不能忘……

【二】

梨花落后清明，日长飞絮轻。

日子就在庭前的桃花开落中阒然逝去，山中岁月，恬静地凝固了时光的流动。

又是一个寂静的午后，她在院中晾洗完衣物，素衣春衫在花影下轻轻摇曳，阳光穿过桃花瓣如光蝶般在眼前跳跃。

敲门声响起的时候，她正在青石井边提一桶水。

木质的水桶，盛了水有些重，用绳子拉上来时与附着青苔的井壁偶有碰触，发出一声声闷重的声响。

下意识地，她没有说话，直到叩门声再次响起，她暗自惊疑，这般光景如何有人到访？

"是谁？"

朱唇轻启。

隔着陈年桃木质地的门，声音堪堪地透过来，是一陌生男声，嗓音温和："小生一人出城春游有些干渴了，想向姑娘讨碗水喝，不知可否行个方便？"

她犹疑片刻，还是过去开了门。

便是在那一刻，她走了过去，像走入自己的命运。

门开了，桃花灼灼，树下果然站着一位书生，一袭青衫，卓然而立。

见她开门，他后退半步，拱手一揖，笑说自己是进京赶考的士子，今日到南郊附近游玩，郊野路远，还望行个方便，赏口水喝。

恭然有礼，一副斯文读书人的模样。

抬首间，复又对视，只见他眉宇疏朗，眸似星辰，宛然一名清俊雅逸的少年郎。

她一时有些着慌，想着不能失礼于人前，便稳住心神，微微一笑，道："请进。"

只见他走进院落，不自觉地打量起园中景致。

这院子由竹篱围成，院外有大片大片的桃树，花瓣落进院中，积了厚厚的一层。院中有一方小小的石台，四方石凳环绕，触手便是一番凉意。

见状，她有些庆幸，还好她今早特地清扫了一番，那石台擦拭得干干净净，只余四方石凳之上落了几处花瓣，她不舍得拈了，由得它去。

见他眼中流露出赞赏的神色，她心里也有些小小欢喜。说完让他稍待片刻，便只身走进屋中，他在院中候着。

她端了一盅茶出来，临转身出门时，对水照了照，自觉还算仪容端正，虽未及装扮，好在，尚可见人。

出来见他立在自己方才晾晒衣衫的架旁，衬得一番清颜俊貌，愈加如清风朗月般干净。

"久等。"她端着一方茶盏，迈出门来，上前将茶盅递与他，轻轻唤他请用。

闻言，他这才回过神来，忙伸手接过，朝她不好意思一笑："有劳。"

他站在那里饮水，看来是渴极了，喝得喉结高低起伏。

她站在桃树边，倚着桃枝暗中打量他。

他不言语，她亦安静。

"这茶甚是甘醇清甜，可是因山中清泉冲泡？"他边啜饮着，边状似无意问道。

许是自家新近采焙的山间茶叶较为新鲜罢了，她一怔，随即点头一笑回视。

颤巍巍花梢弄影，乱纷纷落红满径。

随即又陷入静默，空气里弥漫着袅袅的茶香和一时寂静的尴尬。

终是他先打破沉默，抬眼看她："看此处，农家住得极为零落，方才尚在远处之时，便望见你这庭前灼灼桃花缀满枝丫，还当是高人，隐居在桃源之中。"

她扑哧一声笑出来。

他见她笑语嫣然，随即问道："敢问姑娘芳名……独居于这山中吗？"

"小字绛娘，与家父一同，蛰居于此。"她浅浅笑道。

"如此。姑娘原是何许人？为何……？"他轻轻呷了一口茶。

她看了看他，却不再言语。

他见她似乎不便多说，便亦不再多问，心下了然约莫有难言之隐。

"今日风和日暖，一路漫行，皆是春山春水红花绿草，竟看得痴了，浑然不知离城已远……"他轻轻呷了一口茶水，故作镇定转换话题道。

陌上游春，自是一番碧绿心境。

她含笑颔首，似是赞同，却并不多言，心下只道，原来，他竟也是个痴儿。

又站了片刻，闲话了几句，都是他在说。

他像是有意将水喝得慢些，再慢些。

不过是清茶，倒像是被他品出上等佳茗的滋味一般。

可惜，再慢都会喝完，待他饮尽最后一口，道了声谢，将杯递与她。

两人心里都有些讪讪。

她不上前接杯，示意放于那石桌之上即可。他仿佛也有意，不着痕迹地拖延着，好似仍需休息半晌。

良久，他都没有再说话。

她低下头来，却感觉彼此目光像是依旧胶着。她原本想说些什么的，却突然又觉得，这样安静其实也很好，什么也不必说。

如此，便好。

【三】

唐德宗贞元年间，博陵县。

那年，他还不过是一位无名书生，虽出身书香门第，也不乏人道他天资纯良、才情俊逸，只是，尚未登科及第。

这年，清明时节，他迢迢赶至长安赴考。

长安城里，春欲暮，牡丹却依旧开得是富贵迷人眼。灼灼百朵红，喧喧车马度。世人盛爱牡丹，甚至张上帷幕，筑起了樊篱，精心呵护，家家习以为俗。人人共道牡丹时，相随买花去。

他自知性子生来清冷，终日不过是埋头寒窗，少与人交往，即使偶尔偷闲出游，亦偏爱独来独往。试毕之后，便难得地只身到了都城南郊游览一番。

苦读不知春意浓，一路漫行，看不尽的春山春水，杨柳枝飞，莺燕啁啾，浑然忘却路之远近。

走得久了有些干渴，正想寻一处农家歇歇脚，讨口水喝，以便在日落之前，赶回城中。

然后，就那样远远地，惊鸿一瞥，看见了山坳的那一树桃花。

纷繁、妖冶、绚烂，在午后开得密密层层，宛如天边落下的晚霞，抹了层胭脂又晕开了眼泪，似微醺的酡红小脸酣然沉睡，花枝掩映中露出茅屋一角。

无缘由地，命定一般，他走了过去。

然后，便在那桃花盛开的院落之中，冒失地叩响了她的门。

饶是他自诩文采斐然，可后来，他想，如果要用言语来形容这一天，他好像也想不出什么华丽的辞藻来修饰这种遇见。

好像，至多也只是一句，那是个花香浓郁的春天，那个像桃花一样的姑娘，就那样，轻轻来到了他的身边。

那日，她恰倚住一枝盛放的桃花，巴掌大的小脸上五官如那枝桃花般明艳动人。春日的阳光穿过重重摇曳的花影，温存地抚上她的眉眼，一身素净衣裙，简静柔美。

他心中惊动，一时，竟看得有些发怔。

对面人似乎察觉了他的心意，迅即垂下眼帘。

但她不知道，她低眉敛目的那一刹那，一瓣桃花恰好落于鬓发。

他心中惊动，险些难以自持，下意识便想拈起那瓣落花。

可一对未婚男女能够端茶递水独处一室，已属破格之举，在乡村僻野尚且说得过去，若在城里早是大逆不道了。毕竟是饱读诗书、进退识礼的读书人，思及此举终究太过越矩，他不动声色地吸了一口气，努力稳住自己的情绪，不至于在她面前失态，半伸出去的手，悬在半空半晌，转而接过她递过的那盏茶。

一盏再简单不过的清茶，汩汩入喉的时候，却像是品出了佳酿的味道，也不知是因甘冽的泉水，抑或天然的茶叶，还是赏心悦目的泡茶之人。

杯中茶水，其实一口几乎便饮尽，只余杯底残叶几许，他仍是佯装轻呷茶水，故作镇定地表明自己的姓氏和乡里，接着又十分客气地叩问她的姓氏及家人。

她似乎不愿多提，只淡淡地说了自己的小字，随父亲蛰居在此。

并不提及姓氏和家世，不知是羞涩，还是有难言之隐。

他心中不解，却不敢多言，怕唐突了。

而后漫谈，三言两句，状似无意，实则处处在意。

那是他小心翼翼地试探，是胸中心事蹒跚到口上，欲言又止，生怕失了分寸感，生怕孟浪举止没了端庄，生怕惹得她厌烦。

最后只不过得知她名为绛娘，待到她关了门，他兀自无声站在门外，望着墙内那伸出门扉的桃枝出神。

直到落日熔金，余晖染黄青衫才慢慢动步，心里浅浅的怅惘，如影随形了一路。

天涯浪子，京华倦客，在异乡颠沛流离。

即便回到原本日常的生活，他也好像仍旧陷在长安郊外，那隔世经年的桃花梦中，忘不了那个桃花枝下，脉脉含情的她。

他频频想起她，却又暗自警醒，一个前途未卜、功名未遂的士人，有何权利胡思乱想？

他知道的，他不该心猿意马，他应当是就此埋头于卷帙书页之中，日夜苦读，心思不复他顾。待到日后，考取功名之后，再登门造访，去谢她赠茶之情，去向她倾吐钟情。不然，即便口中承诺，也不过是镜中花、水中月，如何经得起世事的磋磨。

只是，他做不到。

当时浅浅花香，都成别后思量。在诵书翻页之时，在提笔落墨之时，在闻见窗前鸟鸣之时，眼前浮现的，总是那日，她的娇俏笑靥。

有心怎似无心好，多情总被无情恼。

【四】

她的一生，最美好的场景，就是遇见他。

很久之后，她仍旧记得那日桃花灼灼，缀满枝丫，树下的他一袭青衫，卓然而立。

可他走了。

如他到时一般，来得悄悄，走得寂然。

临别之际，她听得他道，来日定当登门再谢她今日赠茶之情。

极为郑重的模样。

语毕，他原本嗫嚅着，几次三番转身好似还想说些什么，却见她含着笑，在身后望着他，便似乎明白了什么，终于也笑着看向她，最后只道了声告辞。

她愣了愣，笑着点了点头。

无声地跟在他身后走向木门，短短的几步路，却似走了许久。

最后，看着他的身影慢慢阻隔在木门之后，没入桃林深处。

多少蜻蜓点水、蝴蝶恋花的一面之缘，却无端教人沉迷执念，铿然入心。

她想，他不知道的是，他走之后，她还时常站在那树桃花下，手里拿着空杯，静静看着他曾站过的地方，想起他温润的嗓音，念起他眸中落满的清辉。

只不过半日，思量却似半生已过。

就像那日，她也站立许久，直到晚风起时，恍惚又听见有人叩门，是他折返了吗？

满心欢喜去开门，却是父亲踏月归来。

她开始后悔，后悔没有留他坐下，后悔没有细细为他煮一盏茶，后悔没有与他多谈几句，也许……

怎么当时就那么痴！

她原以为，他很快便会来的。她原以为，已过去了很长时间，却原来，还不到一年。

一年，本是很短暂的，但等待拉长了年限，漫长得仿佛一生。

整日遥想着他离开之后身处何地，又邂逅了何种风景。他会不会和她一样，也有千言万语，埋在沉默的欲言又止里；和她一样，在日复一日的等待里，茶饭不思，心神不宁。

幻想着他再来的时候，会不会和那日一般，向她发问，唐突地、笨拙地向她发问，问她姓甚名谁，问她何方人氏，问她缘何居住于此，或许再问她……

她仿佛听见春日里柔柔吹来的风声，听见光阴穿行在山间浓雾间，听见桃花在枝头倏而次第绽放，听见一个人，穿越无数个世纪的黑夜白天，轻轻叩门，问："姑娘，可否讨一碗水喝？"

可后来，她终是没能等到与他约定的登门再来，没能再等到来年桃花开。

【五】

又到春日光景，长安城内青旗招展，在河桥外酒栈，教坊歌眷们琵琶轻轻弹，把醉客未了的闲愁消散。

他侧耳听喧声如沸般的呼喊，却只心心念念，城南郊外漫山遍野的春花，似酝酿了一个季节的热烈。

这一次，他是走过山水重重，长路迢迢，逾越了漫漫行人千千万，只为和她再度会面。山光树影飞快地掠过，春去秋来的颠簸，那不停呼唤的院落，是他转身之后，多少个日夜思之不及的蛊惑。

从别后，忆相逢。

曾在心底多少次念着，重逢之时，该是春日桃花开。

他踏春风而至，轻推门扉，飞花漫天恰如初见，默然回转见她亦如旧岁的明艳容面。

那时，她是会一如那天，自门隙之中探出一双灵动的眼，还是会款款从门中走出，娉娉婷婷的清秀模样，对着他轻轻道一声，许久不见？

一亩之宫，花木丛草，寂若无人。小院如昨，桃花依旧。

或许，唯一不同的，是此时他已考取功名，春风得意，不似那时落魄。

这一次，他定要落落大方，把心事一一说穿，要直白热烈诉说对她的钟情，要了当地告诉她，告诉她他的朝思暮想，告诉她，她的倩影如何在他心头盘桓。

心中预备下无数说辞，叩响门环之时，竟还忐忑得像是毛头小子，忐忑她是否还记得他曾到访，还是早已将他遗忘。

叩门。

无人应答。

再叩，三叩。

四顾无声。

门院如故，但茅舍门上静静地挂着的一把铜锁，宣告着她已不在此。

心底有浅浅落寞浮上来。

她去往何处了，是短暂地出门，还是长久地离开？此际又是清明时节，她是去扫墓踏青了，抑或是早已嫁作他人之妇？

久久伫立门外，他忽而开始悔恨，这世上有那么多的相遇和离别，那么多的无常，那么多的变迁，人海悠悠，到桥头也终分流。而他和她，不过萍水相逢，一面之缘而已，他凭什么如此自信，自信地以为，自己再去寻她的时候，她仍旧在原地等待。

也许她真的想等待，却抵不过现实的无奈。

也许她久等无人再来，终于明白是自己不该白白期待，于是自嘲着走开。

枯坐在门外桃花树下，缤纷的花瓣落了一衣襟亦不自知。待回神，又已是暮云合璧，日头偏西。就像一眨眼，鬓发之上，桃花落满，岁月忽已晚。

临去之时，提笔在门上写下七绝一首：

> 去年今日此门中，人面桃花相映红。
>
> 人面不知何处去，桃花依旧笑春风。

墨迹淋漓，透过经年桃木门板，渗进纹路里，笔锋折转便也由浓转淡。

不知是不是春风吹得人衣衫渐宽，不然为何，忽觉人间有一刹那的寒。

也许，等光阴渐瘦，凋零诗两行，多年后也能流为举世间盛谈。

多好，如此她便也能得知他的心事，知道他少年惘然，知道那年，有一个人，桃林尽头，灯火阑珊，无人处不自觉怅然回看。

【六】

后来，唐人孟棨在《本事诗》中写她和他的故事，像极了才子佳人的话本子——

博陵崔护，资质甚美，而孤洁寡合，举进士第。清明日，独游都城南，得居人庄。一亩之宫，花木丛草，寂若无人。扣门久之，有女子自门隙窥之，问曰："谁耶？"护以姓字对，曰："寻春独行，酒渴求饮。"女入，以杯水至。开门，设床命坐。独倚小桃斜柯伫立，而意属殊厚，妖姿媚态，绰有余妍。崔以言挑之，不对，彼此目注者久之。崔辞去，送至门，如不胜情而入。崔亦眷盼而归，嗣后绝不复至。

及来岁清明日，忽思之，情不可抑，径往寻之。门院如故，而已扃锁之。崔因题诗于左扉曰："去年今日此门中，人面桃花相映红。人面不知何处去，桃花依旧笑春风。"

后数日，偶至都城南，复往寻之。闻其中有哭声，扣门问之。有老父出曰："君非崔护耶？"曰："是也。"又哭曰："君杀吾女！"崔惊恒，莫知所答。父曰："吾女笄年知书，未适人。自去岁以来，常恍惚若有所失。比日与之出，及归，见左扉有字。读之，入门而病，遂绝食数日而死。吾老矣，惟此一女，所以不嫁者，将求君子，以托吾身。今不幸而殒，得非君杀之耶？"又持崔大哭。崔亦感恸，请入哭之，尚俨然在床。崔举其首枕其股，哭而祝曰："某在斯！"须臾开目，半日复活。老父大喜，遂以女归之。

结局显然太过离奇——他几日后再去时，佳人已成芳魂一缕，他抚尸恸哭、深情疾呼后，她死而复活，其父将她许他为妻。也不乏野史逸闻里，写崔护迎娶她之后得了情深意厚的贤内助，心无旁骛，专注功课，学业日益精进，方才进士及第，金榜题名。外放为官后亦一帆风顺，官至岭南节度使，为官清正，政绩卓著，深受百姓爱戴，自此成为佳话一席云云。

诚然是有情人终成眷属的阖家欢乐的大圆满，但总觉得过于传奇。

其实，都是笑谈，都是后人口耳相传的，是否属实无从考证，唯一能确定的，不过零落几句：

崔护，字殷功，唐代博陵人，生平事迹不详。贞元十二年（796），进士及第，太和三年（829）为京兆尹，同年为御史大夫、岭南节度使。其诗诗风精练婉丽，语极清新。《全唐诗》存诗六首，皆是佳作，尤以《题都城南庄》流传最广，脍炙人口，有目共赏。

一诗定名，成就了他的青史留名。

只是，再没了，那人面桃花。

可她愿意相信，如果佳人逝去，当让父亲将她骨灰，埋在门前的桃花树下。因为那是他曾长身玉立，含着笑唤她一声"姑娘"的地方。

等来年，小院之中，开出更加艳丽的桃花，她便是那万千桃花中的一朵，一样灼灼，一样在等待着有人把自己的心事写成诗笺。

然后，他便来了，可她已不在了。

今当永别，告诉桃花不必开了。

私以为，其实他和她的故事到这里，足矣。

即便，迟来的话，被时间喷薄成了吊唁，只余一人，徒然面对一扇紧紧关闭的门，一扇怎样敲也再没有人来开的门。如果他们当初勇敢地道出心中情意，会不会有不同结局？

可生活不是戏剧，她不信真能死而复生，前缘再续。

好在，其间婉转而炽热的心思，一见惊心的触动，一面之缘的沉迷，自桃花花影下飘然而来，让人口角噙香。

至此，他们的故事，已足够瑰丽。

贺铸：寸心恰似丁香结

薄雨收寒，斜照弄晴，春意空阔。

长亭柳色才黄，远客一枝先折。

烟横水际，映带几点归鸿，平沙消尽龙荒雪。

犹记出关来，恰如今时节。

将发。画楼芳酒，红泪清歌，顿成轻别。

回首经年，杳杳音尘都绝。

欲知方寸，共有几许清愁？芭蕉不展丁香结。

枉望断天涯，两厌厌风月。

——贺铸《石州慢》

【一】

曾到过那么一座宅院，书屋内，一炉沉香，一张素琴；轩窗外，一地月光，几树丁香，古老清幽，瘦减繁华。

那丁香，花筒如丁纤细长，紫花艳而白花香，便忆及坊间流传的丁香典故，颇为动人。传闻，年轻的书生赴京赶考，与投宿客栈的女儿一见倾心。

二人月下对联，书生方出上联："氷冷酒，一点，二点，三点。"

她正欲对下联，其父忽至，棒打鸳鸯。

姑娘羞愤难当，而后终因爱而不得香消玉殒。

多年后，他故地重临，见到的，却只是她坟头上一夜长满白紫丁香，盎然炽烈，如锦似霞，似往昔她的笑靥音容。

倏忽间，前尘往事纷至沓来。"氷冷酒，一点，两点，三点；丁香花，百头，千头，万头。"

丁香花，那是她无言的生死对。

这一段未了的情，那半残未完的联，成为书生心中抽丝剥茧的隐痛，是他心头缠绕未了的结，何尝不是她人世未尝的夙愿？

他自此花下独居，日日以水浇灌，从未间断，直至钟鸣漏尽，白发盈头。

于是，这绝妙生死对亦流传至今。

铺一张纸，蘸几点墨，抒几卷云烟故事，这丁香花结中安静的紫白重瓣，藏着的忧伤如水的情感，系着的不可遗忘的旧日心情，一如昨昔。

古人心思细腻，不知是谁，发现丁香花苞似极人的"愁心"，于是用"丁香结"表达愁绪哀怨。

凭这紫白的花瓣去叩启往事的门扉，寻觅封存的记忆，所以丁香之于人，约莫是想得而不得的惦念，想见又不得见的愁怨，是那自怜自赏，深藏于心的爱恋。

是以丁香又唤"百结"，呈十字结状。

曾听闻南宋吴曾的《能改斋漫录》卷十六里，记载着词人贺铸曾历经一段无疾而终的恋情，后以词句表白心迹："回首经年，杳杳音尘都绝。欲知方寸，共有几许清愁？芭蕉不展丁香结。"

读到时，仿佛一语窥见一个瑰丽又感伤的故事。

那是贺铸在风光秀丽的江南结识的一位佳人。

分别时，两人相约，待他稍稍安定顺遂，便去接这位女子，与之成亲。但后来的贺铸为艰苦的生活一再奔波着，仕途失意，前路迷茫，时不时地受到上级无端的刁难和同僚无由的排挤。

离别日久，曾许下的来日可期、曾许下的西窗话烛迟迟没有实现。

很快，一年过去，音讯杳杳，归期遥遥，而这位多情重义的女子对他依旧牵肠挂肚。

朱颜易老，时光不待人，她寄诗传情，云："独倚危阑泪满襟，小园春色懒追寻。深恩纵似丁香结，难展芭蕉一寸心。"

贺铸彼时正待离开汴京，得此七言绝句，一读再读，百感交集。深感自己辜负了等待自己的佳人，便填《石州慢》回寄，以作为自己多年来心意的剖白。

犹记出关来，恰如今时节。

追思当年，长亭折柳，画楼宴别，清歌唱遍，可一别经年，咫尺天涯，杳杳音尘都断绝。

闻她语浅情深，字里行间尽是无奈，愁思绵绵，难以宽解，如芭蕉枝叶卷曲，不得舒展，丁香花蕾簇簇，集结未开。

丁香千千结，满蕴着温柔，微带着忧愁，欲语又停留，而多少如丁香般结着愁怨的姑娘，注定等不来远方的归人。当朝夕点滴不堪追忆，深恩浓情蔓延成碧草青苔，却无法覆上离人决绝的马蹄，只能任无尽曲婉的心思绕成丁香般的小小心结，独自悲喜，结成惆怅的诗行。

或许最美的时光，其实是仍存相信，尚在等待的年岁，虽悠长缓慢仿佛没有尽头，虽会郁结悲心愁绪，似寸心结成的丁香，却有明媚不倦的想象。

花树本无情，何论愁情？只不过因着一人，才魂梦相予，忧惋横生，愁肠百结。

后来他们的故事，也像极了说书人笔下的才子佳人的话本子，爱怨嗔痴写就一段风流，尽头不过那年烟柳，悲欢同朽。

只有丁香花开花谢，冬去春来，岁岁年年。

【二】

这人世，有人生离，有人死别，哪怕才情高如贺铸，亦是命运难料，无法自主，在这人世苦海，又当如何自渡？

无论是忘却还是铭记，悲喜早已湮没在时间里。而后来的她们，关于贺铸，其实大多被记住的，并非此际的《石州慢》。曾经丁香之结般的爱恋，终成年少轻狂的记忆，掩埋在泛黄的书页里，而各人各自的历程，总归要继续。

人间离合散聚，如此种种，令人不胜唏嘘。

后来的贺铸，一直颠沛流离，却是籍籍无名，若说此生之幸，该是邂逅良妻。

说来悲戚，让贺铸真正出名的，是其妻死后他为她所作的悼亡之词《鹧鸪天》，它与苏轼的《江城子》并誉为"北宋悼亡双璧"。

而此间蕴含的前尘往事，或许，还得从他十七岁那年，慢慢说起。

那年，他仗剑出门，勇闯天下。

彼时的小小少年，尚存那份蓬勃朝气、那份初生之犊不畏虎的勇气，如他自己所写的："少年侠气，交结五都雄。肝胆洞，毛发耸。立谈中，死生同。一诺千金重。"

"立谈中，死生同。一诺千金重"一句之中，可见性情。

他作为大诗人"四明狂客"贺知章的后裔，自取了个类似的雅号：北宗狂客。为人也有着不输先人的豪爽大气，侠肝义胆。

人在年少时，都有英雄梦。更何况，贺铸本是皇族贵门，出身不凡。

当年贺氏祖上，在浙江山阴的四大家族中榜上有名。第五代先祖，是宋太祖赵匡胤的结发妻子孝惠皇后。更早些，先祖贺纯也是汉安帝时期高官。

朝代更替，人世相传，贺氏家族不乏人才，有武将，有文官。只是仿佛是历史的轮转，到他这一代，逃不脱家道中落的必然。

皇亲国戚，王孙贵戚，煊赫的家族背景，到底成了逝去的荣光。好在，贺铸本也并未放在心上，或许他本就不稀罕，所以，每每结识新友，挂在嘴上的，也不过：远祖居山阴，吾乃"四明狂客"贺知章余人也。

他也确如贺知章般好酒好书，为人仗义，喜谈古论今，对世间难平之事往往一吐为快。曾在侠气少年之时，写下"轰饮酒垆，吸海垂虹"的豪放词句，也怀有戍守边疆、保家卫国的志向。

如此性情，自然不乏死生与共、意气相投的江湖兄弟，赵克彰便是其中之一。

赵克彰的曾祖父是宋太祖四弟赵廷美。贺铸和赵克彰俩人志同道合，又都有皇族后裔的身份，颇有英雄惜英雄的意味。后来，赵克彰把自己最为钟爱的女儿、捧在掌上的明珠，嫁予贺铸。

哪怕，他其貌不扬。

是的，贺铸因面容丑陋，有"贺鬼头"之称。

《宋史》中有言，他身长七尺，面色如铁，眉目耸拔。陆游后来也曾在《老学庵笔记》中对贺铸的相貌予以评价，却并非褒扬：貌奇丑。

想来，人生路漫漫，失之东隅，又收之桑榆，上天对于大多数人终归公平。

有道是，芸芸众生，熙熙攘攘，千篇一律的，是美丽的皮囊，万里挑一的，是有才的良人。

宋代词宗李清照，出名的眼光挑剔，有些大家尚且难入她法眼，曾直言柳永之词俗不可耐，王安石之文不值一读，苏轼词作也不过尔尔，却对贺铸大加赞赏，认为他悟得词中三昧，他的词才算得上真正的宋词。

所以，面容虽丑，可论才华，他才高八斗，家中藏书万卷，以书为伴，自比李商隐、温庭筠；论性情，可谓磊落浩然，碧血丹心，待人处事对外刚硬，对内却是体贴温柔；论家世，到底是诗礼传家，书香门第。

他左手持剑，右手握卷，边做着驰马扬鞭、刀光剑影的英雄梦，边品诗论词，无所不读。

暑热夏夜，已是更深人静，屋外微风细细，屋内残灯如豆，他在灯下读书。妻子则每每陪伴在侧，端坐窗下，低眉凝神，一针一线地为他补衣。

缝着缝着，突然，针尖刺破手指，有血从指尖渗出。

一旁的他赶忙放下手中书卷，执起她的手细细察看。她手里的一针一线，针脚细密，他看在眼里，心疼莫名。

她是济国公赵克彰的女儿，真正的宗室之后，大家闺秀，嫁与他之后，却未得享清福，与他共患难，为生计操劳。

他轻轻替她拭去指尖血滴，嗔怪般道："冬日尚远，娘子为何要熬夜赶制寒衣？"

彼时，她一笑，摇了摇头，手上的针线活未停，一边跟他闲话家常。

她说，女红是分内之事，一日都不敢怠慢。现在天气正好，等天冷了，做起针线活，人也缩手缩脚，愈加不便。

她说听得有一户人家，眼看着女儿要出嫁了，父母才想起为她治病求医，可事到临头如何来得及？虽是冬衣，若等到想起要穿时才缝补，亦是晚矣。

闻言，贺铸心有所感，之子于归，宜其室家，他何其有幸，得此良妻。便作《问内》一首，以诗作记取夫人的付出：

> 庚伏压蒸暑，细君弄咸缕。
>
> 乌绨百结裘，茹茧加弥补。
>
> 劳问汝何为，经营特先期。
>
> 妇工乃我职，一日安敢堕。
>
> 尝闻古俚语，君子毋见嗤。
>
> 瘿女将有行，始求然艾医。
>
> 须衣待僵冻，何异斯人痴。
>
> 蕉葛此时好，冰霜非所宜。

诗，写得质朴无华。

话，说得自然体贴。

或许，爱之一字，说来珍重，其实让人铭记一生的，不是那些刻骨铭心的誓言许诺，而是细水长流的涓滴时光。或许，除了情天恨海、至死不渝，同样值得品味珍重的，是柴米油盐的烟火日常。

生命中多少好时光，当时只道是寻常。

或许，多年后，都会记得这夜，月也依稀，无星无雨无悲喜，两相对望，风细细。

【三】

人生天地之间，忽忽几十年，不过一晃眼。

一眨眼，朝气蓬勃的少年，便走至日暮苍山的中年。

人到中年的贺铸，客居苏州，宛如远离故乡的浪子，在淼淼岁月里孤身泅渡。此间母亲病逝的悲痛还未消散，给予过他无限温暖慰藉的她，也在陪伴他三十年后，终与他黄泉碧落，死生永隔。

那时的贺铸，已年至半百。

回望这一程，多唏嘘，命运不济。他为小小的官职，或说为稻粱谋，辗转各地，一直走在南来北往的路上，终是怀才不遇，半生郁郁。

"金印锦衣耀闾里，少年此心今老矣，问舍求田从此始。"

浮萍无踪迹，汲汲空浮名，而今半生已耽，少年英雄迟暮之后，对自己前半生的堪堪回顾，也不过是慨叹一句人生多变，初心易老。

不论贫富贵贱，不论今人古人，年少时做过的梦，几时几多被遗落于生命的荒原？

也罢，光阴无情多情都不提，更引人唏嘘之处，或许在于——

他从北方归来，重回江南，途经苏州阊门，故地重游之时，已是万事皆非，孑然一身。

曾经的寓所门前，梧桐霜打，半死半生。旧日同栖的居室，只见孤灯映壁。深夜的枕畔，空余铺席半张。

独行踽踽，往日场景历历，梦回那年，依旧是那年，她为他挑灯补衣。

她就那样安静地坐在那里，如豆的灯火映衬着温柔的侧影，她和他闲闲絮语，说着白日里听说的事情。

可转眼只剩下他一人久久枯立，窗外梧桐冷雨，仿佛滴在心里，浸湿回忆。转头只见她垄上新坟，原上野草，已然离离。

或许，他此生最大的幸运，便是在最好的年纪遇到她，她陪他颠沛流离，为他织补冬衣。

三十载匆匆，姑苏还是这样的姑苏，可为何同来不同归？

既然有缘相遇相知，为何不能成全相伴终老？

一句突兀问来，却是因日思夜想而起的至情之语。本已永结同心，生死与共，却还是黄泉碧落去，死生分两地。

千言万语无以作答，空余泪痕而已，他也只能作词一曲。

重过阊门万事非，同来何事不同归？

梧桐半死清霜后，头白鸳鸯失伴飞。

原上草，露初晞。旧栖新垄两依依。

空床卧听南窗雨，谁复挑灯夜补衣？

——《鹧鸪天》

在最惨淡的境遇里，写出最凄美的悼亡之作，该是何种心境？

此词的词牌名本是《鹧鸪天》，可他另外从词句中摘字几许，作为词题，再注明曲调，题为《半死桐·鹧鸪天》。

梧桐半死乃为故典，汉代辞赋家枚乘的赋作《七发》中曾写：龙门有一棵梧桐，半生半死，取其木为琴，琴声能让飞鸟不去、野兽垂耳，被评为"天下之至悲"。

梧桐半死，鸳鸯失伴，实属人世间最悲凉的事。而失去了她的他，便也像那半死之桐、失伴鸳鸯，白发苍苍，宛若清霜。

史书一阙，寥寥几笔，微言大义，容不下多少笔墨吟弄风月，而他们的故事，虽情真意切，算来也平平无奇，一如现实中的诸多寻常爱侣。

所以至此，唏嘘之余，也有些庆幸，贺铸这一生仕途失意，沉寂难鸣，也不似东坡、放翁等家喻户晓，但至少还有这么首词传世流芳，世人才得以窥得他们那温情脉脉的故事。

但细细想来，又有情伤几许，因为这传世闻名背后篆刻的，却是永失所爱。那么，相比胜似传奇的白头蹒跚，哪一个值得等待？

【四】

晚年的贺铸，退隐苏州城，与江南景、万卷书交错在一起。

妻子离世后，他悄然从纷扰的官场抽身离去，不再留恋云谲波诡的宦海生涯，转而闭门读书，著有《东山词》和《庆湖遗老集》。

在经历了世间事后，回归的会是自身本色。贺铸也曾有英雄梦，可一生落拓江湖，本色还是书生。众多词作中，最能代表他才情，让他青史留名的，还当属《青玉案》，一句能得天下之名。

凌波不过横塘路、但目送、芳尘去。

锦瑟华年谁与度？

月桥花院，琐窗朱户，只有春知处。

飞云冉冉蘅皋暮，彩笔新题断肠句。

若问闲情都几许？

一川烟草，满城风絮，梅子黄时雨！

据说该词一出，后世仿作多达二十八首，贺铸也因此得名"贺梅子"。

如不深究细读，只觉得是一个痴人恋上一名佳人，而后痴痴等待，以词句诉说倾慕之情。

傍晚时分，他伫立凝望来路，记忆里的那个她，身姿窈窕、步履轻盈。他不知她去往何处，不禁遥想，那里可会修有月桥、繁花锦簇的院子，或是朱红色的小门和映着花格的琐窗。

他一直静静等，目送她带走一路芬芳，知道她再也不会回来，只能写下这断肠的诗行。

那悲伤到底有几许？

就像那烟雨笼罩的一川青草，就像那满城随风而起的飞絮，就像那梅子黄时的苦雨，无际无涯，迷迷茫茫……

细细想来，或许，他这首词并不是对一个初识女子轻薄表白倾慕之情，而是想起前尘往事，想起故人，泛起长恨断肠，离思愁绪，或是念及心中难以排遣的仕途失意。

隔着时空千里迢递，那个她，究竟是年轻时候的那个寸心恰似丁香结的无名佳丽，还是后来相伴三十载为她写下"梧桐半死清霜后"的贤妻，抑或是另外的女子，又或是难平的志士之气，都无法得知了。

他笔下的她，将会和谁相伴，聊将锦瑟记流年，可能只有骀荡春风才能知晓。能看到的，不过是满天碧云轻轻飘荡，长满杜衡的小洲已暮色苍茫。

真实的细节，隐没在长长的时间里，无论如何，他这一生的故事已经讲完。

只能希冀，慷慨纵侠老红尘的"贺梅子"，有旧梦为枕，枯木逢春时再见故人，有佳人长伴，策马人间，沐清风万里春。

愿好花常有，好梦长留。

李清照：记得当年你绿肥红瘦

有人说，婉约的宋词是一杯线装的酒，今夜，谁又研磨了红豆，写一阙平平仄仄的风流，追忆那年，她的绿肥红瘦？

【一】

建康，云残雨寂，人间各自赴结局。

明诚走了。

很久以后，她仍记得那天。

临近他出殡那天，满目尽是缟素飘扬，惨白的花圈置地摆满，刺眼的冥纸焚烧飘飞，似乎要跟随那缕魂魄直上九天。如雪衣冠，万人竟似共着一家的悲欢。

可从此，这人间，只余下她。

多唏嘘，后来她自号易安，从此已然不知何处可安。

白云苍狗，人生大梦一场。

晚夏的风，似乎依旧带了些冷冽，萧萧之声从未关紧的窗棂中灌进来，屋内的帷幔晃晃荡荡，无端搅扰了睡意。此际醒转，她躺在那旧榻之上，侧耳细听那风声，还不知已过夜半。阖眼之际，前尘岁月却如方才碎梦，走马灯一般纷至沓来。

依稀回到，年少时候。

还是十五岁那年，她刚及笄。

花园中央，她从秋千上下来的时候，晨雾正浓，花枝清瘦。清晨的阳光并不炽烈，可方才荡了许久，玩得太过尽兴，身上沁出些细汗，轻薄的罗衣贴在肌肤上，有黏腻的感觉。

她慵整纤手，捏了捏衣角，正欲回房歇息之际，却听到家中下人禀报有客来访。

随后，她便远远地看见，表哥李迥手中拿着纸笺，想来是诗词原稿，身侧偕同一位少年，正迈过宅门，朝院中这边大步踱来。

她一时无措，连鞋袜都顾不得穿好，准备赶紧开溜，头上的金钗都坠了下来，真真有些狼狈了。

听得他们朗声谈笑，她心下又禁不住有些好奇，这是哪里来的少年郎？

倒是有些风流气度在身上的。

待细看之际，他竟也恰好向她看来。

目光相撞，她心中一动，不自觉地，脸上微微有些发热。

她可是大家闺秀，不能人前失了分寸，于是佯装淡定转身，状似无意般，走至垂花拱门时停下，倚门回首，只见那一树枝头梅子，在春日阳光穿枝拂叶下显得愈加青青，空气中好似弥散着淡淡的果香。

她轻轻伸手扯下一枝青梅，踮起脚，鼻尖缓缓凑近的时候，果然，嗅到一丝清新却泛着酸意的芬芳。

然后，下一刻，她便在余光里，隐隐看见表哥身旁的那男子唇边流露了些笑意。

他们……该不会是在笑我吧？

真个羞煞人也。她正欲离开之时，表哥却拿起手中的诗词手稿，朝她扬了扬，随后，对着身旁少年低语了几句，那少年再度朝她看来，眼中像是带了几丝惊喜。

这一次，她看到了他脸上的笑，真真切切。

那是她和他，第一次见面。

女儿家的心事，都是满满的春心荡漾，她亦不能免俗。所以，后来的她，再回忆起那一天，是秋千晃荡，是轻衣薄汗，是倚门回首时，他看向她的目光。

不知为何，一眼入心一般。于是有了那首《点绛唇》：

　　蹴罢秋千，起来慵整纤纤手。

　　露浓花瘦，薄汗轻衣透。

　　见客入来，袜刬金钗溜。

　　和羞走。倚门回首，却把青梅嗅。

【二】

　　后来她才得知，他是父亲的得意门生，太学院的佼佼者。他的父亲赵挺之位居吏部侍郎的高位，是众人口中的青年才俊。

　　这样一位出众男儿，亦是慕她才名而来。

　　可她并不奇怪。

　　因为，她是李清照。

　　虽身居深闺，却是少年成名的天纵才女。

　　毕竟，她的父亲李格非，身任礼部员外郎，是大学士苏轼的学生，深得苏轼真传，家中藏书万卷，自幼饱受书香浸润。她的母亲王氏，亦长于诗书官宦之家，是当朝状元王拱辰的孙女，饱读诗书，蕙质兰心。

　　只要出门左拐便是状元郎外公的家，作为两家最受宠的女孩，她是众人心尖尖上的明珠。

　　自古女子无才便是德，而她自幼饱受书香浸润。

　　其他孩子还在玩泥巴、过家家时，她便已在读书、弹琴。平日交往的朋友，也是腹有诗书的同辈。即便只是名字，亦与众不同，出自王摩诘的两句诗："明月松间照，清泉石上流。"

　　合二为一，即为清照。

　　虽为女儿身，她却不喜女红，而是偏爱写诗作词。

　　十几岁那年，她一首《如梦令》轰动了整个京师。

　　其实，不过是她信手拈来的句子。

　　一个余醉未消的早晨，她晨起梳洗之时，恍然想起前一夜雨疏风骤，她最爱的海棠不知是否安然无恙。便向一旁侍女问起园内花木情状，侍女正忙着卷帘，只随口应道，海棠依旧。

她望着窗外陷入沉思，伤春之情悄然而生，略带嗔怪道：怎么会呢，知道吗，经过一夜风吹雨打，应是绿肥红瘦才对。然后，便有了那一首小令：

> 昨夜雨疏风骤。浓睡不消残酒。
>
> 试问卷帘人，却道"海棠依旧"。
>
> 知否，知否？应是绿肥红瘦！
>
> ——《如梦令》

她的简单日常，落在纸上，却教所闻之人，无不拍案叫绝。

一个夏日，小酌过后，她随同他和几个好友，乘兴一起乘船出游。

许是酒意上头，她非要亲自掌舵，船上的他和好友几人看着她的醉态，不由得发笑不允，最终却拗不过她，仍是顺了她的意，让一旁为难半晌的船夫听她的。

如果时光有回音，大概很多人会记得这一幕：夕阳之下，清溪之上，藕花盛开，众人笑声银铃，一滩鸥鹭惊飞。

一个面色酡红的姑娘，一脸天真明艳的模样，立在船头摇着桨橹，悠悠晃晃，口中一直嘟嘟囔囔，不知在吟些什么。

或许，那时夏季的湖风，拂过少女发梢，扬起就坐在一旁、小心翼翼护着她的少年的衣角。

水声伴着桨声潺潺作响，夹带着淡淡的朦胧荷香，恰似谁人一时心头悸动。

或许，那时候，坐在一旁的少年，还不知他看向她的时候，目光比心尖更温柔，也不知"当时只道是寻常"那样一句诗。

还好不知道。

因为如果知道，他会不会意识到，他将永远无法忽略，那个夏日，醉得不成体统，却执意划船，载着他们兜兜转转，迷失在一大片荷塘之中的姑娘？

那结局，会是更遗憾还是更圆满？

归家之后，待到酒醒，神志清明，她作词一首。

> 常记溪亭日暮，沉醉不知归路。
> 兴尽晚回舟，误入藕花深处。
> 争渡，争渡，惊起一滩鸥鹭。

这一年，她便是以这一首《如梦令》，再一次让赵明诚，乃至整个汴京，折服于她的才华。

后来呵，往事如梦般迷离，经年的故事，都被岁月淹留。

可那一夜的雨疏风骤，那一场浓睡消不去的残酒，那一次兴尽晚回舟，多少年后，还像红霞一样，熊熊地烧在谁人额头？让千百年后，酒醒了的他们，还沉醉着不知归路，不自觉地乘着时光的桨橹，跟随着那只满载着少女青春记忆的小舟，无数次，误入藕花深处，只为换得她的一次回眸。

【三】

那还是未出阁时的她。

那时，她年纪尚小，有父亲、母亲疼着，家中众人护着，不必伤春悲秋，只须待到兴尽晚回舟，只须记挂着"昨夜雨疏风骤"，念着"应是绿肥红瘦"，写些为赋新词强说的愁，当着别人眼中的才女。

如此，就好。

那时，她还是宝光流转，天上月色，唯独这人世苦乐却不懂得。她以为，自己可以一生天真下去，不必因人悲欢。

若得这般，多好。

如果可以，当然希望她可以终日养着院中海棠，嗅着园中花香，尝着蜂蜜饴糖，醉得淋漓酣畅，倚在高楼之上也不必哭国破，不需泣家亡，光明正大晒月亮，永远不识人世愁苦的模样。人间真实是何种形状，她看也不用看。

可谁能永远天真无邪呢？

命运何种模样，由不得她提前预想安排。

谁说少女心思总难猜，当遇见了那个命中注定的人，便是"眼波才动被人猜"，即便高傲如她，也没有例外。

后来，她会在向家中长辈讲述外出悠闲游玩之事时，有意无意地提及他，毫不吝惜地称赞他的为人和才华，想让家人对他留有一个好的印象。

其实，原不必说，她的小心思，家人早已看在眼里，心知肚明。就连表哥，单看那一首《浣溪沙》，便心中了然了。

绣面芙蓉一笑开，斜飞宝鸭衬香腮。眼波才动被人猜。

一面风情深有韵，半笺娇恨寄幽怀。月移花影约重来。

一颦一笑，都展露无遗了，这哪里是芙蓉花开，分明是她欢喜得心花怒放了吧。

这般大胆直白，难怪引得那些士大夫都有非议。

而他呢，自和她见过面后，便几次三番制造机会和她偶遇。因双方父亲政见相异，不便明说，却也从不遮掩他对她的中意。

人道是，喜欢是一场不为人知的风吹草动，在他们这里，却是笔尖心事一行行，挂在嘴边千万句。

这年，元宵佳节，华灯璀璨，千门如昼，整座京城被灯火照亮。

那晚，她应表哥邀约，由侍女陪着，慢慢地走在街市中。

人流如织，她到一处石桥上停下。火树银花，灯光流转，女子们比拼着装束打扮，戴着缀有翡翠鸟羽的冠帽儿，穿着金丝捻就的雪柳头饰，上街纵目游赏，端方又漂亮，美得让人移不开眼。

等了许久，表哥未至，却见他从桥的另一边上来。

河灯荡漾，他裹着大氅，左手撑伞，右手提着一盏许是猜谜赢来的花灯，侧身让过嬉闹的孩童，向她走来。

一地雪白中，那烛火透着昏黄的暖光。

远远地，她就那般定定瞧着他，那是她心尖尖上的少年郎，面如冠玉，眉目俊朗。

不知为何，周遭喧嚣，她却好像听见他软靴踩在雪上的簌簌声。

他抬头望过来，瞧见她那刻，眼里便噙满笑意。

远处烟花开始绽放，人影与光影交错。桥那边，一棵棵高大挺拔、枝繁叶茂的海棠树，层层叠叠的绿叶间堆着些许白雪。

她看得有些发怔，视线一转，抬头间目光便撞进他幽深的眸子里。

那双眸子里的，是她。

她嗅到他衣袖携带着淡淡松香，那一瞬间，冬月寒雪好似也尽数融化。

"久等了，给你的。"说着，他上前将花灯塞进她手中，复又解下大氅，系在她肩头，"走吧。"

她笑着点头，他自然地将她的手纳入掌中，牵着她缓步往人流中走。

耳边，充斥着叫卖声、嬉笑声，还有他温柔的话语声："等来年二月，海棠花便又要开了，记得你最爱的便是海棠花。"他声音温润，似玉盘滑珠，言语间带着愉悦。

说话间，烟火倏地当空炸开，星子四散，原本被灯火映照的天幕愈加红亮。

她转头看着男子俊朗的侧脸，心中一软："过年好。"

他闻言低头看过来，眼中含着暖意："过年好。"

多年之后，风鬟霜鬓的她，再忆起上元佳节，有管弦鼓奏，花街灯如昼，有欢歌笑语飘上船头，有青楼画阁，绣户珠帘，车如流水马如龙。

那闲适的闺阁时光，繁盛的汴京岁月，落到笔下，便是《永遇乐》一首：

> 落日熔金，暮云合璧，人在何处？
> 染柳烟浓，吹梅笛怨，春意知几许！
> 元宵佳节，融和天气，次第岂无风雨？
> 来相召，香车宝马，谢他酒朋诗侣。
> 中州盛日，闺门多暇，记得偏重三五。
> 铺翠冠儿，撚金雪柳，簇带争济楚。
> 如今憔悴，风鬟霜鬓，怕见夜间出去。
> 不如向、帘儿底下，听人笑语。

可那时，她只是看着地上两人的影子相依，脸上红霞漫布，脑中一片空白，捏紧了他方才与她的花灯，最后轻轻回拥住了他，默认了他许下的终身。

【四】

此后，表哥看见他们二人模样，嘴角的笑意也隐不去。

这一年，他及冠。

冠礼过后，他正式成年。

那个面若冠玉的少年郎，好像瞬间褪去了青涩的眉眼，英气渐显。

赵父开始操心他的婚姻大事，有段时间，直言急着要为他物色一位女子，让他早日娶妻。

见状，他禁不住有些紧张。

于是，某日，他跑去父亲跟前，说自己午觉之时，梦中诵读了一卷书，醒来书中写的什么已然忘了，只记得三句："言与司合，安上已脱，芝芙草拔。"他笑道不解何意，向父亲请教。

赵父看着他一本正经的样子，心下了然，抚着胡须笑着摇了摇头，长叹一声："看来你注定是词女之夫啊！"而后托人正式向李家提亲。

是了，言与司合即为"词"，安上已脱即为"女"，芝芙草拔即为"之夫"。他分明是以这十二字的字谜，向父亲表明自己已心有所属。

而那个人，不言自明，是她。

后来，坊间将此事描绘得极为生动，传言他为娶她，竟明目张胆地忽悠他父亲，说自己做梦，成了词女的丈夫。

听闻之后，谁无奈笑了？

她十八岁那年，他二十一岁。

从相识到相知，到相许，他们在彼此生命中的角色转换很快。

成亲后，当时仍在太学的他，每次求学回家，他都会给她讲讲课间的趣事，说说夫子精彩生动的言谈，给她带绝迹的书籍。

每月初一和十五，他会去相国寺购买碑文，购买古玩，再带一些零嘴儿回去，然后他就会和她就着茶点果实，相对展玩碑文，溯洄古时，乐趣盎然。

他擅长研究经史，素来嗜好收集金石书画。其实最初他们生活并不宽裕，但她亦支持他的热爱，哪怕要典衣换钱，经济陷入窘境，也乐此不疲。

到底还是有些家底，不必为柴米油盐忧心，不至于被一地鸡毛消磨热情，生活便依旧是闲适风雅。

她善诗书词话，他便时不时和她交换作品欣赏，又或者是你出一词，她对一词。更会相伴寻亲访友，借来珍贵的古籍，连夜点灯，一人口述，一人抄写。

烛光绰绰约约，点亮了眼眸，也亮彻了彼此的心扉。

那时她觉得，如果真的有神仙眷侣，一定就是他们这般有迹可循的珍爱吧。

她曾经以为，他和她，是天造地设的一对，却忘了，任何故事不只有圆满，也有缺憾，就像是昼夜四季，更替循环。

【五】

终于，像是上天忽然反悔，要将给予的一切拿回。

徽宗崇宁元年（1102），是他们婚后的第二年。

蔡京为相，她的父亲李格非，便因新旧党争的风波，被列为元祐奸党，不仅降其官职，还不许在京城任职。此时他的父亲赵挺之却一路高升，官拜左丞。

回过头来想，最初，他们摒弃家族政见立场的敌对在一起，昔日以为喜结的良缘，如今竟成猝不及防的烧手之患。

她为救父心急如焚、夜不能寐，多次写信求助却都无济于事，只能眼睁睁看着父亲被排挤出朝廷，发还原籍。

此前两家结亲，虽官职有些微差距，但才子佳人，到底算门当户对。

如今，却一个是罪臣之女，一个是高官之子，云泥之别，怎能欢好？

政治党争从来无法和谐，既不能从中斡旋，也不能保持中立隔岸观火，要么选择其一，要么决裂，不然则会如李商隐那般，终身陷入党争，备受排挤，困顿苦痛一生。

教她如何自处？

偏偏祸不单行，次年，朝廷颁布律令，宗室不得与元祐奸党子孙结为婚姻。

她本来便因两家党争而显得左右为难，诏书一下，更是将她捶入泥潭。

世事难料，天命难违，无奈之下，她只得奔赴济南原籍，投靠爹娘。

当她回到章丘，还是旧时的阁楼，又是青梅如豆。

花枝葳蕤，闲窗锁昼。窗前的芭蕉阴满中庭，叶叶心心，还舒卷着余情。有笑声隐隐传来，仿佛还有谁在秋千后，慵整着纤纤手。

缓步上楼。

中庭的海棠依旧，那时填的词，也还在画屏上游走。

回忆满满，盈着的，还是昨日的风流。可白驹过隙，已是时移世异。

莫叹窗前花易落，人生一样不经秋。

她忽而想起那日，她想向他求助，向他父亲求情，他早知她想说什么，却只是低头沉默。

不过如此，世情不过如此，在滔天权势面前，人情似纸。

她抿了嘴角。

他终于回望她，偏过脸来，好像想听清她要说的话。

可就是这个迁就她说话的姿态，将她到嘴边的话截断了，灯是半明半暗，他的眼也是。

便是在那一刻，她恍然意识到，偌大的京城再也容不下她了，那熙熙攘攘，也不再属于她。

于是，收拾行囊离开。

自嫁与他以来，还是首次与他分居两地，在那些一个人的日日夜夜里，寥落都化作对千里之外人的思念和等待，相思却又不能相见的无奈思绪只能流诸笔端，真情一首，已是千古绝唱：

> 红藕香残玉簟秋。轻解罗裳，独上兰舟。
> 云中谁寄锦书来？雁字回时，月满西楼。
> 花自飘零水自流。一种相思，两处闲愁。
> 此情无计可消除，才下眉头，却上心头。

—— 《一剪梅》

粉红荷花已然凋残，幽香也已消散，光滑如玉的竹席，带着秋时的凉意。她解下绫罗裙，换上一身常服独自登上小船。遥想着远天白云舒卷处，会不会有人将锦书寄来，只是，等到雁儿群飞，月光洒满西楼，也只见落花飘零，水独自流淌。彼此的思念无处倾吐，只好各自愁苦。可于她而言，这相思之苦实难排遣，刚从微蹙的眉间消失，又隐隐缠绕上了心头。

从前，她笔下是调皮的少女天真模样，何曾为谁梦醒独登高楼，在凭栏处任夜风吹满襟袖？此际却是颠沛流离，字浅情深，皆是人生笑泪。

世事变幻无常，那些曾经的美好、往昔的欢活，还能回去吗？

后来的事，翻覆辗转似波澜，如同命运的玩笑。

赵父称相，与蔡京分庭抗礼，蔡京被罢相后大赦天下，她也得以重新入京，和他相聚。

离去之时尚且不曾落泪，再见之时，却是两两相望，泪眼婆娑，泣涕涟涟。

只可惜，人无千日好，花无百日红。还没来得及抚平心悸，抬眼之间，已换了山河。

仅半年时间，蔡京复位，他被构陷罢官，夺去爵位；他父亲也被冤枉，急病不治，卒于汴京。

原来，哪有什么岁月静好，不过是受人庇护，才得以安享欢乐。只是世事无常，赵父桀骜一世，死后却落得个孽党罪名，引人唏嘘。

无论如何，至此，曾经的谬赞和后来的妄断，都是镜花水月一场，留人徒呼奈何。

慢慢地，便也勘破。

不如归去。

在经历这场漫长煎熬的政治风波后，那年秋天，她跟随他去官回到青州——他的故乡。

【六】

岁寒，然后知松柏之后凋，逢难，方才显人之真风流。

如果说仅仅失去了富贵与权柄，其实也算不得跌至谷底。闲居乡间，隐于山水，亦能喝茶弹琴、品酒打马，清欢岁月两相知，不是吗？

青州的十数年，是他和她这一生中最为欢乐的时光。那时候，没有钟鸣鼎食，只有粗茶淡饭；夜里只有星星，他们眼中只有彼此。

归来堂里，他们一起钻研古籍、石刻，渐渐完成了《金石录》的写作。

那时，她亦不知，百世千秋之后，这依旧是最早，也是最权威的金石目录和研究专著之一。她会在他钻研文稿之时，帮他收集金石，与他分享探讨各自新作。

后来，赵父沉冤终得雪，朝廷有愧，意欲补偿，因而任命明诚为莱州太守。

他本意并不太想去，只是思及家中日渐清贫，没有一官半职的收入来源，为了养家糊口，也为了继续发展金石事业，他不得不去外地赴任，和她逐渐聚少离多。

他赴任之后，她便总孑然一身一般，倚着窗边，一手搭着栏杆，一手握着一壶酒迎风独酌，孤寂地守着偌大的庭院，从未觉得这院子如此空旷。

以往每个有星星的夜里，他们都会坐在石椅上看漫天星辰，把酒言欢。

如今，石椅上竟已长满了青苔，从星星点点蔓延到整整一大片。

那恍惚的绿，像是被时间耽搁了似的，轻雨过后，濡湿得犹如地上淌满回忆。

她一直等他的来信，可不知为何，信也很久没来了。

他竟这般忙碌吗？

转眼，重阳。

天气突然变冷，薄雾弥漫，云层浓密，如同愁绪一般整日缭绕盘桓。夜里瓷枕和纱帐冰凉一片。

这日傍晚，她在篱边独自把酒赏菊，沁人的馨香沾满襟袖，可惜无人共享。其实是不想赘述，自怜自伤一般，重复言说心中感伤的，可行也思君，坐也思君，当秋风乍起，卷帘而入，看到镜中自己，比菊花更为消瘦之时，终是触动情肠，转身回房拿起毛笔，在书笺上写下一首词，寄给他。

> 薄雾浓云愁永昼，瑞脑消金兽。
> 佳节又重阳，玉枕纱厨，半夜凉初透。
> 东篱把酒黄昏后，有暗香盈袖。
> 莫道不消魂，帘卷西风，人比黄花瘦。
>
> ——《醉花阴》

旧时，贤妻良母的要义在于相夫教子、主持家务，是以女子无才便是德。有情有爱，只能藏在心里，可她，对于自己的爱意和思念向来不掩饰，执拗般，定要把心中的情以极具才情的表达说出来。

听闻，后来他收到她的诗作后赞叹不已，既为她的才情倾倒，又也想写出如此妙句。于是闭门谢客，废寝忘食三天三夜，精心写就词作整整五十首，再将她的这首《醉花阴》混于其中，让自己的朋友来鉴赏。

结果没曾想，友人道，所有词中，只有三句绝佳。

"哪三句？"

"莫道不消魂，帘卷西风，人比黄花瘦。"

惊世之才，大抵如此。

他作词五十首，不及她三句。

可是，她的三句中，字字皆为他。

也许，在世人眼里，她是个大名鼎鼎的才女。

可在她的心里，她只是个想念丈夫的妻子罢了。

那么，他呢？

是否也在想念她？

日盼夜盼，终于收到他的来信了，让她过去与他相聚。

所以，她收到信就迫不及待地前往。

家中字画、书籍、金石、文献甚多，布满几间屋子，既是世间无价宝，更是他毕生的心血。她特地雇了一个地道的妇人，帮她看管屋子，而后便马不停蹄赶往莱州。

她有多久没见到他了？自成婚以来，他们从未分别过如此之久。

她多想再和他一起驾车出游，东城边，南陌上，流水轻车，残花煮酒。那个时候，花影压重门，天将黄昏，还要用生香薰袖，活火分茶，剩染鲛绡瘦。

那个时候，他在前，她在后，他在左，她在右，把一路的风景都看透。一直到，月上了柳梢；一直到，人约了黄昏后。

这一路，过群山涉长河，天晴天雨也都曾走过，舟车劳顿几个月，终于到达。

她幻想过千万种和他相见的场景，却独独，不曾想过会是这种——

她站在船头边上，他立于渡口岸上。

没有期待中的相拥而泣之欢，没有久别重逢之喜。

因为，他身旁依偎着另一位妙龄女子。

难怪她等了这许久，云中不见锦书来，原来只因早有佳人在侧。

她在远方夜里辗转反侧，思不能寐，他在此地香衾帐暖。

一种相思，两处闲愁。

想必，在他看来，也不过是笑话罢。

没有呼天抢地的嘶吼，没有声嘶力竭的质问，她只是冷静地看着他，佯装无知无觉，等他来细陈。

他说，他以为她是懂他的。

这么多年，她也以为，她是懂他的，一如他懂她。

可他分明说过不介意她没有子嗣的，可为何如今又说，不孝有三，无后为大。或许，的确如他所言，他是不介意的，只是赵家不能无后，他们的金石事业，也需要有人继承。或许，的确如他所想，如若两心相知，纳妾能证明什么？

或许，这个时代，从不眷顾女子。在这样一个时代，女子从来没有话语权，于情，她没有立场责怪他纳妾，于理，她没有权利指摘他变心。或许，她不该在此事上钻牛角尖。

只是，他的做法到底让她心凉。

叹人间，美中不足今方信，多少牵过的手揽不住永久，纵使举案齐眉，到底意难平。

【七】

后来，慢慢地，她便也看开了。

不看开又待如何，争吵开仗，将战火一再扩张，还是以尖酸话语，让疮疤处再添新伤？

可伤人，亦是自伤，失了气量，愈显凄凉。

不知过了多久，他们和好了。

只是，隔在两人之间的那层纱，始终难消，再回不去了。

他终究是不能免俗，安得情怀似旧时？

她还是李清照，是才高于世的傲然才女，她的自尊决计不会容许她从此失陷于一段苦情歌。

从那以后，她不再与他轻谈情爱，只论高山与流水。

他被调任淄州知州，偶然得到《楞严经》，一高兴，竟然抛下友人，立刻策马奔回家，和她一起分享，献宝似的。

他如此这般，她自然是欢喜的，却也不禁想，为何他们还能像什么事情都未曾发生过一样。

如此，也罢。

如今，倒都是后话。

她也不是不会装聋作哑。

此间岁月，相对往后余生，反倒就像是偷来的幸福，未尝不是幸福。

如若人生分为四季，年过不惑的她，可谓直接从艳阳春天，来到数九寒冬。

当金兵挥师南下，来势汹汹进攻汴京，太平百年的中原大地再起狼烟之际，她忽而明白，暴风雨来临前总是平静的。这表面繁华的朝代，内里早已千疮百孔。而这时代之下的人的命运，也早已注定是悲剧。

金军提出议和。敌军已毁她山河，占她家国，岂可轻易答应言和，这口气，所有爱国之士皆不能忍。

孰料，宋钦宗竟立即同意，并以割地赔偿为代价。

可懦弱并不能换来友善，只会等来变本加厉的索取。

懦弱的当权者，没有铁手腕，注定成为强者凌辱的对象。

靖康二年（1127），金军再度大举南侵，开封城破，宋徽宗和宋钦宗均被俘虏，北宋，自此灭亡。

包括她在内，多少人的无忧岁月，伴随着北宋的历史，在屈辱中宣告湮灭。

彼时，上至朝廷，下至官员，都浑浑噩噩地活在一片混沌中，国破家亡，早是定局。徽宗父子和三千余名嫔妃、官员，被当作牲畜一般押往五国城，那些平日里指点江山的士大夫，如今也终于纷纷丑态毕露：束手无策举手投降的，有之；不顾家国东奔西跑的，有之；为求活命典妻卖子的，有之。

从小以女中巾帼自诩的她，骄傲了半辈子，清高了半辈子，当目睹如此种种，只觉深深无力。

她能说些什么呢？

"十四万人齐解甲，更无一人是男儿。"

真真是应了花蕊夫人这句。

【八】

北宋倾覆后，康王赵构于杭州建立南宋政权，成为宋高宗。可敌军铁蹄声仍在耳边，时局动荡，烽火连天，百姓生活，也再无安稳可言。

局势愈加紧张，他和她只能在兵荒马乱中穿梭，只能回到青州，守住那十几屋珍贵的古器书画。

然而，才逢国难，又遇家亡，赵母与世长辞，他只能前往江宁守孝。

而她一人，在狼烟四起之地，孤零零地守那些带不走的金石书画。

不久，金兵再度入侵，青州兵变。

彼时，他正被任命为江宁知府，统筹这座虎踞龙盘的战略要地，可谓重用。

为免遭金军劫掠，她在纷飞的战火之中，独自带着他毕生收藏的文物跟随人流南渡。一路上，山长水远，不少文物古籍被暗窃、被强取，她痛心不已，可历经重重磨难，几近丧命，也始终不曾低头半分。

却不曾想到，最后让她绝望的，是他的软弱。

当她千辛万苦长途跋涉，辗转到第二年，终到江宁和他团聚时，没多久听到的，却是他在叛乱中弃城而逃的消息。

此事一出，天下哗然。叛乱平定之后，他被革职，她跟随他因局势继续流亡。船行至乌江之时，她望着深不见底的乌江和两岸的青山，想起西楚霸王项羽兵败自刎于此的故事。

或许，在这硝烟弥漫的时刻，她本就不该奢望情意？还是他本为文人，骨子里本就没多少热血可言？

她努力尝试着去理解他的，只是，仍旧忍不住感到耻辱，为国，为他。

一时悲愤难当，满腔激愤与感慨激荡而出：

> 生当作人杰，死亦为鬼雄。
> 至今思项羽，不肯过江东。

——《夏日绝句》

在她看来，男子汉大丈夫，活着就要做人中豪杰，为国家建功立业；死也要为国捐躯，做鬼中英烈。同样是从江南起家，西楚霸王却能直捣咸阳，纵横八荒，霸气如斯，"身既死兮神以灵，子魂魄兮为鬼雄"。最后宁肯一死，引颈乌江以谢江东父老，亦不愿撑上渔夫的长篙，归去江东称王。可他作为男子汉大丈夫，俯仰行走天地之间，竟贪生怕死，落荒而逃。

当初的爱慕，都是真的。

现在的不齿，也是真的。

她停了笔，看了许久，终究按捺不住心中气郁，将纸张揉皱，扔进了滚滚乌江之中。而那慷慨激昂的词句，在情难自抑的吟诵中，随风轻扬，飘向远方。

终于，站在身后的他，羞愧难当。

她苦笑着，望着江面蒸腾而起的雾气，像是他们的未来、国家的未来，朦胧一场空。

她本打算和他隐于山水，在偏僻山野度过余生。岂料，途中又接到朝廷调令，任命他为湖州太守。于是，他只能快马加鞭，赶去赴任。

没料到，此去一别，几成永诀。

赴朝廷述职途中，适时酷暑当头，他着急赶路结果中了暑，又急病乱求医，乱吃了大量寒凉药物，结果适得其反。她得知后，依旧是前嫌不计，连忙赶去照顾他。

只是，因暑热染病，加之背井离乡，种种思虑，终是抑郁成疾。

不久之后，他病倒建康城。

或许，他也是有悔的吧；或许，如今，他的内心也备受煎熬，尤其在看见她那首指责他的诗后。是不是不过二十字，却字字都戳进他心窝，酸楚与懊悔交织，郁结于心，这才病倒在榻？是不是她没有凭着气性写下那首诗，他便不会如此难受？

尽管她尽心照顾着他，但病来如山倒，他在床榻之上休养俩月，依然丝毫不见好转，大夫直言已是药石无医，回天无力。

她服侍在侧之时，时常静静看着他。看着昔日意气风发的他，如今孱弱至极，了无生气，她心中疼极，却终究无计可施。

建炎三年（1129）八月十八日，他走了，卒于建康城。那时他已起不了身了，仍旧取笔作诗，绝笔而终。

她为他写了最后的祭文：白日正中，叹庞翁之机捷；坚城自堕，怜杞妇之悲深。

红尘陌上，相知携行。可知，哪有地老天荒，哪有来日方长？往事如梦皆成空，从前有多少恩爱仇怨，不过儿戏一场。

从此之后，便是她孑然一身，风雨乱世自飘零，一人面对烽火连烟时代的凄风苦雨。

却也不是孑然一身，那残存的古董文物、金石书画，是他一生的寄托，也是他临终的遗愿，还需要她拼尽全力守护着；未竟的《金石录》也有待她完成。

他八月离世，九月，金兵便再度南犯。尚未从哀恸中走出的她，只得再次开始逃难。只是，外边兵荒马乱，风雨萧条，她一时竟也不知该往何处。思来想去，只有洪州妹夫之处最安全。

不曾想，几个月后，金兵攻陷洪州，不少金石书画毁于战火。而此时，流言四起，纷纷说明诚生前不仅弃城，还卖国，把上等玉壶献给了金兵。

她闻之气恼至极，他尽管懦弱，但绝不会做出叛国之事，那玉壶是别人拿来请他品鉴的，何来献金之说！

只是，欲加之罪，何患无辞。与其等三人成虎，众口铄金，不如自证清白，于是，她带着仅剩的金石文物，准备献给圣上。

人在远方，又要远去他乡。她跋涉千里万里，未等赶上，藏品已然被窃取、抢夺大半，所剩无几。

那些被她和他视若生命，宁可节衣缩食，也舍不得换钱的金石文物，就这样一一离她而去。

或许，这风雨乱世里，颠沛流离，无处安身，能活下来，已是万幸。

徒呼奈何，也只能学着看淡。

算来，这一路兜兜转转，她从建康起，追随帝踪去往浙东，最后来到杭州。

乱世中，她只一孤身弱女，带着一车车文物到处逃难，其中的艰难，可想而知。所有人都觉得，她可能撑不过去了，但她愣是独自一人咬着牙坚持了下来。

流离多年，犹记海上漂泊那时，她常从颠簸的船舱中抬头仰望，总能眼见拂晓时分的海面，云雾海涛混沌一片，天上星河流转，大风起时，千帆竞渡。

虚虚实实、亦真亦幻，雄奇壮丽又瑰丽莫名，让人恍如身处梦中。

一时感慨万千，她作词《渔家傲》一篇，只是这次，人间天上，再没个人堪寄。

> 天接云涛连晓雾，星河欲转千帆舞。
> 仿佛梦魂归帝所。
> 闻天语，殷勤问我归何处？
> 我报路长嗟日暮，学诗谩有惊人句。
> 九万里风鹏正举。
> 风休住，蓬舟吹取三山去！
>
> ——《渔家傲》

想来，她自幼学得读诗作词，纵有惊人之句，为人所称道，可又有何意义？如今国破家亡，何方是她归处？多想借助这大风之力，如庄子笔下那只由鲲化身的大鹏一般，振翅高飞九天之上，超脱流离悲苦的现实之境。

却也只能是梦里希冀，回到现实里，依旧面对的是身如飘絮，故人不在，山河倾圮，颠沛流离。

后来，她终于抵达杭州。天子所在的杭州，新的南宋政权所在的杭州。看着繁华的杭州，不禁想起汴京，被硝烟席卷过的汴京。

而今这繁华也不过是最后垂死粉饰的太平，回首向来萧瑟处，到头来，也不过满盘皆输。

从此之后，她另起别号——易安居士。

她素喜陶渊明，从他的《归去来兮辞》中择了那句"倚南窗以寄傲，审容膝之易安"。历经离乱，哪怕只有一处容膝之地，已是岁月安稳。

只是，寒江陪烟火，月伴星如昨，如今只余她一个人过，到底还是备感孤独的吧。

毕竟，她曾经是如此喜欢热闹，偏爱满是欢腾的鲜活。

历经国破家亡之后，如今身无所恃，心无所托，纵使过尽千帆，多了一份淡定与从容，可说到底，也还是位深处于墙垣中的女子，也有肺腑之言，愿得知心一人在一旁，侧耳倾听。

所以，当张汝舟出现在她生命之中时，她真以为，灰暗人生中，忽然遇见了一抹阳光。

他是明诚生前朋友，同她一样，中年丧偶，看起来倒也风度翩翩，像是位谦谦君子。总是带着字画上门求她指点，带她领略杭州的潋滟风光，从饮食起居，到诗词对弈，也算是对她多有照拂，志趣相投。

说她从未感到温暖，那也是假的，一个也许不那么坚实的肩膀，也好过孤苦无依的漂泊。

于是他提出续弦的时候，她答应了。

宋朝女子改嫁，是为浪荡不堪，她知道要承受多少流言蜚语、指指点点，但她不在乎。

在这动荡不安的乱世之中，不过是求得一隅安稳之地，一人相伴余生罢了。

【九】

她本愿倾尽余生成全个相守相望，可惜，孤注一掷，不曾换来共度余生，却成共毁余生。

婚后不久，他发现她身上值钱的金石书画，不是毁于战火就是被盗，早已所剩无几，便变得面目可憎。整日流连秦楼楚馆，醉醺醺地回来，逼她拿出仅剩的金石书画，还对她恶语相向，拳脚不止。

而她才醒觉，这个男人的出现，不过是百般算计她的钱财身家，之前那些非寻常的照拂，三魂七魄都极尽的温柔，都不过是费尽心机的装模作样。

原来，原来，那些自诩风流的人，最终大多都只不过是下流。

半路夫妻，多少始自热情激荡，终于世事炎凉。

可叹她一生所求不过"易安"，不知是不是幼时前尘太过圆满，哪怕只是这一微渺愿望，也只是痴想。前尘足迹在时间的冲刷下显得模糊不清，后世撕开历史衣裳，只见百孔千疮，泪迹斑斑。

从此，她不再奢望执手相望，不再尝试结发同床。

国家灭亡，家人离散，遇人不淑，时人的污垢渲染……此时的她，已经被生活摧残得支离破碎了。

可她李清照，从来就不是个逆来顺受的女子。

辗转半生，无论处于何等境遇，都不曾低头半分，无力至心死身僵，也尚存一息坚强。她也从不会在婚姻里低眉顺眼、伏低做小，断然不会殒身供奉换来一场作陪。

这一次，亦然。

哪怕如今身无所仗，也绝对不愿委曲求全，正如项羽不愿向刘邦低头称臣一样。

她小心翼翼地搜集了各种罪状，以鱼死网破的决心要和此人分道扬镳。一纸诉状与他对簿公堂，哪怕最后自己也没好下场。

从那个曾经无忧无虑、醉入藕花深处的小姑娘，到如今深陷泥淖之时沉静自救的女子，她走了多远的路啊，久到鬓染霜华，久到枯藤已再度长出枝丫。

该说命运对她残忍，还是尚存一丝慈悲？

最后，她如愿以偿与他和离，他被发配流放，而她，按照大宋律法，被判入狱。出狱之后，还须面对漫天飞舞的流言，受人指指点点。

哪怕是她不曾听闻的后来世人写下的那些文字，亦句句诛心。

宋代王灼在《碧鸡漫志》卷二载："赵死，再嫁某氏，讼而离之，晚节流荡无归。"

宋代朱彧在《萍洲可谈》卷中载："然不终晚节，流落以死。"

宋代胡仔在《苕溪渔隐丛话》前集卷六十载："易安再适张汝舟，未几反目，有《启事》与綦处厚云：'猥以桑榆之晚景，配兹驵侩之下材。'传者无不笑之。"

这都是后话了。

她从来都是一个高傲的女子，可以顶着天下指指点点的骂名追求自己的幸福，也可以冒着天下之大不韪，为自己的尊严打一仗，哪怕面对的是虫鼠乱窜、阴暗潮湿的牢房。

恶劣的环境、囚犯的为难、狱卒的白眼，也不曾让她弯曲过自己的脊梁。

她只是沉默地透过监牢里那一方小窗，仰头遥遥看向那没有血色的月亮，眸光淡淡。或许，回想起那些过往的时光，或许，还带着对今后的预想。

她并非沉浸于过去，而是多年过去，纵使物是人非，依然记得那个云消雪霁的上元灯节。

那夜，天幕中也悬着一轮月亮，她看着身旁牵她手的人的侧脸，缓缓地将头轻靠在他肩头。

风卷着细雪掠过黛青色的屋檐，散落到两人交缠的青丝上，不一会儿便染上星星点点的白。

忽然希望时光倒转，就和他这么走着，走到满头斑白，也算过完了这无力的一生。

【十】

走出监牢的那一刻，恍如隔世。

阳光照在身上，却毫无暖意，几缕发丝散落在额前，白得刺眼。

虽得友人相助，她只在狱中待了九天，却好像老了十年。风也萧萧，雨也萧萧。谁能料到，人生一眨眼，她从云端一朝跌至泥潭，先后经历了家族被害、丧国丧夫、遇人不淑、牢狱之灾种种劫难。

或许，不经凄寒，便不得号易安吧。

也算得九死一生了。

如今，物是人非事事休，何以解忧，唯有诗词，何以解愁，唯有喝酒。

她一如既往爱喝酒，每每典当东西后，总要买上一壶酒，备一方纸墨，登上城楼、山丘高处。任风扬起白发，看树叶婆娑，青山失去云雾的遮挡，一点点清晰。

清酒入喉，愁绪万千，泪如雨下，书写今昔。

　　年年雪里，常插梅花醉。挼尽梅花无好意，赢得满衣清泪。今年海角天涯，萧萧两鬓生华。看取晚来风势，故应难看梅花。

　　　　　　　　　　　　　　　　——《清平乐》

她一直喜欢梅花。幼年时候，生活平顺，好似百岁无忧，哪怕是天寒大雪，也会兴致勃勃地摘取那最艳最丽的花枝，插在素净的瓷瓶中，赏心悦目。

如今心境却是大有不同了，抖落一身尘埃之后，虽有花枝在手，却再无心赏玩，只是漫不经心揉搓着，不知不觉间，泪湿满襟袖。

物是人非事事休，大抵便是如此了。

一如她在闻说双溪春色尚好之时，想要泛舟湖上，却再也找不回那争渡的船桨、那惊飞的鸥鹭，只见几许落木残花，只怕一叶扁舟，载不动浓重哀愁。

这愁，有悲叹己身命运之愁，更有家国之忧。

哪怕避难金华之时，登上八咏楼远望逸情，口中说着"江山留与后人愁"，可当听到大臣韩肖胄和胡松年去金国议事，她还是激动非常。在他们出发那一天，她穿戴得整整齐齐，亲自来到城门前，为二人送行。举起酒杯之时，满腹愁绪顿然化作一腔豪情，作长诗相赠。

当时，她年近五十，贫病交加，独身寡居，在朝中无权无势无地位，但她仍然站出，大声歌颂此举凛然大义。以一介女子之身，吐壮怀激烈之言，悲宋室之不振，愿江山之永守。

只是，她终究是看不到那一天了。

【终】

至此，大半生憧憬的平淡幸福，求不得；盼望的白首如新，落了空；等待的复国还家，终成土。

平生所求悉数化作烟幽，看不清也无处可回头。

往后余生，她索性孤身一人，谢绝所有前来说媒求娶之人。不再吟风诵月，敛了曾经的锋芒，默默整理亡夫遗作。

明诚一生致力于金石事业，她想，她该实现他和她共同的夙愿。

对他，有过爱慕，有过嗔怒，有过失望和埋怨，或许，如今斯人已逝，千帆过尽，都看淡了。

所以，哪怕作序，她也未将他缒城宵遁、弃城而逃之事写出，也未将他另有新欢写出，笔下全是他对金石学的贡献、对他的称赞，为他保留男子最后的尊严。

之后的十几年，她带着字帖、礼器奔走在江河山川之间，不厌其烦地登门拜访老先生们，请他们鉴定文物的真伪，解答种种疑问。

她终于将《金石录》校阅完成，进献朝廷，震惊朝野，被众人誉为历代金石研究集大成之作。

那时，她该是轻轻笑了，又溶于夜色，仿佛不曾存在过。

千古爱恨似江流，谁能安然稳泛舟？

他若想起她，也不必抱愧当时承诺太重，聚散无常，怨谁错。

闺中少女，早已走出前世危楼，也无怪乍暖还寒，自知天意冷暖，辗转过一年又一年。

听说最后，她一个人活了很久，活到七十一岁。

不知她走的时候，会不会恨韶华悠悠，恨前尘往事，欲说还休。

后来呵后来，已过了许多春秋，多少番雨疏风骤，海棠花还依旧，"点绛唇"的爱情再不会有，只记得当年，那绿肥、红瘦。

辛弃疾：留你眉目作河山

依稀记得，她嫁与他时，是一个花香浓郁的春天。

那年，灼灼桃花开了十里；那日，花嫁红装长街绵延，放铳，放炮仗，大红灯笼开路，一路吹吹打打，锣鼓喧天，马车从街头排到巷尾，沿途树上都系着条条红缎带，涌动的人流络绎不绝，比肩继踵。

一道道俗礼，在通赞一声声抑扬顿挫的语调中如序进行。好不容易挨到礼成后，她透过喜帕，看见红暖新房内绣花的绸缎被面，寓意着"合好百年""早生贵子"的红枣、花生、莲子、桂圆，铺了一层层，撒了一圈圈。再后来，便看见那双黑靴渐渐走近，眼前人踟蹰了一下，很快便把她盖头一掀，搭在床檐。

挑起帕子的那刻，她对上一双清澈的眼。

眸中带笑，眼光有棱，似是照映一世之豪；眉峰如聚，肩胛有负，宛若荷载四国之重。

分明是历经诸多世事的男子，同她一般，也已二十六岁的年纪，眼眸还能澄明如许，实属难得。

虽然此前他们几乎素未谋面，可对他，她并不陌生。

【一】

范如玉第一次瞧见辛弃疾，也不过几年前的光景。

彼时，她正与父亲于后院花园对弈。父亲自金国内乱时，率众大开蔡州城门，迎接王师，并率全家南徙驻家京口后，便少有这般闲情逸致的时刻。

她棋艺不算精，很快输了。

父亲赢了棋心情不错，笑着安慰她："收拾旧山河，朝天阙。"

不待她答，下人仓促来报，辛小将军登门拜访。

父亲明显面露喜色，一面整理衣衫，一面起身往外匆匆去迎了。

辛小将军，她是知道的。

洪流乱烟，荒芜世道，他和父亲一样，是南渡归正的"归正人"身份，是主张收复失地的抗战派。其实无论是父兄闲谈，还是坊间闲话，每每总能听闻他的传奇。

听闻他为将，曾冲锋陷阵，勇擒叛徒于万军之中。

听闻他为官，曾指挥若定，有生斩贼寇取城之功。

听闻他少年传奇，才兼文武，智略无前，平生以气节自负，功业自许。

父亲更是日日将他挂在心间、口上，每每提及，仿佛相见恨晚，俨然莫逆之交不可忘。

她记得，那日，他身着及膝窄袖袍衫，腰束淡青革带，足下一双黑色短靴，迎着淡金色的日光，看不清脸上神情。

那时初遇，她见他偏过头去和哥哥低语，在那日光里的侧脸，穿过重重纱帘，透着一种轩昂的风流。

后来她才看清楚，在那半明半暗的光影里，他们坐的，是白骨成堆，守的，是浩浩山河。

南宋绍兴十年（1140），距靖康之变、北宋颠覆、金国旌旗插上这片土地，已十四年。

当年，君王沦为阶下之囚，百姓纷纷南下流亡。而这一年，两军再度开战，占据上风的南宋却在秦桧主持下主动议和，割地赔款，俯首称臣。

当声吞气忍成为习惯，久而久之，奴颜婢膝便也会理所当然。

于是乎，高呼着"靖康耻，犹未雪。臣子恨，何时灭"，一心收拾旧山河的岳飞父子的鲜血，也可以作为牺牲和交换，换来暂时的苟安。

山外青山，楼外重楼，熏风送暖的西子湖畔，歌女还在唱着教坊曲名，浓墨重彩，华服鲜衣，莲步打个旋儿，身姿稍斜间水袖便遮了半面……

好一派歌舞升平，永无止休的笙歌曼舞，永夜不尽的趣闻闲话。

只是，不过是虚假的繁荣，粉饰的太平。

无数达官显贵被淫靡暖风熏得如醉如迷，忘却了家仇，抛却了国恨，仿佛只要把杭州当作故都汴州，便可终日心安理得地纵情声色，寻欢作乐。

好在，风雨如晦，污浊之世，亦不乏心怀大义的仁人、未忘国恨家仇的志士，或心系故国忍辱负重，或挽狂澜于既倒，或扶大厦于将倾，哪怕只是螳臂当车，孤身鏖战。

一如她的父亲和哥哥，一如辛家——他的家族。

【二】

黄昏时分，雕花灯笼被夜风吹得打转儿，一圈，一圈，绕过去，兜回来。

灯影晃动，交织如幻，仿佛回到了辛家祖宅。

她虽从未亲身到访，可那里有后来他亲口给她讲述的关乎他的前尘过往，祖祖辈辈。

山东济南，四风闸村，地处小清河畔，一片平川，秀丽风光，辛家便曾居于这平川之上。

当初，靖康之变后，大家世族多随宋室举家南渡。而辛氏一族人口众多，拖家带口流徙的速度如何比得上金人的铁蹄狂奔？加之他父亲体弱多病，经不起舟车劳顿，无奈之下，为免受流离之苦，辛家留守在了被金占领的国土之上。祖父辛赞几经思量，为保全家人性命，接受了金国授予的官职。

中原人在金朝做官受尽排挤，身在金营心在宋，许是想着有朝一日，也能够像勾践那般卧薪尝胆，血洗辱垢？

那年五月，辛家又迎来一声男婴的啼哭——那是他生命的起点。

祖父为他取名"弃疾"，即"去病"，有比拟"霍去病"之意，望其身体康健，万事顺遂，也能像霍去病击退匈奴那般"封狼居胥"，为大宋一统山河。

只是，霍去病得幸，生于盛世，得遇明主，千里马得见伯乐，何等难遇难求，可在如今这荒芜乱世之中，犹可得乎？

落日塞尘起，胡骑猎清秋。

当金人的铁骑踏破本就疮痍满目的山河，卷起滚滚尘烟，强取豪夺之后只余哀鸿遍野。多少如他一般的孩童稚子，生于沦陷之地，本是大宋子民，初初降临，目睹的却是家人同胞在金人统治下受尽苦楚，饱尝屈辱。

他出生没几年，父亲因病溘然长逝，祖父寻得名士刘瞻授他以文，自己则亲授他种种武艺，带他四处游历。小小年纪，他看到的，是以前皇宫凝碧池中，亭台楼阁已成残垣断壁，狼藉一片；听到的，是祖父每到一处都不忘告诉他江山原本的面貌，这大宋河山只是暂时沦丧，迟早要归还。

一如许多年后，他还记取的那个登高望远的下午。

风急天高，萧萧落木。

年幼的他只是定定地看着祖父眼眶泛泪，遥遥指画，那只常牵着他的手紧握成拳，半晌，最后只道句——此生最大心愿不过：九州同一，吾民归一。

她盯着门前那雕花灯笼瞅了会儿，一时竟分不清此际是梦是醒，是昔是今。

他离家前说的那句"等我回来"好似还在耳畔，沉静的嗓音似夹杂着塞外的风沙，让她不禁遥想，其实，或许在他手植的那株槐树下温书时，在日日熹微的晨光中舞剑时，他心中盘桓着的，不过同一声音：驰骋疆场，收复河山。

正这样想着，家中小厮却道有家书一封，是将军有书信送到了。

新婚不久，他便被派往前线征战。此地一别，孤蓬万里。

世上何来从天而降的英雄，只有挺身而出的凡人，纵他再骁勇善战，到底血肉之躯。她难免心忧惆怅，却也深知，在家国大义面前，儿女情长自当避让。

许久未听得他消息，信纸拿出，她竟迟迟不敢打开。

在手里握了许久，手指沿信纸的折痕，一遍遍地捋过，最后还是展开了。

> 云母屏开，珍珠帘闭，防风吹散沉香。
>
> 离情抑郁，金缕织硫黄。
>
> 柏影桂枝交映，从容起，弄水银堂。
>
> 连翘首，惊过半夏，凉透薄荷裳。
>
> 一钩藤上月，寻常山夜，梦宿沙场。
>
> 早已轻粉黛，独活空房。
>
> 欲续断弦未得，乌头白，最苦参商。
>
> 当归也！茱萸熟，地老菊花黄。
>
> ——《满庭芳》

是首小词，只此而已。

没有情深似海，没有肝肠寸断，可好在，也不是边境告急，战火绵延，她悬着的心，终于落定。

细细读来，只觉交集百感，原来他同她一般离情抑郁，正如他知她懂得词中意趣。

云母、珍珠、防风、沉香、郁金、硫黄、柏叶、桂枝、苁蓉、水银、连翘、半夏、薄荷、钩藤、常山、缩砂、轻粉、独活、续断、乌头、苦参、当归、茱萸、熟地、地黄、菊花……

他将二十六味药草名穿插其间，皆是字面含义，却是在诉说着对家中的她的思念。

她蓦地想起，与他相遇，恰是在二十六岁那年。

日光透过重重纱帘，她对上他的一双澄澈眉眼。

铁骨柔情，动人之处亘古不变。

他虽不惧明枪暗箭、刀尖喋血，可无论是英雄还是凡人，夜阑人静里，都难免泛起思归之念，毕竟或许上一刻还是兵戎交接，下一刻，也许便是死生未卜。

可那一双千军万马中，擒王夺帅如探囊取物的杀人之手，为她写下了悱恻情书。

不过寥寥几句，却如蚕作茧，将她困在了他的字里行间。

山长水远，车马缓慢，她只能反复读着那封信、那首小词，仿佛他还置身于家中书房、她的身旁。

灯火遥遥，他人很近。

窗边的竹帘，被风吹着，啪嗒啪嗒地敲着窗台。画眉鸟在笼子里扑棱着，啄一口水，啄一口食。下人在喂鸟、研磨、煮茶。

据说，她抚着信上那句"当归也"，独自想了会儿，提笔，立身桌案旁，给远在沙场的他回信：

　　　　槟榔一去，已历半夏，岂不当归也。

　　谁使君子，寄奴缠绕他枝，令故园芍药花无主矣。

妻叩视天南星，下视忍冬藤，盼来了白芷书，茹不尽黄连苦。

　　　　豆蔻不消心中恨，丁香空结雨中愁。

　　　人生三七过，看风吹西河柳，盼将军益母。

槟榔、半夏、当归、使君子、刘寄奴、芍药、天南星、忍冬、白芷、黄连、豆蔻、丁香、人参、三七、西河柳、将军、益母草……
不能相见，便以家信寄相思，如他一般，中药为引，倾诉离情。

换你心，为她心，始知相忆深。

他曾说他理想的爱情，要有西施舍身救国的大义和遁世归隐、荣
辱与共的高情，而她，又是在何时认定？

是在初见的庭院，抑或大婚之夜，还是收到那封家信之时？

她不知道。

只是，自此山河动荡，风雨不弃。

【三】

坊间有言，他是杀伐果决的英雄，铁骨铮铮，却也是多情浪子，
流连于"红巾翠袖"，选歌征舞，也曾惹得无数女子为之倾倒。

如此种种，她并非不知晓。

淳熙五年（1178），他调任大理少卿，途径池州东流县。忆及多
年前于此地曾偶然结识的一位女子，而今故地重游便特去寻访。

正是晚春时节，东风惊梦，春冷似秋，而曲岸垂杨，宛然如旧。

他遍寻大街小巷，仍旧未果。许是触景生情，萌生悲凉之感，写
就一篇《念奴娇》：

野棠花落，又匆匆过了，清明时节。

划地东风欺客梦，一枕云屏寒怯。

曲岸持觞，垂杨系马，此地曾经别。

楼空人去，旧游飞燕能说。

闻道绮陌东头，行人长见，帘底纤纤月。

旧恨春江流不断，新恨云山千叠。

料得明朝，尊前重见，镜里花难折。

也应惊问：近来多少华发？

念奴娇，得名于唐代天宝年间一位名为念奴的歌姬。就词牌缘起而言，娇艳是此调本色。就词调声韵而言，却是激越凄壮。

这才是他，绝少写个人情事，偶一为之，也带击节高歌的悲凉之气，少有婉转缠绵之意。

一如坊间所言，待风尘女子亦彬彬有礼的他，在一桩桩香艳传闻中，虽负心薄情却又不寡义，但凡女子提及他，也尽是赞言，竟无半句恶语。

只是当年，他还未淡了雄心，不能说春风得意，到底峥嵘意气，一心志在天下。

再回首，经过旧地，却已是年近不惑，忆起当初，看似洒脱，实则前尘往事欲休还说。如今再次经过旧地，忆起当初，看似洒脱，实则五味杂陈。

后来，她无意间读到之时，也不禁想，旧恨如春水一去不返，新愁如重叠云山，那假如人生重来一次，历经半生戎马的他，还会不会再一次选择把盏话别之后，毅然决然奔赴远方？而那个曾经为他曲岸持觞、垂杨系马的女子，又还会不会等在灯火阑珊处，抑或，即便过往推倒重来，也只能一杯薄酒，祝他仕途坦荡？

自古以来，史册之中，女子向来寥寥，名姓更是大多湮没无闻。

而她无从得知那位佳人生平，只听闻是风尘女子、歌女、官姬，抑或某位才情女子。

人生难测，谁人能苛责谁情薄意短？

多情自古伤别离，日子总要继续，再怎样难舍难离，也只能目送飞鸿，断鸿声里。

就像他十六七岁之时，也曾在家中安排下，与曾任知南安军的赵修之的孙女赵氏，喜结连理。本也是门当户对的好姻缘，只是那一位福泽稀薄，在他南投后不久便去世。作为他原配发妻，只余下一个模糊姓氏，留在冰冷的石碑上。

无论如何，都是些透骨丹砂般的往事了。

【四】

相逢相知本无意，乱世最难相许。

他们已然是十足幸运：门当户对，有父母之命、媒妁之言，有灼灼桃花开了十里，好听的词儿簪花般往他们身上插，是得到全世界祝福的贤伉俪。

虽然家中亦不乏舞女歌姬，什么田田、卿卿……蜂围蝶绕，燕燕莺莺，但对作为结发之妻的她，他始终保持着敬珍之心。

世间最难得，不过倾盖如故，亦能白首如新。

于她而言，既已嫁给了他，便是全心相托。

他在战场挑灯看剑，她便教子识得何是家国正义。

他在朝堂争取分寸抗金之机，她便夜里与他共讨战机政治。

他被贬官，"茅檐低小，溪上青青草"，她便守着厨房，洗手做羹汤。

岁月迢递，于寻常女子而言，这种到底衣食无忧、琴瑟和鸣、细水长流的日常，未尝不是时光的馈赠，她亦深知自己的幸福。

可于他，始终是心有遗憾的吧。人皆道：稼轩雄才，如鲸吞海，剑有杀气，词有柔情。

的确，他写过无数词作。可她知，他心中最想写的，不过一阕故国统一而已。

作为辛家唯一的嫡孙，他自幼背负的，是祖父终其一生未能实现的重返故里的夙愿，那信念，深深镌刻在他骨血里。自幼时苦学星象八卦、列兵布阵、奇门遁甲，不过望着有朝一日，提笔安天下，马上定乾坤。

虽然后来他鲜少提及，可她总忘不了，那段关乎他的鲜衣怒马的曾经。

须知彼时少年何等传奇，何等潇洒肆意。

他亲率辛家子弟等两千人，举起大旗，奋起抗金之时，年仅二十一。

渡江之初，甫一加入当时最大的起义军耿京的队伍，便身任掌书记一职，掌管将帅之印，运筹帷幄之中，挥毫桌案之上。

再后来，更有赤手领五十兵士，趁夜色千里奇袭，冲入五万敌军中，于千倍敌阵里生擒叛徒之壮举，震金人肝胆，壮宋人声威。

也许，他也曾在某次战役小胜后登上城墙，笑望那艳阳下，彼时的汴京。

那双眼睛在日光下，是退散了所有的杀伐决绝之后的淡然，一如当年，清澈如水。

是了，其实，他心之所求，一直未变，哪怕是到如今。

【五】

其实，文武皆颇为出众的辛弃疾在金国已小有名气，却并未出仕，反借祖父去世之机，披坚执锐，秣马厉兵——这是英雄的选择，却也是一条鲜有人走的路途。

属于他的男儿意气，她从来都为他骄傲。

只是，政治云谲波诡，世事总是难料。

当他押着叛徒回到建康，未有封侯之赏，反因出身金国、南渡而来的"归正人"身份颇受猜疑。他在南宋无依无靠，无权无势，无家无业，且有金人刺杀之危。纵他再有领兵之能，也未被予以掌兵之权，一再被冷落闲置。

这一闲，便是多年。

淳熙九年（1182）之前，他辗转地方闲职，历任江阴签判、建康通判、江西提刑、湖南安抚使……

强敌压境，国势日衰，生气消沉，可朝廷偏安一隅，沉湎享乐歌舞，百官皆无收复之心。他力主抗金，支持北伐，屡屡上奏言事，写《美芹十论》，书《九议》，明治乱之道，陈攻伐之术，却均未被采纳。

多少人，如他般，欲补天穹，却无路请缨。

一个有使命、有担当之人难容于世，不是个人的遗憾，而是时代的悲哀。

好在，他治理民生政绩出众，任职一方便造福一方。

可是啊，那又如何呢？

纵是政绩突出，战功赫然，他的武略也无处施展，他的文韬也只能寄于词章——

"君恩重，教且种芙蓉。"

"二年鱼鸟江上，笑我往来忙。"

"莫说弓刀事业，依然诗酒功名。"

"追往事，叹今吾，春风不染白髭须。却将万字平戎策，换得东家种树书。"

岁月在他书案的一张张笺纸里增厚，她知道，他一直在等，等有朝一日北伐提上日程，等从容帷幄去，整顿乾坤。

可惜，事与愿违。他未能等来一纸出兵诏书，只等来多人联名上疏——说他"用钱如泥沙，杀人如草芥"……

如此种种，事修而谤兴，德高而毁来，他终因朝中佞小排挤一贬再贬，最后遭谗落职，削职为民。

空有吞吐八荒之概，而时不他待，至此，鲸饮未吞海，剑气已横秋矣。

【六】

十数载年华闲居乡下，一腔热血英雄空蹉跎，转眼半生已耽。

削职之后，赋闲在家的他，携她于信州修建带湖新居，取名"稼轩"，自称"稼轩居士"，道是："人生在勤，当以力田为先。"

当一次次上书谏言石沉大海，他好像终于明白，再如何满腔热血，也不过是他一个人的豪情，掀不起任何风浪。

自隐退后，他常邀朋友小聚喝酒，聊表慰藉。也常和她以诗词歌赋唱和应答，犹如神仙眷侣，如影随形。他总说小酌三盏两杯，却每每大醉酩酊，分明借酒浇愁。虽为习武之人，只是，人过中年到底不比年少恣意，多饮终究伤身害体。而她对此深感忧心，虽苦心劝解不宜贪杯，却是几次三番，依然故我。

那日，他照常受邀外出，之后却是大醉不知归路，一身酒气地被人放在车上倒着拖回，孩子们亦围着笑他醉态。

她见状，心中难免不快，却又知他心中苦闷，心记君父之仇，胸怀亡国之恨，岂能忘之。

她能做的，不过是替他掖好被角，把他额前滑落的几缕发理到眉后。

指间到处，现出数根白发，若隐若现，过去从未见过。

竟是时催少年老，一朝鬓霜白……

风雪依稀秋白发尾，灯火葳蕤，揉皱谁眼眉？

她看着他的白发出神，他并未察觉，俨然睡熟了。

次日醒来，甫一睁眼，他便见碧纱窗上满是纸张，倾身细瞧，才发现，熟悉的娟秀字迹，尽是她题写的劝酒惜身的诗词小令。他大笑，转身，只见她立于身后，喜怒不辨。他明白她用心良苦，当即满脸歉意，带着残余的酒意铺纸挥毫。手腕用力，笔锋流转，挥笔立就，微笑着对她招手，待她近前，递与她。

她在他的目光里，缓慢地展开了那张纸——

昨夜山公倒载归，儿童应笑醉如泥。试与扶头浑未醒，休问，梦魂犹在葛家溪。千古醉乡来往路，知处，温柔东畔白云西。起向绿窗高处看，题遍，刘伶元自有贤妻。

他填的《定风波》，顺着她题的“刘伶病酒”，将她比作刘伶之妻。

那位西晋酒徒，饮酒过度成病，仍向妻子求饮，妻子捐酒毁器，以劝止之。刘伶却谓当祝鬼神而后戒酒，令妻子摆酒置肉，而后跪而祝祷：天生刘伶，以酒为名。一饮一斛，五斗解醒。妇人之言，慎不可听。

"依我看，夫人之言，不可不听，"他瞧着她，"得妻如此，夫复何求。"

闻言，她不由莞尔，眉眼终于舒展。

日光透过纱窗照在俩人侧脸，有些煌煌。

婚后第二十三年，他们在带湖同办寿宴，同喝寿酒，同心同德，发誓永不相离。

他为她贺寿，写了一首《浣溪沙·寿内子》：

寿酒同斟喜有余，朱颜却对白髭须。两人百岁恰乘除。
婚嫁剩添儿女拜，平安频拆外家书。年年堂上寿星图。

此时她和他一般，都已年至半百，他却道她仍是"朱颜"，不过戏说而已。只是到这般年纪，他知她最希望得到的，不过阖家平安，共享天伦。

于是下阕，他用最质朴的词句，送上最平凡的贺词——年年有今日，年年都能收到儿女们报平安的书信，年年都能坐在高堂上受儿孙的拜贺。

说来，这一首词在他众多作品里水平不算高，却令她不由失笑。

他一向爱用典故，这首却只字未提，词风也一改往日沉郁，全无豪放之风。她问他为何。

"夫人面前要什么豪气，要什么傲气？"他如是答。

如是，生生令她蓦地热了眼眶，心头微微酸胀。

外间庭院里，儿孙们还在嬉戏，所有欢声笑语都像隔了一层水雾，再听不分明。

【七】

往来事，老生也不必常谈。

她先于他走到人生尽处时，并未流泪，没有不甘。人生至此，对聚散离合早已深谙，想来这一程，已是胜似传奇的白头蹒跚。若说尚感几分凄然，也不过是深惋，身侧之人风去雨来，襟抱未展。

余下的，则是些她无法知晓，于后人，却耳熟能详的斑斑青史。

据说，后来稼轩遣散家中一众侍妾，清净度过了人生最后的十年。六十四岁时，再起为浙东安抚使、镇江知府，不久再度罢归。待到真正兵败如山倒，朝廷终于想起稼轩这位已六十八岁的旧臣孤老。

然而，当那封迟发了多年的北伐信函终于署下落款，一切已然太晚，任命到达时，稼轩早已老迈在床，病入膏肓。

那是开禧三年（1207）九月初十夜，已经昏睡了很久的稼轩睁开眼，看了眼墙上古剑，喊了几声"杀贼"！

而后，一切归于沉寂。

南归多年，那是稼轩第一次距离运筹帷幄、决胜沙场的大将军那么近。原来，二十年饮冰，热血难凉。只是，有心杀贼，无力回天。

稼轩去世时，家无余财，仅遗诗词、奏议、杂著书集，葬于铅山县南十五里阳原山。

在这样的王朝中，在注定的消亡里，他这一生，究竟值不值得？

自二十一岁举兵起事、渡江来归，只盼戎马疆场，荣归故里。最后却在漫长的岁月里蹉跎了青春、虚掷了热情，由英雄而闲置成词客，到死也没等到那一天——"收拾旧山河，朝天阙"。

"男儿到死心如铁。看试手，补天裂。"这理想终归于幻灭，空悲切。

若得时光流转，不如回到二十六岁那年。

那年，他和她堪堪初见，人称一声辛小将军，一切还是充满希望、明媚鲜妍。

那时，东风夜放花千树，宝马雕车香满路，连天花灯，火树银花，光影流转，仿佛天上街市，是眼花缭乱的欢腾……

至于后来，朝堂之上，有人流芳，有人流亡，千人千种模样，故事依旧浩浩荡荡，人间依旧熙熙攘攘，独他还在醉里梦回疆场，候在旧城墙，看昏昏斜阳，千场万场。

千年万年后，谁还记，他浩然肝肠，记他眉目，尽做河山？

汤显祖：但使相思莫相负

【步步娇】袅晴丝吹来闲庭院，摇漾春如线。停半晌、整花钿。没揣菱花，偷人半面，迤逗的彩云偏。步香闺怎便把全身现！

【懒画眉】最撩人春色是今年。少甚么低就高来粉画垣，元来春心无处不飞悬。哎，睡荼蘼抓住裙衩线，恰便是花似人心好处牵。

【醉扶归】你道翠生生出落的裙衫儿茜，艳晶晶花簪八宝填，可知我常一生儿爱好是天然。恰三春好处无人见。不堤防沉鱼落雁鸟惊喧，则怕的羞花闭月花愁颤。

【皂罗袍】原来姹紫嫣红开遍，似这般都付与断井颓垣。良辰美景奈何天，赏心乐事谁家院！朝飞暮卷，云霞翠轩；雨丝风片，烟波画船——锦屏人忒看的这韶光贱！

【好姐姐】遍青山啼红了杜鹃，荼蘼外烟丝醉软。春香呵，牡丹虽好，他春归怎占的先！闲凝眄，生生燕语明如翦，呖呖莺歌溜的圆。

【山坡羊】没乱里春情难遣，蓦地里怀人幽怨。则为俺生小婵娟，拣名门一例、一例里神仙眷。甚良缘，把青春抛的远！俺的睡情谁见？则索因循腼腆。想幽梦谁边，和春光暗流转？迁延，这衷怀哪处言！淹煎，泼残生，除问天！

【山桃红】则为你如花美眷，似水流年，是答儿闲寻遍。在幽闺自怜。

【画眉序】好景艳阳天，万紫千红尽开遍，满雕栏宝砌，云簇霞鲜。督春工连夜芳菲，慎莫待晓风吹？为佳人才子谐缱绻，梦儿中有十分欢抃。

【滴溜子】湖山畔，湖山畔，云缠雨绵。雕栏外，雕栏外，红翻翠骈。惹下蜂愁蝶恋。三生石上缘，非因梦幻。一枕华胥，雨下遽然。

【山桃红】这一霎天留人便，草藉花眠。则把云鬟点，红松翠偏。见了你紧相偎，慢厮连，恨不得肉儿般团成片也，逗的个日下胭脂雨上鲜。是那处曾相见，相看俨然，早难道好处相逢无一言？

——汤显祖《牡丹亭》

衣桁前，妆阁畔，画屏间，日暖玉生烟。

花影映纱窗，香闺起早的丽娘，无意懒梳妆，双鬟斜插倒犀簪，拖带着春香遣闷，后花园里游芳。

池亭俨然，挨过雕阑，转过秋千，揣着裙花展。一径行来，眼见得残红满地，唯有荼蘼，开得美满幽香，依依可人——已是春日的末梢了。

念及昨日夜间梦寐，隐隐约约，不知何人来入梦？

不是前生爱眷，又乏平生半面，却无端惹得她心意牵。

小庭深院，忽的一枝荼蘼绊住衣袂，回头似见那梦中人，绸缪顾盼，如遇平生。

闺阁女子，原为寻梦，却不料自此坠入春梦里。

梦里有良辰美景奈何天，有花花草草由人恋，有春心无处不飞旋，有白胡子的老先生还在咿咿呀呀，念什么"关关雎鸠，在河之洲"，还有……

【一】

邂逅柳梦梅的时候，她还不知他名姓。

　　只觉他长身玉立，浓浓书卷气，在春日的细微晨光里，惹得人挪不开眼。

　　她可是大家闺秀，南安太守杜宝的女儿，从小锦衣玉食，被捧在手心，这天下的琳琅物什，什么没见过？

　　可他，就那样，拿着一枝折柳，微笑着向她走来。

　　他生得那样好看，让她甚至忘记了躲避。

　　她忽然就想起父亲请来给她讲学的那个白胡子老先生，那日给她讲《诗经》。

　　而那时，她的心思如春天园子里的鸟雀，不知飞到了哪里。

　　想来，或许，当真是，窈窕淑女，君子好逑？

　　只是，待一觉醒来，方知是南柯一梦。

　　她坐在梳妆台前，看着前一夜的沉香的烟柱慢慢燃烧殆尽，消逝成青烟。绣线还抛残在案，一团乱麻，如她的心思一般，怀着少女春愁。

　　究竟是谁点了鸳鸯谱，让她的心，乱得这样一塌糊涂……

　　此后，她又为寻梦，到牡丹亭。

　　精心梳妆打扮，那美艳晶亮、翡翠装饰的花簪还戴在头上，衫裙用料是上好的绫罗锦缎，但其实，她内心最偏爱的是不加粉饰的天然。只是这质朴的天然，如同这春日的美景一般遭逢冷落，无人观赏。

　　一步步，小心翼翼探，莲步轻缓，生怕踩在那花花草草上边。眼见得春日庭院里百花争艳，姹紫嫣红开遍；见得那金粉的画廊长又长，池塘布满了绿色的青苔；见得那柳丝袅娜飘扬，春光如线。

　　曾经，便是这如线春光将她拉到外面，看那高处云霞舒卷，风吹开云，一片片，看看那雕花的画船笼着雾面轻烟……

　　如今，这良辰美景奈何早已看遍，可梦中的他，迟迟未出现。

　　渐渐，这思恋成了心头之疾，一病不起。用尽人间的药石，难解人间的相思，最终她抱憾而死，化为芳魂一缕。

后来的后来，她死死生生，兜兜转转，终得与梦中的人，结成人间眷侣。这一折《牡丹亭》的故事也终得以圆满结局。

身为看客，沉浸在杜丽娘的春闺梦里不愿转醒，为她和柳梦梅这一出为情而死，又因爱而生的还魂梦，感动不已。

殊不知，相比于故事里的美好结局，现实往往大相径庭，不知残忍几许。

一如造就了这一出千古传奇的汤显祖本人，亦未有此种幸运。所以，世人皆悲《牡丹亭》，半夜谁怜吴玉瑛？

关于她和他的故事，还要从很久很久以前说起。

【二】

明朝嘉靖四十二年（1563），癸亥。

礼部官员吴长城，携带幼女吴玉瑛，来到临川。

临川自唐宋以来，耕读两旺，学馆遍立，因崇文重学而教育昌荣，科举俊彦成族群涌现，名儒巨公彬彬辈出，彪炳江右，誉满域中。

原本，他们此行只为拜访同乡好友——当时正于临川县拟岘台下一所私塾之中任教的徐良傅。可或许，相逢相识本无意，冥冥之中，自有天意。

人世间的种种因缘际会，都是有意无意里，才促成的佳话一起又一起。

彼时的汤显祖便在此就读。

对于有天资之人而言，光华自幼已是难掩。一如才华横溢的汤显祖，私塾乡里，素来出众，颇受师长欢喜。

徐良傅一向对自己这一门生颇感得意，于是与好友闲谈之中也多有提及，唤他前来的时候，也不吝赞誉。

吴公一听难免好奇，一见果也难掩惊喜。

彼时，汤显祖不过十四岁的年纪。

小小少年，立于堂前，容颜如玉，身姿如松，气宇不凡。

想来，他自五岁进家塾读书，十二岁能诗，十三岁师从徐良傅学古文词，十四岁之时，便是秀才，补县诸生。

按此才学，假以时日必定在仕途之上可望拾青紫如草芥。

然而，更令人属意之处或许在于，众人口中好听的词，簪花一般，往他头上插，他却依旧能进退有度，温文有礼。

吴公看看女儿玉瑛，又看看他，心里乐开了花。

身为人父，自当为这膝下爱女，觅得一位良人。

虽只有十岁，不谙风月的娃娃，对新鲜人物也到底好奇。她被唤来见面，怯怯地躲在父亲身后，细细觑着。

这个眉清目秀的小公子，着了青衫，同长辈们聊天。他们谈笑风生，她听不太懂，可大人们好似极喜欢他。

彼此见过后，她先行起身告退，却并未离开，而是悄悄地站在门外柱旁，只觉他从容应答提问的样子很是潇洒，不觉看了很久。

他转身出门发现了她，有些迟疑，向她友好一笑："哎，你还在这里呀？"

饶是不经意，到底让姑娘绯红了脸。

她仓促逃开，多像后来，他写的那《牡丹亭》里，咿咿呀呀咿咿，"情不知所起，一往而深"。

【三】

千重山，万重山，山高也挡不住那万里姻缘一线牵。

如此，两个十来岁的娃娃，便在两个大人的穿针引线下，于鸳鸯谱上纠缠得一塌糊涂。

他一见钟情，她一见倾心，只是，当时俩人尚且太小，还未到嫁娶的年纪。

可是，当生命中出现那个惊艳了岁月的人，漫长的光阴也不觉沉闷，总有人愿意等，等着把故事写成他们。

这一等就是六年。

在此期间，汤家不乏有人上门提亲，有些富贵人家甚至强行求娶，但都被汤显祖以"心有所属"之言，一一回绝。

这一生，原本皆为一个人，只有彼此都坚持厮守，他们才能走过万丈红尘，不惧有世间离分。

多幸运，那年，他英俊年少，才气非凡，她知书达理，兰心蕙质，可谓才貌相当。

更幸运的是，两家父母也都乐见其成，可谓门当户对。姻缘天定，佳偶天成，便是如此了。

于是，这段缘分没有人转身，誓言扎了根，他们是彼此的命定之人。

一如那时，她也小小声，拉着手，在默认。

隆庆三年（1569），汤显祖年满二十，行了弱冠之礼；吴玉瑛十六岁，刚过及笄之年。

这年腊月初四日，两家热热闹闹地为他们办了成婚大典。

华堂异彩，宾客两厢，看此日桃花灼灼，宜室宜家；胜友如云，高朋满座，看两姓联姻，一堂缔约，良缘永结，匹配同称。

汤家请来了周孔教和饶仑作为他们的傧相，二人大汤显祖两三岁，都是人品端正、才气过人的青年，与他一直交情颇深。

他等待多时，好似比这六年都更为缓慢，好似等待了一生那么漫长，终于得以在高燃的龙凤喜烛里，在众人一声声的拜礼祝贺中，将那个他心爱的姑娘，迎娶进了家门。

梳妆、出门、迎宾、敬酒、撒帐、解缨，结发……待一道道繁复纷杂的俗礼结束，他和她的手，终于牵在了一起，温热的触感，有微微细汗。

那时，他牵着她的手望过去，心里想着，他和她，终于走到一起。

红色的喜帕之下，她有没有哭呢？

云幕渺渺，天地为证。

自他十四岁，而她十岁那年，赤绳早系，姻缘早定。

想来，从他们命运的红线牵扯交织，到如今得偿所愿，皆为命运的宽宏恩赐。

自此之后，便是真正的缔结良缘，订成佳偶，愿此生白首永偕，花好月圆，一缕青丝一生珍藏。

【四】

太多故事里，都有着仿佛命定的偶然相遇：四目相对，一见钟情；或是目光躲闪，心之所往。

无论是《牡丹亭》里杜丽娘和柳梦梅的今生前世，还是现实里的汤显祖和吴玉瑛的情定终身，都不过因为第一次对视时，那人眼神太明亮，遮蔽了日光，仿佛凝滞了流动的时光。

而那亮眼的部分，恰是爱情如梦的模样，像覆着白纱的月光，朦胧地发出召唤，唤出心上之人，造出梦之倩影。

成亲之后，终得圆满的汤显祖心系之事，便是在学业上有所成就，考取功名，光耀门楣。

那时的他，经常与好友饶仑在书馆宿夜读书。寒来暑往，朝晨暮昏，夙兴夜寐，靡有朝矣。

在婚后的第二年，他以江西乡试第八名中举，接着而来的京试考进士，却是历经坎坷。

后来，他参加了一回又一回考试，却是处处失利，次次碰壁。

多少人叹半生浮名只是虚妄，可有才的或庸常的都在理直气壮，谁能说完全不在乎，一点儿没期望？

遭逢如此境遇，满腹经纶而又无用武之地，再平和、淡定的心境，也难免陷入自我否定，惆怅失意。

其实各种缘由，倒也心知肚明。若说前两次是因他所作诗文不符考官要求，故而连续落第，后来则是无端非难，实乃无妄之灾。

彼时，汤显祖的声名早已远播京城。

众人的口中，他才气非凡，不仅于古文诗词颇精，而且上通天文地理，下晓医药卜筮。且不论他出身书香门第，祖上四代出过满腹经纶之学者，单凭他二十一岁便中了举人，史上已是鲜有人及。

可那又如何呢？多少才高于世之人，难敌权贵朝臣翻手为云，覆手为雨。阶级分明的王朝里，要想凭借一人之力，身登青云之梯，需要付出多少努力，需要得到命运怎样的垂青？

当时，跟随整个社会一起堕落的科举制已是腐败透顶，考试不过是上层统治集团营私舞弊的工具，成了确定贵族子弟世袭地位的骗局，所谓"以才学论人"的时代早已成为泡影。

纵是满腹经纶如他，在如此情势之下，何来用武之地，又何时能等来出头之日？

彼时，当朝首辅张居正一人权倾朝野，几近只手遮天。万历五年（1577）、万历八年（1580）的两次会试里，便意欲安排自己几个儿子取中进士。为遮掩世人耳目，便想找几个有真才实学之人，作为陪衬。当打听到当时最有名望的举人莫过于汤显祖等人，便派人去笼络他，声称只要他愿意合作，便许他金榜题名。

以宰相之威势，加以令诸多人梦寐以求的诱惑，有人毫不犹豫地应允，轻而易举地出卖自己。

他却不为所动。作为一个正直的读书人，他憎恶这腐败之气，先后两次拒绝招揽。当他在那场筵席上掷地有声地说出那句"不敢从处女子失身也"之时，他便知，出了这个门，便是前程惨淡，前路渺茫。

果不其然，后来，他再次名落孙山。

或许，在张居正当权的年月里，他是永远落第了。

【五】

这天下，多少人，熙熙攘攘，皆为利来，纷纷扰扰，皆为利往。

而他，视风骨二字重逾千金。可为何总在盼望，总是失望，曾经年少的名扬，那些年轻的无畏，仿佛不过徒增了心头的悲怆，宛如一场孤芳自赏。

关山难越，谁悲失路之人？

然而，幸好还有玉瑛。

她理解他的选择，理解他面对唾手可得的功名，毅然选择守护气节的赤子之心。

平日里，她始终陪伴在他身侧，从未有过任何怨言，只是默默地操持着家中大小事宜，为他添补新衣，为他洗手做羹汤，相夫教子，红袖添香，让他得以安心治学。

所谓琴瑟和鸣，伉俪情深，便是如此了罢。

一日，天气清朗，他穿上新置的衣服鞋袜正待出门。

她恰好从廊下经过，见他整装待发，便问他可是又要同饶仑一起彻夜读书。

他回身，只见她站在门外，不知看了多久。

言语间，她继续笑着打趣："回来的时候，这崭新的衣服鞋袜，又要变成旧的啰！"

闻言，他不解何意，正了正头上冠帽，转头正欲细问，她已走了。

次日醒来，发现自己的新衣服被早起的饶仑穿走了，后知后觉的他，方才恍然大悟。

他穿着饶仑的旧衣鞋袜回到家中之时，她正伫立在雕花窗边，绣着新的帕子花样，眉目温柔，见他回来，笑了。

他见她看了一眼他身上衣鞋，想起她先前言语，不由也望着她，低头笑了。

人皆道汤显祖性情放达，举止潇洒，其实在这背后，是她知冷知热的妥帖周到。

每每在外，他总能在书箱之中，意外发现些许银钱。

那是她默默放在其中，让他以备不时之需的。

她总如此无微不至，细腻体贴。只是，她不知道的是，往往没过多久，他的书箱里便空空如也，那些银钱屡屡被饶仑拿去救济穷困的妇女老人。

他后来回来告知于她，原以为她多少会有些嗔怪于他，她却只是笑道："此人乐善好施，日后必定大贵。"

人生在世，其实到最后所求的，不过是寻得一位知你懂你之人，相伴余生的平凡喜乐。

其实有时看着她，会觉得，或许，此生上苍待他已然不薄。

若已满足，得妻如此，夫复何求？那么时光可否就此停留？

【六】

画屏韶光暗暗偷，当时只道是寻常，只可惜，好景不长。

接连而来的考试，以及次次考试次次落第的打击，使得他身心俱疲。而她，虽不言语，却也同样忧心不已，饱受折磨。

在他备考功名的这些年里，她为他生下了四个孩子，只是两女却不幸夭折。

白发人送黑发人，世间最哀苦不过如此。历经丧女之痛及生育之难之后，她的身体大不如前，却仍勉强悉心照顾着两个儿子，终于积劳成疾，加之家中不顺郁结于心，引起阴虚肺痨之疾，终日缠绵病榻，到后来，便是靠着汤药续命。

自古红颜多薄命，芳华正好的年纪香消玉殒的女子不在少数，无人可知，病中的她会想些什么。

也许，那时院内的栀子花开得正好。奶白色的花蕊沁着入人心脾的清香，她躺在床榻之上，眼巴巴地看向窗外。

他开始花大量的时间陪她，坐在床边看着她。可能是身体机能不断下降的缘故，她逐渐变得嗜睡。

有时他一待便是好几个时辰，读书、著文、用膳，通通在她身边。只是她迷迷糊糊睡着的时候，总感觉脸上湿漉漉的，不舒服。

有时他来，她正好醒着，她虽然也想见他，贪恋他怀抱的温暖，可又不想让他看见自己这副憔悴不堪的模样。身患重病的她，瞳仁依旧澄澈，眸光错落间，仍藏着一只久远的饮溪幼鹿，有时会笑笑，像是在说，你来了？或许，也会每每在见到他的那一瞬间，连日来强装出的坚强会彻底破防，会无所顾忌地大哭。

见她这副模样，他心中也会泛起细密的痛意吧？

她那么瘦了。

原本明媚鲜妍的人，瘦得只剩一把骨头，面庞苍白如残月。见他进去，她笑笑，张口想说话，却先呕了口血出来。

素衣开着红花，鲜艳得让人心惊。

她咳得似乎五脏六腑都已成破絮，呼吸都那么痛苦。他看着她苍白如纸的面颊，蹲下身，握住她冰凉的手，慢慢地给她梳理身体，抚着她的耳朵脊背，替她顺着气，自己心里却是又酸又疼，只觉得沧海桑田，莫过如是。

她原只道寻一个依靠，便能一辈子衣食无忧地活下去。如今才知，世事无常，还有病死这一条末路。她好像还未活够，好不容易熬过生育之苦，却缠绵病榻，油尽灯枯……

明明说好互相依靠，要白头偕老。

竟是不能了吗？

唉，是她福薄，旁人也为她抱憾。每每睡不着的时候，在闭上眼睛的一瞬，脑海里会闪过许多记忆，走马灯似的，像是这一生的缩影，充斥着悲喜哀乐万般情绪，最终归于他迎娶她的那日，她得知他们有了孩子的那日，或许她还能够亲眼看着他金榜题名的那一日……

后来，张居正身死，曾经依附之人也纷纷作鸟兽散。

继位的几位宰相，也曾许他以翰林之职位，请他入幕，但他都拒绝了，如当时拒绝张居正时一般无二。

她知道的，坦荡如他，矛盾如他，厌弃科举八股，深恶官场污浊，但又视科举为唯一出路。

这么多年了，他从未停止过提笔，从未放弃过入仕，修身、齐家、治国、平天下，是他的男儿意气。但他要的，不是卑躬屈膝，摧眉折腰换来的通天捷径，他要的，是辞金蹈海，是光明正大，孤标峻节如岁寒松柏。

万历十一年（1583），汤显祖终于得以癸未科三甲第二百二十一名，考中进士，仕途自此始。

这一年，他三十四岁。

很多年后，他再回想起这一年，有登科及第的畅然快意，有好友饶仑与他同举进士的欢喜。

但或许，他最深的记忆，始终停留在那个冬天，他再度准备进京赴春试的那个晨起。

冬日的熹微晨光里，她早早便起身，为他送行。

他惜她身子虚弱，不愿她费心劳神，让她继续卧床休息。

她却难得固执，强撑着起身，特地为他打来一盆热水，亲自为他洗足。

满满当当的清水在木盆中热气蒸腾，随着她的指掌左右晃荡，偶有水花溅出，湿了地面。

她口中分明字字句句柔声说着登科及第、如愿以偿的鼓励的话语，可有一刻，他分明瞥见，有眼泪，滴落盆中，稍纵即逝。

他道可以了，她抬眸道了声好，有些哽咽。

然后，他看见她眼圈上的红晕又深了一圈。

那几年，家中运势不顺，京试屡屡失利，又连遭丧女之痛，她已是幽思劳神，郁结于心。而他此番前去，也不知前路几何。

想来，似乎许久，都未见她真正舒心一笑了。

算来，她的意志力是强大的，即使沉疴难愈，仍能亲自为他添补冬衣，为孩子们温书……每每身子好些的时刻，便一刻不歇地处理家事，整理家务。

这个家，于她而言，似乎有太多太多未了的牵挂。

他走后，她日日想起他，骄矜的他、戏谑的他、温和的他、发怒的他……只是，大抵人间再也留不住，人生注定是一场告别的。

但，她愿等他。

数十年寒窗，天下读书人，都是这般，等待着浪淘水洗，沙尽金见，盼望着一朝化作苍龙，得遂凌云壮志。

次年春试，当看到自己终于榜上有名，多年夙愿达成之时，他心中真真百感交集。

看这天地苍茫，万里红装。锦绣山河，尽入诗囊，笑人生，能几度有此风光？

兴许，他蓦然想起，离家来京前，还是冬天时候。那日，雨水清瘦，不着痕迹，脉脉氤透了他书箱里的卷轴。穿着蓑衣的下人，清晨便点着灯笼穿梭不息。马夫正带着人清理马车上的尘灰。

她在家门口目送他离开。

他一时竟也有些不舍，顺着她的眼神，低头，见她穿了一双缎子绣鞋，鞋面绣着朵蔷薇花，沾了点儿斑驳的水迹，颜色看上去更深一层，就像要萎败了似的。

许是她为他洗足之时溅到的。

他上车后，掀起帘子，回头只见她身影寂寞，眉目温柔，朝他挥手。

而此际，转眼间，已是春季。

离家千里，远过天边，远不过日落江流，于是传书一封，告知家中苦等消息的她。

落笔之时，仿佛也看见她展信细读时绽开的笑颜，这次，终于，不是心上秋，不是纸上闲愁，而尽是登科之后的苦尽甘来与拨云见日。

【七】

后来，他在京观政一段时间后，于第二年任南京太常寺博士，七品官而已。

明朝自永乐以来，南京是明朝的陪都。虽各部衙门俱全，实则毫无权力，形同虚设，太常寺更是如此。

虽是初入仕途，他却早已知晓官场之中的暗流水深。在京为官更是人心难测，如履薄冰。终是不愿沾染朝中是非，这才自行请求到了留都南京这一文人荟萃之地，择了个闲职。

待在南京安顿下来之后，他第一时间想的便是将一直身处老家的玉瑛接到南京一同生活。

可她多年旧疾未愈，有病在身，身体一直不大舒服，便一直耽搁着。直到一年多后，年底腊月，她才强打精神，带着两个儿子，来到南京同他团聚。

许久未见，再会之时，又是寒冬腊月，一如分离之时。

那日，她裹着厚厚的冬衣，却仍是显出消瘦身形，见了他，眉梢眼角尽是喜色，迎上来。

待走近了，却见她妆面亦遮不住的憔悴颜容，他不由一阵心疼。

她精神却还好，一如往常，一见面便是嘘寒问暖的，想着添置家中器具，打理府中事宜，言谈间偶有咳嗽，可声调语气里尽是笑意。

一时，周遭气氛也似是被她感染了，他好似不曾和她分离，开始絮絮叨叨地问起她近来可好。

她只说好。

他却一阵心酸。

说话间，他牵起她的手——骨节分明的，搂着她，进了门。

自玉瑛带着两个孩子从临川来到南京，他们一家人便算是短暂地共度了一段幸福安适的日子。

平日里，她除了料理一家人的日常起居，其余时间，便是在教两个儿子课读。

那时，大儿子士蓬已经八岁，在她的教养之下，读了六经诸赋及各种史传，言谈之间，颇有文采风度，读起诗书也是朗朗上口；小儿子大耆只六岁，也在潜心学习诗书。

他在此间，亦度过了一段白茶清欢的恬淡时光，一面以诗文、词曲同一些人切磋唱和，一面研究学问，埋首书堆之中。

见此，她一日打趣问他："老博士为何嗜书？"

他淡淡笑答："吾读书不问博士非博士。"

原以为，他们终于守得云开见月明，谁知人生数顷刻分明。

她的身子，到底多年积劳成疾，病情始终不见好转而愈加严重，眼看着一日不如一日。终于，酝酿许久，她在数月之后提出想要回乡将养。

如此虽非上策，然她病入膏肓，实无良策矣。落叶到底是要归根的，他不忍拂她的意，思量过后，终是答应。

亲自送她归去那日，看那清河渡口，江风凄紧，汀洲草碧黏云渍，桥边河畔，离愁别绪轻叫卖。

他一步一步，缓缓将她扶上了船。

临别之际，两相对视，各自凄然，无语凝噎半晌。

她泪眼盈盈，终是踌躇着说出了那句："永别矣……"

闻言，他心中大恸。

他何尝不知，只此一去，或成永别。

他未尝不想长伴她身侧，却是有心无力。到底身在官场，身不由己，难得如意。想来，往岁从来都是她送他，送他上京科考，送他离家赴任……

而今，角色轮转，却竟成最后一面吗？

自打她嫁与他，真正见她欢喜的时刻，似乎不过三五，许是新婚出嫁之时，或是两儿出生之日，抑或是他登科之际。其余的年岁里，无不在为他忧思深虑。她常年缠绵病榻，饱受折磨，他却是无能为力。

十年修得同船渡，百年修得共枕眠，人皆道他们夫妻相敬如宾，举案齐眉，是多少人艳羡的人间眷侣，可其实，是他到底对她不起。

【八】

堪堪算来，汤显祖在金陵，一住便是七年。

其间，他寄情词曲创作，以唐传奇话本《霍小玉传》为蓝本，创作《紫钗记》。

故事里，才子李益游学长安，元宵夜赏灯，邂逅才貌俱佳的霍小玉。两人一见倾心，以小玉误挂梅树梢头的紫钗为信物，喜结良缘。不久，李益高中状元，却因得罪欲招其为婿的卢太尉，被派往玉门关外任参军。两人灞桥伤别后，李益改任孟门参军，更在还朝后被软禁。小玉不明就里，痛恨李益负心。最后得豪侠黄衫客慷慨相助，两人历经磨难，终于重逢，真相大白后重结连理。

满纸风月中，窥见几许跌宕。

他写就的剧目，多似这般，千回百转，但总能以圆满作结，现实的人生里，却是恨海难填。

玉瑛归后不久，便在临川老家病殁。

得知她病逝消息之时，他人尚在南京。

说不清当时是谓何种心情，是哀莫大于心死，还是黯然销魂、万念俱灰，抑或是天崩地裂？他只是蓦然想起，那日，他梦到一个奇异梦境。

梦里依稀还是她人尚在金陵，还在他的身侧之时。她梳着锥形的发髻，将次子大耆匆匆托付于他，走向一座桥的中间，并指着一处红色的庙宇，说她将要去往那里。

谁知梦后月余，便得到她的讣告。

恍然梦醒，只余他一人。

似醉似醒，竟恨用情深。

俗语有云：日有所思，夜有所梦。那么，能否用毕生梦境，来交换她一眼流转顾盼，但凡足以求得，片刻都似圆满，何至于留下他，神销魂断。

云过巫山，月上广寒，她说消散，便就此消散，连同不得花好月圆人亦寿，未能与他共白首的遗憾，埋没于黄土沉棺。

从此以后，再无人，长街十里，同他红尘奔走，问他冷暖知否。

再无人，长夜更深，为他挑灯照夜，和他共看门外青山长相守，与他同悲同欢。

而那些从她口中说出的应验的后来，她也没能再看到。

还好她没看到。

后来，他们的大儿子汤士蘧才名动世，身子骨却虚弱非常，二十三岁死于南京秋试前。

后来，饶仑为官清廉，拒却万金，将升御史，因病而卒。

后来，灾情四起，内忧外患，在众多朝臣选择明哲保身之时，他目睹当时官僚腐败愤然而上《论辅臣科臣疏》，直指朝廷弊病而触怒龙颜，被放逐至雷州徐闻县，任典史。期间，他办书院、兴文教，深受百姓爱戴。后调任浙江遂昌县知县，一任五年，同样政绩斐然，却又因压制豪强触怒权贵，招致上司非议和地方势力反对，于万历二十六年（1598），弃官归乡……

零落此身，始知天意无由，徒然再折春生柳。

他只身回到临川之时，已年至半百，距她与世长辞，也有十数个年头了。

十数年，她坟头的草青了几次，花开了几回？物是人非，触目皆凉，放眼门庭旧，经行之处，腐草生，芳华瘦。

不由忆起那年登船之际，她掩袂而别的情景。

远隔着雾里楼台、茫茫重山，他记得那时节也烟波渺然。

她嫁与他之后持家有方，任劳任怨，助他取得功名，为他生女育儿，已然为他用尽所有款款深情，却说着，她这一生最大的遗憾，便是不得身体康健，诸多事心有余而力不足，未能给他什么助力。

一别各自安，可尚未分别，便听得他五内俱焚，肝肠尽断。

是以，哪怕她走之后他几度再娶，哪怕后来，二十年过去，两鬓成霜，前尘已忘，忘山忘水却难忘她。

她的泪眼盈盈，她的笑意嫣然，都成为铭感五内、刻骨焚心的过往。任他凝神再望也望不穿，熨烫过五官百感，越饮就越生痴贪，刹那竟又悲又欢。

而他，这二十年来痛断肝肠，满腔的愧和惭，却也只能倾注纸上，凝成五首悼亡诗。

版屋如房闭玉真，新添一尺瓦鳞鳞。
不应廿载还轻浅，好在殷勤同穴人。

沓水青林断女萝，廿年松柏寄山阿。
南都不解成长别，长送卿卿出上河。

曾梦纱窗倚素琴，何知婺绝凤凰音。
春烟石阙题何事？寒夜乌哀一片心。

枕簟青林一到衙，相看几月病还家。

药成不得夫人用，肠断江东剪草花。

欲葬宫商买地迟，深深瓦屋覆寒姿。

秣陵旧恨年多少，梦断红桥送子时。

——《清明悼亡五首》

五首清明悼亡之诗，一写平时祭扫不多的歉疚之心；二写触景生情，她嫁与他的恩爱浓情，转眼化作墓旁成林松柏，沉痛之意难以言明；三写往日琴瑟和鸣，而今却是相隔天壤的哀怨之情；四写她受病痛折磨时，他未能常伴她身侧的自责之念；五写她身死之后，安葬不甚隆重的悔恨之思……

其实想来，斯人已不在，又何必多言三两句，空回首，昔日枯草青山头。

原以为几度浮沉，尝遍人间无数，他已然无挂无牵，无拘无束，尽可将陈年旧事身后丢。却不料在她辞世二十年后，他仍是无法抑制地深陷回忆之中。

千百度爱恋悔恨，辗转滚落唇齿，边为她扫墓，边追悔廿年旧事。

他此生穷愁，不曾给予她什么舒心享受。她病倒之时他未曾侍候服药，她去世之时未能隆重安葬，只在这二十多年后，才将她的遗骸随祖母魏夫人迁葬，葬于祖母坟旁。

冰冷的墓碑之上，三两行祖籍卒年生平叙毕之时，亲手镌她名字。

【九】

人生如梦，醉也朦胧，醒也朦胧。

有时，眺望着人间至灯火阑珊，危楼上拍遍栏杆，似乎所有关乎那些年的记忆渐渐模糊，让人觉得，人间的事，都已是很久很久之前的事了。

后来，他逐渐打消仕进之念，潜心于戏剧创作。

《牡丹亭》里，是杜丽娘一段生而复死、死而复生的姻缘；《紫钗记》中，是霍小玉；《南柯记》中，是……；《邯郸记》中，是……

于他自己，最为满意之作，当属《牡丹亭》，以至于在写到杜丽娘相思成疾而亡故之时，摔笔跑至园中痛哭不已。而后一连几日，亦是郁郁寡欢。

原以为，这戏里的故事，都是他人之悲、他人之欢，都如镜花水月，不过幻影，可写着写着，却也入了戏、动了情，仿佛对镜自照。

一如后来，他听闻，娄江一女子俞二娘酷爱《牡丹亭》，读后深感自己不如意的命运也如丽娘一般，以致终日郁郁，最后断肠而死，年仅十七。

临终之时，松开的纤手之中，滑落的竟是《牡丹亭》初版戏本，且饱研丹砂，蝇头细字，密密圈画，批注其侧。

又有杭州女伶商小玲，尤擅演《牡丹亭》，以致沉迷其中，郁郁成疾。一日演《寻梦》，泪盈满面，随声倚地，气绝而亡。

或许，作为戏外之人，本不该如此。

入戏太深，反被其伤。可即便只是看客，也总忍不住那般动情，将心都托付出去，以至一时分不清是别人的身，还是自己的影。

孰梦孰醒？何得何失？

道无情，道有情，费思量。

莫嘲风月戏，莫笑人荒唐。

后来，当见到俞二娘所批注的《牡丹亭》时，已是六十六岁白发老翁的他，深感得遇知音，满怀伤情，挥笔写下《哭娄江女子二首》：

画烛摇金阁，真珠泣绣窗。

如何伤此曲，偏只在娄江。

何自为情死，悲伤必有神。

一时文字业，天下有心人。

一时文字业，天下有心人。

初初以为，这不过是他情之所至的个人故事，惯将喜怒哀乐都融入粉墨，却不料，原来戏本里生可以死、死可以生的故事，并非仅仅属于他；原来，情不知所起，一往而深，天下至情至性的有心之人，竟如此之多。

只是不知，玉瑛若能听闻，是悲是喜？

至于他的"临川四梦"，时人评价：《紫钗记》《牡丹亭》以情，《南柯记》以幻，《邯郸记》因情入道，即幻悟真。

几折传世，众说纷纭，莫衷一是。

而他，写完"临川四梦"，就此搁笔，再未写出新的传奇。

或许，情字难写，须以血墨。

只是，那些所经历的离合，或渴望的欢聚，至今还在一幕幕交织、上演。

戏一折，水袖起落，纸扇开合，锣鼓响又默。

戏幕起，戏幕落，谁是客？

戏中情，戏外人，凭谁说？

如果，如果还有如果，但愿玉瑛亦能如丽娘一般，以牡丹之梦，以爱之光火，跋涉越过死亡的终结，与他进入轮回的相遇，将他们未竟的故事说完。届时，再说有故事一段，悠长得千回百转，但好在，终于圆满。

流年匆匆逝，却道相思语迟，但使相思莫相负。

完